文学百年
名家散文自选集

两片落叶

朱以撒 / 著

湖南人民出版社·长沙　民主与建设出版社·北京

本作品中文简体版权由湖南人民出版社所有。
未经许可，不得翻印。

图书在版编目（CIP）数据

两片落叶 / 朱以撒著. —长沙：湖南人民出版社，2023.2
（文学百年：名家散文自选集）
ISBN 978-7-5561-2822-8

Ⅰ.①两… Ⅱ.①朱… Ⅲ.①散文集—中国—当代 Ⅳ.①I267

中国版本图书馆CIP数据核字（2022）第010256号

LIANG PIAN LUOYE
两片落叶

主　　编	李继勇	
著　　者	朱以撒	
责任编辑	谭　乐　廖晓莹	

出版发行　湖南人民出版社 [http://www.hnppp.com]
　　　　　民主与建设出版社
地　　址　长沙市营盘东路3号
邮　　编　410005

印　　刷　三河市冠宏印刷装订有限公司
版　　次　2023年2月第1版
印　　次　2023年2月第1次印刷
开　　本　880 mm × 1300 mm　1/32
印　　张　10
字　　数　164千字
书　　号　ISBN 978-7-5561-2822-8
定　　价　49.80元

营销电话：0731-82683348　（如发现印装质量问题请与出版社调换）

两片落叶

目录

日　常 / 1

背　景 / 17

来来往往 / 30

无　端 / 44

缘　起 / 63

空瓶子 / 80

旧日流水 / 93

沉　酣 / 104

空间意识 / 116

挺拔之姿 / 128

张　开 / 137

譬如烟水 / 149

在动作的空间里 / 163

隧道漫长 / 176

进　入 / 188

两片落叶 / 196

关　门 / 205

一个人和一张纸 / 212

下　面 / 218

开合之间 / 228

花非花，雾非雾 / 235

洗　手 / 242

秘　境 / 251

周　围 / 258

存在的消失的 / 264

听　风 / 273

陌　生 / 278

轻盈的浮动的 / 285

问　道 / 290

曾经过往的河流 / 298

行　脚 / 304

后　记 / 310

日　常

　　美术学院的书法研究生越来越多了。因为对外语分数要求不高，大约比文学院要低二十分，这使得对书法艺术有热情的人有了进入这一专业的希望。每个人进来之后都有自己的打算，如何度过这三年的时光，渐渐就显示出差异。不是上课的日子我也会去画室看看，总是会遇到一位学生，不是看书就是临摹，除了吃饭和睡觉之外，几乎都在画室里，而其他人不知所终。他是如此痴迷和坚持。我对他说，书法生活只是日常生活的一小部分，你应该有一些时间来休闲、来玩。如果哪一天来我看不到你，同学们说你和女朋友去逛街了，那我会更高兴。后来他毕业了，到现在还是看不出在创作、研究上有什么过人之处。总是有一些人会说，我把一生都献给了书法艺术，如果这个世界只剩下一个书法家，那就是我。这种念头我从来没有闪现过，也觉得如此不是人之一生的正常过程。一个人酷爱自己的专业，这个专业再重要，也是日常生活的一个组成部分，不是全部。一个人更多的时日是在做别的事情，与书法无干，与学问无干，也谈不上有品位，却是不能脱离的。如果一个人一天到晚都待在画室，历尽寒暑，勘破玄黄，大家都认为他敬业，以后必成大师，我觉得这种联系也是有问题的。和这位同学不同的是，有两位女生，有时会相邀走出大学城，到一家小雅情调的餐馆——她们从网上已经了解清楚了，惠而不费，在那里美食一顿，然后吃一款美味的"熔岩蛋糕"。她们这样描绘，"城堡型的咖啡色蛋糕，上边卧着一团冰激凌，用小巧的调羹从侧面把它舀开，里边就缓缓流出了滚烫的酱来，冰火两重天，超好吃啊"。吃完了便嘻嘻哈哈地逛街，进这家出那家，有钱时就顺手买上一件，没钱时就着眼于欣赏，然后返校。她们说，"熔岩蛋糕"适宜在蛋糕店现吃，不好给老师带一份回来，什么时候把老师也带到那里品尝一下。我听罢哈哈大笑——这种情调还是很需要的，无案牍之劳形，离开书斋、画室，挥霍一些时间，做一些与本专业全然无干的事，也是很有意思的啊。这些年我渐渐觉得，成日谈论自己的专业其实是很乏味的，世界上可谈的方面太广泛了，离自己专业很远，也很陌生，谈起来离题万里，让人笑着来纠正你，也很有兴味的。这么一来，我对学生是否在画室挥毫也就不太在意了——每个人都在把控着时间，二十四小时，有人大块地运用着，有人则细碎地切割，分属于不同的事务。开阖幅度大小决然不一，没有规则所循，成为许多的变数，可触摸的，不可触摸的。一个导师，实在没有必要管这么细致。只要自己愿意，那么对时间的利用就算是积极的、热情的。至于有无意义，值不值得，每个人都会有自己的理解。有时忙碌了半天，觉得毫无成果，但是很开心，也就不后悔时间的虚度。总是有一些无用功在浪费时间，正是这些屑小的体验，使人更显得有血有肉有小脾性——经过那些非专业方面的生活细节的填充和附着，人更真实起来。

我觉得自己老家的一些人会有比较清闲的时日。他们不像其他大城市的人，总说自己没有时间，好像生意多得做不完，三天两头在天上飞来飞去，是个成功的商人。我不是太相信这种状态，总觉得粉饰的成分多了，其实那些真的成功者现在正在高尔夫球场上挥杆，或者在度假村里，根本不是这种仓皇行色。老家的人千百年前就发明了"工夫茶"。喝工夫茶的人多了，时间也就消耗得多——凭借几泡好茶，就可以快乐地把大半天打发过去。我弟弟在闹市开了一家画廊，每天都有人来，这个城市里的贤达雅士，当然也有一些闲散人员，他们对于墙上的字画根本没有购买的念头，就是要坐下来喝茶的。不分高下、生熟，无边际地谈，也就都是茶友。茶淡了再换一泡，或铁观音或大红袍，偶尔也喝喝白茶。每一泡茶在交接时，杯子、茶壶都清洗一下，以保证不同茶的纯正滋味。品茶使人忘了时间的短长，谁也没有理由急匆匆地应对一杯茶，那简直就是对好茶的糟蹋。品茶使人暂忘了生计，暂忘了还有老人在病中、房东来催讨房租了、孩子的校服几百元还没有着落。说起来，真要挣钱也不在乎这半天时间，现在像个有钱有闲的人那般安坐下来，内心还是感到幸福的。我一直觉得这是小城人生中长久流传下来的闲情意识在起作用，和贫富还真是没有关系，甚至不富裕的人比富裕的人还会有更多的闲适和豁达——一个人保持一种低级的生活水准，安然下来——温饱是没有问题的，如果再追求富有可能要累得趴下，就不可能这般闲散地品咂了。想一想，这种状态还是很宜人的，因为资源没有，人脉无多，年纪又大，明摆着追求新境是和自己过不去。有个生意朋友和我谈了这么一种想法，如果挣一百万元非常劳累，他就不干了，还是选择挣十万元的那一单，会很从容，也很自信。按照人往高处走的理想，一个人应该时时挑战自己，给自己压力,转化为动力才是,这样人生才有价值,显示出境界,而不该退而求其次,缺乏对于高度的追求。不过我发现意义都是书本上的表达,日常生活中谁也不会去想意义,自己觉得怎么好做就怎么做。他们发现那些想做强做大的同行,当初是如此凌空蹈虚,动静弄得很大,却又很快岑寂了。寻常日子里的所作所为是如此具体实在,摒弃狂热,那么,坐下来多些时日品茶,茶使人清使人静,不那么着急吧。

　　人们相遇时,大多会问"吃了吗",或者问"最近在忙些什么"。前者有些关怀,后者则有些窥探的意思。当然,回答第二个问题会有更多的内容和范畴,同时也更便于渲染。显然,现在的人都倾向于忙碌,似乎忙碌是一个衡量的天平,是一个人能力的储藏器。这样,即便是闲人也要表明自己忙碌之至。生活节奏那么快,催人迎着阳光奔跑,似乎只有忙碌才能体现作为人的生活常态。这一点我觉得与古人大大不同。他们的态度正好相反,对自己,对时光都有一些暧昧、低调。嵇康就说自己性疏懒,多病困;白居易也认为自己慵馋;至于苏东坡、司马光、杨万里、吴文英,表明自己衰病疏懒的诗文就不少。就是金戈铁马的辛弃疾,也说自己懒方闲、病相宜,都是一副懒洋洋、病恹恹的模样,看不到发扬蹈厉的气象。这些史上的著名人物的这种生活态可以视为真实，更贴近一个人的内在，那就是平和，还有坦然、淡素。生活中有一部分人如伞那般撑着的状态，不仅是身体的动作、框架，还有语言、文字，传达着并不虚度的信号，说到底是时代使然。在我印象中，父母亲这一代人的日常生活都是被意义充塞的、撑开的，以至于后来回忆起来自己也觉得荒唐之至。除了每日的小学教学，余下的时日就是热血沸腾地炼钢铁、开会游行。他们把家里的铁器都贡献出去了，其中有一把堵门的大铁锁，时日已经很长，相貌敦厚古朴，沉重无比，算得上一件古物。父母也没有怜惜之心，交给组织，投入小高炉的熊熊大火里。他们绝不会想到炼钢是一门技术活，是需要专门设备与人才的。后来证实他们的劳动狂热没有形成价值——那些有价值的铁古董或者有助于家庭基本生活使用的铁器，在劳累不堪的冶炼下，反而成为一块块含硫量那么高的铁疙瘩，一点儿用处都没有，扔得到处都是。这是我懂事以来看到的有意义的倡导转化为毫无意义的现实的一件事。后来，我们只好找了一只小柱础，代替已经无辜牺牲的大铁锁来堵门。再后来是轮到自己，觉得一个少年上山下乡是很有意义的，比留在城里读书的那些人的生命更有价值。在离乡背井、稼穑田间多年后，渐渐发现事实与意义正好相反，意义是对虚幻的、不着边际的表达。

如果感受正常的生活场景，不违天时、不夺物性往往是最简明的生存之道。这也使人和天道紧密相连，观天象，知节气，很寻常，不必大惊小怪，似乎过日子本来如此。这样也对日常生活里的夸饰难以理解，觉得虚伪，不可靠。我农村生活在地气寒冷的山区，一季稻下来已足，上面却说要种双季稻，使擅长农活的耕夫们直皱眉头——有些事不依天时，眼见着就自找麻烦了。后来分田到户，有了自主权力，马上改了回来。单干还是很快乐的，你的农事经验生熟，也就决定了收成——可能多收三五斗，也可能就平平。单干之后的田间生活变得简洁了，简洁给人带来方便，而不再纠缠于大集体那种繁复的关系中，难得开心。把简洁化为复杂，或把复杂化为简洁，看起来只是手法的问题，是问题处理方式的不同，但背后更多的是一个具体的人精神取向的不同——繁复有繁复之美感，简洁有简洁之韵致，两条路径。就像颜延之与谢灵运，一个铺锦列绣、雕缋满眼，一个初发芙蓉、自然可爱，都属个人情性的舒展。从生活角度看也罢，审美角度看也罢，我还是倾向于谢氏，以简洁来构筑一个复杂的山水世界，其中的凝练、浓缩，对于阅读者来说也是一种挑战——你是否能从简洁中品味出其中滋味？倘生活如此，当然少去很多瓜葛枝蔓的纠缠。我以此行事，有时就不免粗糙、生硬，很不圆满，却也规避了许多的没完没了。真把生活中的关系都处理得完美、合人情，我一直认为奢侈，没有这个必要。人之常情嘛——我们经常会这么说，于是不敢也不会拒绝萦绕在我们周围的常情，这一直是让人头疼的事。实际上，日常生活只是一个大概，没有那么精确，那么面面俱到，不可能让周围的关系都满意。我支持那种大刀阔斧、三下两下之手法，这样的人自有一种定性，刀削斧劈之后，自己脱身而出，一身轻松。我好几次和学生谈苏东坡说的一句话："言发于心而冲于口，吐之则逆人，茹之则逆余。以为宁逆人也，故卒吐之。"他仕途蹭蹬而能持抱己意不改，我猜想与无视常情的扰攘有关。

朱耷和傅山都是历经明亡而入清的人。作为遗民，尤其是朱耷作为明宗室后人，心里一定是很不痛快的。二人对于清廷的态度也大抵相同。可是二人在笔法上却相差如此之远。我是崇尚朱耷的，并不因为他是我的本家，我看中的是他简明的笔法，是绝不拖泥带水、前萦后绕的那一类，因此有些冰冷凄清。傅山则不同，一个字九曲回肠般地扭转，动作上多了几个回合，物质材料上也多费了不少。更主要的是，这种牵扯带来的不畅快，欲说还休，欲了未了。也许同样写一幅字，朱耷写完了去喝茶，傅山还在那儿奋力挥洒。打个俏皮的比喻：朱耷写一字的线条可能是一寸，傅山可能要用上一尺了，就像一个饶舌的人，总是怕人领会不到，说了又说。朱耷使我最受益的就是以简来应对，这时的空间是开朗的、明净的，那些多余、芜杂、增生部分都被无情删除，余下的都是必需的，不能再简了。这也使我惯用白色的宣纸，和太多的人痴迷五颜六色的宣纸正好相反——我一看到就有一种新声巧哭于柳陌花衢、按管调弦于茶坊酒肆的轻薄感。简明产生了素淡，素淡从未合时宜，尤其是现在，同行者也少，孤独感也多。这和俗世生活是不一致的，每做一件事都希望获得关注，否则就无价值了。就像一个人穿着锦绣在暗夜里行，没有人看到，他就觉得没意义。可是他从未想到，自己穿了有多舒服，多神气啊，与人何干。我留意那些生活在自我之中的人，埋首做着自己的事，别人如何评说，听到了也只是毫无表情地"哦"一声。简明使日子空出一大块来，可以安闲地去快哉亭上，看照日的余晖。

对魏晋文化史留心的人，一定会记得王子猷这个人和这个人的脾性。他在山阴时，忽然想念远在剡的朋友戴安道，便半夜乘船冒雪去访他。走了一宿的水路到了戴家门口。此时，按俗常人作为，一定推门进去，两人相见大喜，推杯换盏以尽其欢。可是王子猷没进去，他认为乘兴而来，行了一宿兴致已尽，满足了，回去吧。这种行为通常被认为浪费时日与精神，目的未至，无用功，只有名士才会有如此离奇。谁也不是王子猷，无法度其腹，但是一夜的行程对他来说一定是很有兴味的，倘若见上戴安道，皆大欢喜，反而一点意思都没有，也不那么合一个人的脾性。有一阵子我信手把每一日要做的事无巨细地记下来，回头看了，没有一件属于大事，也没有一件有创造性，都是琐屑状态，或者琐屑状态的延伸。譬如有一天记着：上午读北齐碑帖；下午临北齐碑帖；晚上有人来谈碑帖。我喜欢那些旧时代的物品，残破的、迷离的，像夏日傍晚斑驳的树影，看起来恍恍惚惚，为此人把时间都放进去了。要说现实意义深远意义，一点也没有，可是心里喜悦。喜悦算不算一种非物质的补偿呢？又一日记录了飞香港的过程。风雨交加中推迟再推迟；在空港吃了两回快餐，飞到香港上空居然下不去，盘桓几圈返回厦门；在机舱里闷坐了几个小时再度起飞，着陆时已全无欣慰感；过海关汹涌的人流又把过程拉得漫长，使人生出一肚子怨气来。过程都是由许多细节构成的，即便计算得再精准，还是要失手，现出许多意外。就像王子猷，本来执意要见戴安道的,却不料在桨声灯影里悄然转换了。日常生活的细节这么多,碎片的、琐屑的,稍有脱节,变数就无限之多,把结果全改变了。这也使许多过小日子的人趋于实际、实用,关注眼前的进程,对于玄远的不可靠的那部分,总是打哈哈地搪塞:再说,再说啊。

曾经到一个老旧小区拜访一位老者,他在没有电梯的顶楼居住。耳重得很,只好笔谈。桌上有一堆笔,我取一把,写不出;再取一把,写不出;第三把也还是写不出字来。他慢腾腾转身拿出一把,说那些都不行,这把可用。为什么这么多无用的笔都不丢弃呢?以前也有个老人如出一辙。他说,也许等到夏天,里边的笔油融化了,又可以用了。环视四周,不大的房间,这里那里堆了许多食品的纸盒,为什么不丢弃呢?回答是可能用得上。何时用得上?那说不准。这个小区住的老人大都持如此想法。房子老了,应和着人老。光线被杂物遮挡了,空间变得拥挤,也就显得昏暗与沉闷。我想下一个来笔谈的人也会遇上我的情况,也会生出一堆疑问来。小区里布满锈迹,楼梯扶手锈了,每户的信箱锈了,大门锈了,栏杆锈了,防盗网锈了,映照着许多日子过去。一个人垂老,桑弧蓬矢之志乌有了,也就与最日常的生活情节交集——眯着眼睛晒晒冬日的太阳。与另一头的老人电话里有一搭没一搭地说话；有滋味没滋味地吃饭喝汤，饭粒汤水落在地上；坐在床上一动不动地看着电视，眼神茫然着。白日如此过，晚间也就是早早擦洗早早躺下。人老了，少有人来往。和他同龄的人许多不在了，在的人也走不动，正如他也走不动去看人，彼此如参商二星。此时，欧洲的难民、叙利亚的战争，世界上的大事小事他都无须关心了，保自己平安，已是最好。不摔倒上升为最有意义的高度——即便这位老者逐日而走曾经辉煌，如今，不摔倒这个状态压倒一切。最日常生活的基本要求，在越往后的时日里，已经比他有过的声名、业绩更值得家人重视了。

有人问我是不是成日写文章，我说不是，他们都不相信。他们认为旧文人衣带渐宽形容枯槁，都是写文章导致的，今日教授也当如此。我往往写完一篇以后就会觉得厌倦，接下来就不会再写了。有时还会想，就是再写它一万篇又怎么啦，如此辛苦。于是有一段时日无所事事。我有半抽屉的硬笔。书写时看着笔管里的黑色汁液渐渐由长变短，最后归于无，就丢弃再取一把。一把复一把，消耗着时日。手写比不过打字的速度，就像老牛跑不过汽车。我无意于速度，但一篇下来，由零乱的草稿到抄正，还是让人感到了辛苦。自己又想效古人持守于手写,也就总是放不下。我觉得自己有些理想化,古人都死了那么久了,哪里懂得有个人还在沿用老旧方式,既用毛笔,也用硬笔,承传着这种慢生活的姿势,且有终身不废之意。充分地利用着手,以自己的手感,徐徐推进。不需掩饰的是有所厌倦时,就搁笔。后来又想写了,又再度提笔。在没有写的日子里,就和琐碎的事打交道,它们没有风雅颂那么优雅,却又不可缺少。我在看汉画像的生活场景时发现,除了经国之大义一类的题材,那些生活琐屑更为生动,庖厨烹饪,杀鸡剥狗,饮酒博弈,听歌观舞。再伟大的君王也是需要过日常生活的,在接受朝拜、下达诏令的背后,也许就是还原为一个酒徒、一个饕餮。琐屑往往冲淡了我写文的厌倦,使我又坐到书桌前了。

每个教授都有自己研究的那一摊,就像在荒岛上,管理好自己。岛向来是很孤独的意象,就是一个独立的空间。即便真是在岛上,教授也不可能天天劳作,更多的时间可能躺下来晒晒太阳,看看风景。那种天天都在创作、研究的人,我认为不是日常生活中的人,是超人。我没有资格成为超人,有时涌来的琐事让人心烦,尽管快刀斩乱麻地理会了,还是无法安心地坐在书房里,它的确搅乱了人的快乐。不过美术学院有创作假,要创作重大题材是可以请创作假的,申请到一整块时间,一本正经地坐下来创作。可是我从未请过创作假,因为我创作的都是个人小题材。再说,我也觉得自己在创作假中一定是写不出东西来的——它太郑重其事了,也太给人压迫了。相比之下,我还是更乐意在琐屑的日子中动笔。写上一段,电话忽然来了,马上跑到楼下去取一个快件,上来接着写——我如今已经有了把思路迅速接上的能力,绝不会恼火地说,你看,把我的思路都弄断,今日写不成了。也不会正儿八经地对家人说,这半天都不要吵我了,我要创作了。有时写到酣处,太太在那边惊叫:这么大的蟑螂跑出来了。我也得扔下笔去追打,要不,蟑螂就窜到橱子里去了。我觉得达到了《暗算》中那个密码破译专家黄依依的境界,此刻正在谈笑风生,忽然进入缜密的推算里。让日常生活的琐屑包围我,我更随意和习惯了。

接下来就到了正月。在一个村落,这一天正好是一个神明巡村的日子。一些身强力壮的年轻人在老人会的指导下,抬着神沿着村子谨慎而郑重地行走。正午到了,宴席的桌子还未支起,主人若无其事地招呼大家一杯又一杯地喝茶,说不急,按村规,午宴得在一点钟方能启动。虽然入乡随俗,但等待还是让人心急——往往在这样的心态下,时光过得尤其缓慢,墙上的钟摆渐渐有些停滞了。总是有一些习俗,来测量人们在常态生活中的速度观，看到被制约时的心理、生理的微妙之变。跑到厨房看，老太太正一手拉着风箱，一手往灶里塞着干枯的花生梗，炊烟弥漫了整个灶房。她说不用煤气也好，慢慢来，柴火煮过的食物会更加香美，有一种烟火气在里边。后来，人们还是提前五分钟举起了急不可耐的筷子——并不是缘于饥饿，而是耐性到了最后还是不能持守村规。再接下来就是听社戏。临时搭起的戏台，请来的山村戏团这些天都在台上咿咿呀呀地开唱。急管繁弦里，那位生角正提一条马鞭英气勃勃，过千山万水，转眼已是几年过去；那位旦角则水袖飘甩，哀婉莺啼一曲九回肠，眉梢眼角都是风情。下面百来张竹椅上稀稀落落地坐着的倾听者，已是心事平和，和着台上的节律，渐渐沉醉——会坐下来的最终还是坐了下来；不会坐下来的，匆匆而过。村里不会因为看戏的人每年无多而放弃这笔钱的投放——每个人都会由年轻而老迈，节奏由迅疾而徐缓。那个时节到了，哀时伤逝，赴节应响，都会自然地坐下来，面对台上永远青春的容颜、永远悠扬婉转的唱腔。

最后，曲终人散。

台湾影片《那些年，我们一起追的女孩》风行一时。片中人物沈佳宜说："人这一生，有很多事是徒劳无功的。"我惊异一个没有皱纹的女孩能说出如此沧桑的话语。不过事实的确如此啊。那些没有意义的、没有价值的琐屑在变动不居中贯穿了人的整个过程。所谓日常，正在于它们是无法剔除的。

背 景

从墙上把这两个大南瓜剪下来后，觉得一个过程即将结束。

大暑将过，瓜藤露出老相，瓜叶也开始失水枯黄，尽管还有一些花在继续开放，但在我看来，这只是南瓜自身的本能，理应如此，命数还未走到尽头。如果把时光往前推，推到春夏之交的梅雨季节，那时一阵雨、一阵艳阳交替着，世界充满闷热潮湿。丝瓜、黄瓜、南瓜、佛手瓜纷纷大展野性的一面，攀爬席卷，纵横无可囿，在毫无声响中迅速攻略空间。南瓜无疑是其中的狂者，藤大、须粗、力足，被它触碰到了就难以挣开。它敷陈迅疾，无论是在平面上延伸，还是爬上防盗网的铁蒺藜，都那么舍我其谁。后来，其他瓜藤也上来了，绞在一起。我总是试图给予引导，稍加划分各自空间，却往往徒劳——这个时段，是后院植物最放肆闹腾的时光。开花的时候到了，大量的果蝇随之而来，嗡嗡嘤嘤，逢瓜便叮，而瓜则一叮就烂。可每一个瓜都有着无穷的生命力，依旧开花、结果，依旧被叮，烂到地上。如此循环，没完没了。生命就是如此抵挡不住，不因果蝇的存在而停止——尽管最后走到瓜熟蒂落的时刻的并不多。我从中看到的也是生命张扬的力量，自觉地应天时、地利。大暑过后，它们再也没有先前的那种野性，运动停滞，色泽转黄，似乎在观望、等待。尽管此时还是骄阳当空，水分滋润，植物却更早察觉大限将至，使性纵横的日子过去了。此后，再也没有结一个果。

比人更知时势的就是根植于地下的它们。

学生带了一个摄影师来，说给我拍几张有艺术性的生活照，有时用得着。摄影师看看天，和我们沿着蜿蜒的山路往上走，要走到最高处的一幢别墅里。这幢别墅空置五六年了，主人一直没有装修，门虽设而常开。天风天雨的吹拂浇灌，外观都变了颜色。院子里长满茅草藤萝，杂草成团，踩在上边颤颤悠悠。尤其是几株三角梅，倚于墙头突兀而起，带刺凌空，坚硬锋利之外是花团相拥，嫣红姹紫。在一片草莽中，摄影师让我倚着石栏，背后是正在落下的夕阳，头顶有三角梅枝条穿过。这时摄影师停了下来，抽支烟，没有想开拍的神态。秋日黄昏中，一切都静了下来，蜻蜓在飞，落在茅草尖上；蚊虫从衰草中起来，一时成群。没有人的地方草木就失去了制约，尤其是此时，荒飒之气远远过于我们三两的人气。我常把上午和下午分成心情的两半。上午是朝气的活跃的，充满遣兴的冲动。忙乎手上的事，没怎么说话，也不会有外人来串门。很多事情在上午要弄出个眉目来，精力也足以达到自己设定的指标。午后就不同了，人有些松弛慵懒，午饭使人昏昏欲睡，即便继续手上的活计，也徐缓之至。甚至，斜阳下的时间都花在喝茶上，喝了水仙喝肉桂，似乎有意让时日过去。像此时，闲闲地要等时间过去一点，浪费就浪费吧。夕阳下来风就大了，色调明显荫翳下来，草木多的地方在此时给人一些心慌慌的元素。它们的无人剪裁，或死或生，绿叶黄叶，随时日流转而堆积在一起，去年的、前年的，更早一些的。

后来照片洗出来了，是暗下来的景，在照片里显得沉重。这也使我产生了怀疑，并没有抓住最佳的那一刻，而是迟疑了——让一个人凭经验来把握时间，也太自信了。等待就是靠天吃饭，是不要花钱的，靠上天赏赐。这一双巨手缓慢地调节着色盘，它并不知道每一个晨昏，每一个节令，有多少摄影家各取所需，每一秒都有意义，都可能形成一幅佳作，宛若天成。这也使他们尤其关心自然界的晴明阴晦，摄影技能都差不了多少，但在大自然的广大面前，有的机灵，有的迟钝，以至过后展示出来的画面在深邃程度上相差甚远。

渺小的人和无垠的空间，前者只能倚仗后者。

有人自告奋勇地提出给我刻一方姓名章，几年过去了还没见到——对于这样的提议我通常不抱太多希望。有人刻好送来了，出于礼貌，撳在作品上，协调的少有，便收起来不用。刻手的意思都认为我的姓名太难操刀，并不是他们技艺不行。后来，有人想到了变通的做法，便问我有字否？号否？艺名否？斋名否？据说弘一的别号就有二百之多，因此有时落款一音、演音、龙臂、漱筒，有时又息霜、文涛、二一老人，其实都是他。文士名流似乎都要有三五个名号方显风雅，由此看到那个人与那时的世界。看重人间烟火的人，和规避人间烟火的人，相互映衬而存在。以至有人以笔名、别号行于世，使人一见，知是空门中人，或是势利之徒。我对刻手说我仅此这个名字，他们便觉奇怪，认为如果有别号，也许早就刻好了。于是等待。给自己取一个别名或斋号，真是一件难事，尤其是如我毫无此想法的人，满足于唯一的名字，在这个名字下展开此生的日子。现在，看一些有成就的人，这个字、号，那个斋、庐，热闹得很，它们替代了本名，也生出一些风雅故事来。而不会取名者，让他人几十年单调地叫着不变的名字，一点新鲜感都没有。只有他自己听到了，觉得这个名字与自己不可分离，也只有这个名字合适。

前不久我翻看了一本九十多万字的回忆录，是高我一届的同学为入大学四十周年出版的。里边有对高考的记忆、大学生活的回味，还有论文和文学作品。由于是恢复高考的第一届，如何彰显都不过分。通常的说法是积压了十多年的八闽文科精英都收入了中文系。文科精英们坐在教室里，听外国文学的李先生讲《红与黑》的时候，我还在一个县级的化肥厂里，背着沉重的工具包，爬上爬下地检查着机器。那一年我也考了，初选也上了，但此后再无消息。第一届总是引人注目的，尤其是在一个时局大变动之后首批走入大学者，完全可以自夸。至于没赶上这趟车的人，再有才华、后劲，也只好闭嘴。时代的巨变总是需要有人解读、证明，七七级的文科精英正好承担了这样的义务——所以走在前面成为必然。这使我想起2006年的日本世锦赛上的情形。离比赛结束只有5.8秒，中国队还落后两分。这时王仕鹏接过姚明传来的球，在三分线前半米处投出，球在空中划出一道漂亮的弧线，入网。天啊，中国男篮凭借胜出的一分，闯入十六强。有意思的是，此前王仕鹏一分未得。后来王仕鹏在一些场合都把这三分球拿出来说，说得有人讨嫌了。我觉得王仕鹏这一投值得他拿出来说一辈子，因为它的意义，或者说脸面。我作为第二届考入大学的大学生，和首届相比可夸耀的几乎没有，还是埋头读书，做好自己的事，让每一日实在过去。当然，越往下的那几届也就越是水波不兴，视为常态。如今，我们这届入大学四十周年早已过去，没有谁站出来提议以某个活动做个纪念，就是真有活动我也不想参加。所谓的精英，和所处的节点不无关系，正好踩上，如合符契就是精英。那些没有踩上者，不管是什么原因，只能是平淡无奇的后续。所幸不是精英，心灵无须重负，几十年轻松向前。

父亲在晚年想做一件事，就是把他这一支分散各地的朱门子弟聚集在一起叙叙。此时他已在病中，发作起来甚为痛苦。我与亲戚素来少来往，觉得让父亲辛苦，没有必要，多出一件事来做，不如好好休息。父亲不时在纸上写下一些名字。他的手颤抖着，把名字写得歪歪斜斜，像是夕阳下一个人拉长的身影。一个人生长到八九十岁，他所想的就是八九十岁人才有的事，不可阻挡，是一个更广大的范围。而更多忙碌中的中年人，想的正好相反，不广大，更涉己。我想父亲眼前展开的多是久远之事——很多年前从北方来到南方,由人丁少到人丁旺盛。老的故去了,没留下什么文字上的资料,新的又生出了,各自生存分散各地,为各自的日子兀兀穷年的劳作。壮大归壮大,每一脉都有自己的历史,历史很散,没有人记录,甚至在繁忙中早已忘了这些有什么意义。生活很现实,意义多虚空。如果父亲不想做这件事,估计此后没有人有这样的情怀了——召集者必定是前辈,具德望,又具备热情,无疑,父亲是最适宜者。这个过程就是一个工程,父亲一家家地打电话,告知聚会的缘由、目的,再说时间、地点。青年人总是觉得自己这个年龄段是最忙的,而老人已远离忙碌,是天下最闲的——对老人世界无所知,才会有如此说道。老人的心事和要做的事不亚于一个儿孙辈,绝非人老迈便一切停歇下来。他们结识的人肯定不及年轻人朋友圈的一小角,但老人联系到现在的,却都是一些非常实在没有水分的故旧——这些几十年后尚在联系的朋友、同事,构成了一道深沉的景致。父亲期待的聚会终于如期到来,时间是春节过后,亲戚们从各地来到这个古城,坐满酒楼一个宴会厅。父亲满脸都是笑,母亲此时神智已经有点恍惚,见到来来往往这么多人来向她请安,反而有点茫然了。父亲推年岁最大的五哥致辞。父亲的五哥九十多岁了,想都没想就开说，从我们家族这一支的渊源说起，再说来南方发展和家族子弟取得的成绩。口齿清晰，逻辑严密，富于思辨，感情充沛，真是举座皆惊。五伯父原是中学老师，运动来了，每次首当其冲，打倒复打倒，离开讲台成了走街串巷收拾生活垃圾的无业人员。生活垃圾中那些被他视为有用的东西，是他换来微薄的生活费用的基础。当他又被人称为老师时，时光已经把他推向晚年，一个人的才华不经意在这么一个聚会上让大家见识，此时也只有感叹了。那一身的才气，那回不去的时光。一个家族在南下如此漫长的时光里，肯定是有一些人才出现的，但没有人记录，也没有人留意这些，只是偶尔地惊鸿一瞥。

这次聚会达到了父亲预想的结果，午餐后合影，然后各自离去。父亲回到家中倒头便睡，轻松莫如此时。在梦乡里他见到很久远的人了吧。

在一些大的场面上，有时会发现王羲之《兰亭序》手稿正在成为一道清雅的风景，放大无限，让人看了想起那个名士的时代。其实用苏东坡、赵孟頫的书法作品也行，也雅致得很，但《兰亭序》王羲之的书法有家喻户晓的力量，人们还是首先选择，成为艺文的一种标志。大凡有王羲之《兰亭序》手稿出现的地方，总是让人觉得文气氤氲，其他书法作品再好，也很难有如此统一的认识。我见到《兰亭序》的字帖是很迟的事了。那年23岁，还在荒寒的闽西北务农。忽一日到县城书店，与此遇见，总共也就一本，售价五角，等于我在田里干两天多的价值，但还是掏钱买了下来，总算拥有一本千古名帖。我在上面题下"一九七六年于清流"——清流县是我度过十年光阴的地方，进一本名帖，又能与我相逢，只能说太巧了。《兰亭序》是美文、美书的典范。那时无书可看，真能把它琢磨好了，对于艺文并进，大有裨益。又过一年，我在地摊上买到一本《兰亭论辩》，竟然要一元一角了。晚上无事打开细看，不由大吃一惊，原来《兰亭序》是伪作，和王羲之无一点关系——起始的郭沫若几篇论文，居高临下，言之凿凿，不禁使喜爱者心如滚水。郭氏已是当时文艺界的第一人。他认为伪作，应声附和的人也随之而起，一时汹汹。轮到江南文士高二适不乐意了。他动手写了一篇《〈兰亭序〉的真伪驳议》，公然反对郭沫若的观点。一般人看到郭氏的文章，如果不附和，也就笑笑算了，谁愿意去碰触当时当红的名流。高二适的《驳议》（编者注：以下简称《驳议》）寄给了一家大报，希望刊登出来能起反响。但一个星期后，这篇《驳议》又回到他的手上——有哪一家报刊会发表高氏的驳议，让郭氏不痛快，给自己找麻烦？艺文论辩大家都认为必须，而且不可少，大道理是没错的，可真到实际就没辙了。高二适说到底就是一个文人，或者书法家，发表寻常文章没问题，发表这样的驳议，难度有天大。高氏在一筹莫展时想到了好友章士钊。章不是寻常人，又愿意助力高二适，真是一种幸运。章士钊把《驳议》给毛泽东看了。毛促进了发表，高氏也因《驳议》，名满天下。这事使我想到的不是《兰亭序》真伪的问题，而是这一过程中的人的关系——早先不可能发表的文章，是因为人际关系；后来又经过人际关系的辗转，变成可以发表了。那么，到底《驳议》可以不可以发表？如果可以，当初就当发表；如果不可以，最终还是不可以——毕竟，文章的品格、品位，作为一个刊物，有衡量的尺度，绝不是白云苍狗，一会儿这样，忽而又那样了。不是每个文士都有章士钊这种能上达天听的老朋友，关系铁打又肯伸援手，漂亮地扭转了事态，使不可能成为可能。

我觉得失望的是学术论辩本不须使用如此手法。学术就是学术。《驳议》最终以这样的方式得以发表，同样不应该成为值得庆幸的事。

有手机之后，人人都成了摄影师，兴起而摄，照片无数。闲时翻看，推过，就推到了每一个不同的空间和时间。它们离此时或远或近，记忆或深或浅，甚至在记忆中全然不存了，但手机中的照片，明白地告诉了曾经的真实。那天有人让我看了微信上的几幅照片，都是黑白的，主人公竟是我。前几幅在山区乡村，后几幅在厂房里。现在想起来，背后场景的转换对我来说是一个巨变，从山村水田中的耕耘农夫成为车间维修的工人。这其中的感觉最好不说，再会说的人我估计他也说不好。真要说，只能说精神好多了，日子也好多了。特别是农村户口转为非农村户口，使我觉得这么多年的努力没有落空。当时在环抱乡村的山岭上，我每逢看到参天大树都会激动不已，上前拍打，试图张开双臂怀抱。后来在满是氨气的小化肥厂里，我崇拜的则是庞大、坚硬、冰冷且带着呼啸声响的机器，尤其是它产生的巨大动力。我有几张照片，就是在化肥厂的核心车间——合成车间拍摄的。我倚在压缩机前，或者在管道边上，穿着工作服，稍有生活经验的人都会知道我是一个工人了——那个时代，工人伟大，劳动光荣。具体到一个小工人，则是温饱得到了保证——所谓的人生意义，落实到个人身上就是日子渐渐好起来了。老家有人问我在哪里工作，我不说化肥厂，而是说合成氨厂，认为此说虽不通俗，格调却会更高一些。几十年后我见到了当时一起当农民的一个知青。他没有随回城大潮回到家乡，也没分配工作，以不变应巨变，现在已经全然是老农神情，是环抱村子的山野把他变成这个样子。我的后来的照片就全是城市景观了，大学校园场景占了不少。每年研究生毕业，总要和导师照上一些照片——她们穿着硕士服，或者博士服，像是修女或道姑，远远没有她们平素穿着的清丽。我一直讨厌这样的服饰设计，还有颜色的阴晦。很青春貌美的女生，一穿上就黯然失色，却又必须弄出一点仪式感——由于没有选择，就匆匆套上，匆匆脱去，没有谁喜欢穿上到处游荡。我更希望她们穿上短裙、旗袍来拍摄。如此，在镜头前，我会更开心一些。

这些照片上都没有题字，也没有标明时日，但人物后面的器物，远近高低，朦胧清晰，已说明一切。

处在山间湿气氤氲的是兰花基地。我去了，欣赏一番，坐下吃饭，过后兰花的主人总会送我几盆——很古厚的石块凿成的盆子，周围布满了翠绿的苔藓，手指一按滋润松软。兰叶挺拔舒展，风骨其中，真是案头清供中的绝品。带回家后，每逢阴雨天，我也会把它们端到露天的院子里接收雨露，吸取清气，山居的气息还是分外宜于生机的。可是，慢慢地，苔藓就枯了，黑了，脱落，化成乌有。兰叶则不时枯黄，落地，后来就是一个空盆子了。我把空盆子又送回兰花基地,面带愧色。朋友总是说没关系,又送两盆,硬要我带回来。

又一个轮回开始。

背景就是这样,它一变动,什么都是。或者,什么都不是了。

来来往往

　　临写晋人的信札，还是会想起欧阳修的一段经典评说："盖其初非用意，而逸笔余兴，淋漓挥洒，或妍或丑，百态横生，披卷发函，烂然在目，使骤见惊绝，徐而视之，其意态如无穷尽，使后世得之，以为奇玩，而想见其为人也。"写信的真实效果，莫过于此。有人来问如何写好一封信，我觉得无所谓写得好还是不好，就说，你爱怎么写就怎么写。这么回答似乎太不负责任了，但想想写信确是不可教，还真是爱怎么写就怎么写最好。若把写信看成技术活反而不好了。

　　回想个人的写信史是从小学三年级开始的。此前觉得写信是大人的事，实在需要了才写信，寄信是需要付费的，一枚邮票可打上半斤酱油，谁没事以写信为乐呢。当时我看了一本地理书，写到欧洲一个群岛的海岸线，觉得有些问题，就决定向在厦门中学当地理老师的舅舅请教，问他几个问题。过两周舅舅回信了，现在已忘了他是如何答疑的，却清晰地记住把我那封信寄回了，说我开头第一个字就写错了，他用红笔圈了起来。第一次写信就出错，有人问是错在哪个字上，我到现在都不愿说，只是觉得以后写信程序大致就是如此。

小学高年级的同学踊跃写信是在20世纪50年代。当时仰望苏联，尊为老大哥，各方面都有意效仿。没有哪一个人不对苏联津津乐道，言必卓亚、舒拉、《钢铁是怎样炼成的》；没有哪一个国家的歌曲如此广泛地被大家传唱，耳畔都是《山楂树》《喀秋莎》的旋律。小学生自然不能闲着，那就是经过引导，与苏联小学生写信，成为朋友。奇怪的是，远在苏联的陌生少年少女，居然也能收到，并且回信了。那时会俄语的人特别多，叽里咕噜，珠落玉盘，而学英语的又特别少。一封来信要找懂俄语的人翻译并非难事，也就知道和自己通信的是冬妮亚或是丽达，要不就是波列耶夫、亚什卡、尤拉。信之往来使双方多少领略一些异国风情，更主要的还是言说志向，憧憬理想，小大人做派。一个人被引导，多少会缺乏一些个人本色，不是爱怎么写就怎么写的个人心思。如果能一直写下去，小小少年由小长大，由陌路到相知，情感上渐入佳境，会让人想到西伯利亚的皑皑白雪、长满了眼睛的白桦林，最终也许会是

《莫斯科郊外的晚上》那般场景。世事难料，中苏交恶，写信的热情戛然而止。这很像邻里纷争，大人出手，小孩受到暗示，不再往来。这是一段无果的通信史，因为国家的原因，无疾而终。许多年后，少年已老，只是会在回味那短暂的时光，眼神里显示出了留恋，却不会再生出写信的冲动。是时间稀释了曾经的热烈。

曾经眼热他们收到布宁或者达雅来信时的欢乐。后来才想得远一些——因为需要，这些同学被引导着写信，以交年少一代之谊，使写信成了自觉。又因为形势变故而需要切断一切联系，若飞鸿折翼。写信本是很私人的事，写多了写顺手了就形成惯性，不写还真手痒痒。只是，把信纳入一个大的辙轨里，一切私情都是渺小如尘，不值说道，无从说道。

20世纪70年代是我大量写信的时期。人在远方务农，形单影只，只有通过写信与家人交流。信中内容颇为单调，大抵是山野生活的描述，外加民俗风情的点染，其下就都是对前景的忧郁。家里来信内容也大致可以猜到，家中近况的敷陈，对我在外的隐忧，末了都是安好。相信那时节寄往山区的信都如此，笔调都是很沉重的，全无开怀的事值得渲染。当时流行一首禁唱的《南京知青之歌》，有人把歌词中的地名全改了，换上家乡的地名，夹在信中寄了过来。有人收到，快手传抄，暗自哼唱，泪流满面，觉得信真是一个好东西，居然把禁唱的歌曲完好无损地送到知青手中。春节回家，有个在中学读书的邻居提出一个要求，希望我们每个人从山区都给他写一封信，寄到他学校来，而且最好是用政府印的信封，譬如"清流县革命委员会""清流县灵地公社革命领导小组"的信封。当几十封信先后涌入他的学校，可以想见很多同学的眼神有了新的内容。所谓借力就是如此——一封信没有什么重量，但许多信从远方来，就有一种让人猜度的倾向，觉得其中的力量，三教九流、黑道白道、狐朋狗友、此人不简单。大家一眼看透他的心思，笑笑，回山区后竟无一人给他写信——一个终日劳作难以温饱的人，谁会有心思做此无聊之事，况且要付八分钱的邮资，跑五里山路到公社寄出。这样也使写信的目标很单一，就是给父母写，别无其他。如果一封信以报平安为主旨，上面的信息就不会太多。每个人小心翼翼，不愿论说世事，以免惹来无妄之灾。信太单薄了，有时就收不到。它在某个环节被人私拆并毁迹，总是查不出来。很多来信都堆在公社邮局的筐子里，谁都可以去翻动。有偷窥癖好的人就把一些自以为有看头的信顺走了，使寄信、收信人望眼欲穿。若信中夹寄一点粮票、零钱，那损失就更大了。有人授我一种省邮票的方法，就是在寄出前把米汤抹在邮票上，让家人收到后把邮票泡在水里，水汤化了，邮戳也不见了，可以多次使用。可是母亲不同意，她觉得持这种小伎俩的人成不了大事，此法也就得不到实施。现在想来，为什么一个人会在小小的邮票上使心计下功夫，像余光中，像我们，把邮票视为一种隐喻，而不是一小块纸，都源于一个很深刻的原因，因为分离，因为天各一方。原本生活自在的一家人，硬生生地被分离，在不同的空间里彼此思念，邮票的功能就自然而然地行使了。大字不识一个的文盲，也会请人代笔书写，代为读信，借来来往往的邮票，纾解相思。有时到邮局，营业员发现太厚了，就放在天平上称称斤两，要求再加一枚邮票。这也使写信者下回注意，采用薄纸写信，正面写完写反面，用尽密不透风之法，就能顺利过手。

真正一封信有多重，是称不出来的。

一信写毕，每个人都应该在末了落下自己的名字——我是这么认识的。后来发现并非如此，人可以隐于信的后面，让信充当前锋，自己静观这封信引发的动静。所谓匿名，就是如此。有个知青要分配到一个大工厂了，算是走了狗屎运，让人生出强烈的妒忌之心，于是有信寄到县上有关部门，罗列此人劣迹种种，其中还有让人吃惊的破坏军婚。于是先调查，分配暂停。来信不曾署名，邮戳又碰巧糊了，不知来自何方。一本正经地调查了好多日子，发现此人不似公社鉴定里说的那么优秀，也不似来信揭露的那么丑恶，只是平平耳。时日不居，那家大工厂的招工已经结束，他没事，也没机会了。有人问匿名信是不是我写的。他看我有空就拈笔写字，又会写好几种字体，变化出各种造型，是写匿名信的最佳人选。由于是匿名，藏在我们中间，人人都有嫌疑，而爱写写画画的也许就是在此时运用这个特长的，嫌疑也最大。听说后来的匿名信多起来了。人人不爱当农民，倾心于当工人，于是要把别人拉下来，自己才好上去。匿名多了就不值钱。一个领导出来说了，只接受实名反映。一个人要用实名做此类事，他的神经一定要非常强大，也是要经过再三考量才敢下笔。这时，人就不是隐于信的背后，而是要挺身向前。奇怪的是匿名信就此绝迹，署名的更是没有。依我的写作经验，写匿名信人会有一种快感，很刺激，不是他在写，而是一个隐形的人在写，这个人自己也不认识，世界上也没有这个人，笔调就越发放纵不羁，超出寻常写信的情绪。中国写信告密的传统久矣，甚至把亲人、朋友交流、探讨的一些内容整理好，上寄给专政机关，目的都是要把这个人打垮。在我看来,如此为有悖写信的本来意味。

一封信如同一枚带壳的果实,只有打开果壳,才能知道里边的内容。如果是明信片,它就没有这层包裹,也就不会把秘密写在上面。每个人都有一些属于自己的秘密,或大或小,不愿公开。信纸承载了秘密,装入信封,犹如一个安睡的婴儿。眼力再锐利的人也不能穿透,除非,把信封撕开。在一个不文明的缺乏教养的环境,有些信就被人偷窥了,把秘密传播了。因此如何保证一封信里的秘密得到守护,我一直想不出好的办法。椰子、榴莲,果壳那么坚硬,还是轻易地就被人撬开,进入它的深处。信封单薄,口封得再严密,也只是对守规矩的人的约束。他们觉得这虽是一扇虚掩的门,也不要有推开的念头。大家都遵守了,秘密就有安放的地方了。人还是需要隐私的,不是什么都要翻出来在阳光下晾晒。有了隐私,对于一个人来说,也会更丰富一些。一个人有几次丢信的经历,写信的热情就上不来了,有些个人的感受就不愿付之于信,宁可让它们烂在肚子里。

20世纪60年代末,我一直在写作。事后才知道那个年代有许多如我这般的山村青年,都在各自寻找自救的方式,试图走出穷乡僻壤,到工厂去,到城市去。想靠写作来改变命运的人不少——如果能在一些大刊发表三五篇，马上会被县里的文化部门盯上。尽管白日的田间劳作疲惫之至，有人还是写到深夜才搁笔。一篇完成了，便会给素不相识的编辑写信，恳请指教，给予发表，然后走五里山路到邮局，郑重寄出。那时文学创作还是得到支持的，再厚的稿件也不必贴邮票，把信封右上角剪掉即可。编辑的态度也出奇地好，每一篇都给退稿，还附上一封阅读意见。大意都是两点：一是文字优美流畅，表达上没有什么问题；二是政治思想深度挖掘不够。后者远远重于前者，由于后者不行，连修改的价值都没有，只能另起炉灶，再写。文学作品是不是都要深刻的政治思想，没有思想只有个人情调行不行，其实是可以讨论的，可没有人来和你讨论。此后十年间我就一直是写稿、寄稿、退稿、再写稿、再寄稿、再退稿，弄得周围的人都知道如此套路，成为谈资。好在我自认为乐事，一以贯之，爱怎么写就怎么写。由于不必与人合作，始终在自己的把握之中，遂不放手。1975年，北大中文系几个工农兵学员创作的长诗《理想之歌》以配乐诗朗诵的形式播出，后来《人民日报》又以整版刊登，全国轰动。我细细读毕才知道思想性深刻当如此，而不是关注个人，感受个人情怀，便觉得自己笔调的确相差太远，追不上了。记得赵执信曾说，

"今夫喜者不可为泣涕，悲者不可为欢笑，此礼义也。富贵者不可语寒陋，贫贱者不可语侈大"。一个人写文，若傍人门墙，看人眉眼，硬去仿效，终究是写不像的。十年走笔，退稿成了必然。事实说明自救是失败的，估计许多人的自救都没有成功——人在黑夜中行走，什么是方向，要走到哪里，一点把握都没有。所幸写作是一己私事，以此为快意，也就没有失落。后来我离开乡村是因为考上了大学——时局发生了巨变，像《理想之歌》这样的写作方法当然可以存在，而更多其他的表达方式，如同春日草木，探出头来，觉得是时候了。接下来我寄出的一些作品，渐渐被接受，往往会收到一封薄薄的信，信封下端是这个刊物的名字。打开信封，用并拢的食指和中指夹出那一枚小小的便笺，信文很短，最动人的就是两个字：拟用。此时不禁感慨，退稿的那一页被翻过去了。一个时局的改变，连同改变了审美。曾经不合时宜的表达方式，而今能被理解、刊发。又过了一段，会有一个牛皮纸大信封送到我的手上，凭感觉里边是几本刊物。打开来看，自己的名字和文章，都在上面。

寄信，从此有了一种新的价值和意义。

写信的时代注定是一个慢时代。羊毫、八行笺，笔濡湿了，墨香飞动起来。疾徐有致地写去，是旧日那种竖式写法。竖式写法自然有它的道理，恰似悬崖瀑布遥遥由上而下垂落，人的心绪也次第舒展。《一代宗师》有一个叶问给宫若梅写信的情节。交手之后，他们已经好久没见面了，他想看她六十四手的愿望一直没能实现。末了，他在信封的左下角迅疾地写下一个草书的"葉"字，思念之情似乎一下子泼洒出来。万豪齐聚的毛笔蘸上墨汁，经过提按的轻重交替，还有节奏的疾涩调节，便可应和心绪之起伏。对方敏感，也一定能感受到这份情意。而《激情燃烧的岁月》中的石晶就没有这么幸运了，她的情感得不到接受，给胡达恺所有的信都被退回。这个她喜爱的男人从此杳无音讯。石晶自称内心长满了荒草，如同这些信不被启封、阅读，只能把满腹疑问埋在心里，让时日过去。一封信不被阅读，也就难以尽到信的义务。我一直坚持写信是不可教的。作为一位教师，可以教人如何写小说、散文，却不必教人写信。一个人拈起笔来，以平常之心，缓缓写去，或问安、询事、请益，写明白便可。见陆游写信，写着写着就歪斜向左了，歪斜就歪斜，仍然写到末了才罢手。工拙是次要的，自然卷舒才要紧。柳亚子的字我素来不喜欢，一看就知道没学古人笔法，只是任自写去，这也使人读他的信要费些气力，不能畅达无阻。有一次柳给曹聚仁写信，草草，末了自己也觉对方阅读有难度，便特地写道："倘若不能通读，明日过我，内容当面奉告。"这也算是天下奇信。一位感觉甚好的诗人，笔下如此，只能说习气重了，但又是自然之举止，毫无造作，这些矛盾都涵纳在一封信里。在我认识的人当中，写信上用意用力的当属吴君。当时我们在乡下当机修工，他正和县上一位小姐谈恋爱，不能常见面，小姐就摇摆不定。吴君认为只能通过写信来征服她。他开始密集地写，三日一封，时而用楷书，时而用隶书，时而又用草书，但会在另一张纸上用小楷释出原文。他有时横写，有时又竖写，有时还组合图案文字。每一信写毕，吴君都会把信在我眼前晃两下，让我眩晕，然后问我整体效果如何。小姐没读多少书，邮递员隔三岔五来送信，让她细读不及，便心中暗喜，觉得遇上江南大才子了。婚后的吴君不再写信，有空就拉二胡，实在要写也是草草了事三五行。不过，我觉得此时的信才是真正的信，它回归书写的自然。

每一个拈笔写信的人都会在书写中看到一个清晰的自己。

把你来我往的信拿出来展览当然是后来的事——本来是相互间必经持守的秘密，而今装裱一新，陈于展厅，让人看透。这样的信味道当然变了——一个人在信中表达的，原来只是想让对方知悉，共同持守，现在成了大路货。当信作为展览的作品时，如果事先知道写给众人看，那他书写时的心态、手态就不一般了，很有意，很好看，当然也很应景，合乎公开信的要求。如果一个人提倡创作一封信，那就很好笑了，那就无法形成本来意义的信，而是其他什么东西。信是不须创作的，也不须他人来传授写信秘技，以手写心，就是一封明白的信。如果一个人连写信都要做派，那他做其他事，都可以猜到是怎么一种腔调。信的生命比一个人的生命还要长，人死千年了，他们笔下的信还被人珍藏着，完好。这些完好的信在当时没有什么尊卑贵贱，亲友间的问候而已，而今差距就大了。大名头的人写下的信，物质价值高到天上去——精于此道的人完全可以把天下的信排个座次。事实是，信的主人在与不在，信都在被转卖着，到处流浪。张三买了一封名家的信，见行情涨了，就无收留之心，高价卖给了李四。信就像一枝花，在击鼓声中传着，被人指指点点、说三道四后，又落到另一个生人手上了。一个人没能力把握自己写的信，当年寄给他人，寄向远方，时过境迁，主人再也不知它们归于何处。父亲去世后，我整理了一包别人写给他的信带回来。这些信他都归类了，邮戳上的日期居然有二十多年前的。父亲生前肯定没有想到如何处理这些信件，现在我也只能把它们包起来，放着。我同样碰到这样的问题。多年的往来写信，有许多我自认有价值的信，被留下了，写信者是名流、才俊，信在此时就已体现了价值，遑论日后。但是我至今没动心思，只是让它们沉睡——相信很多人也如此，他们着眼于处理一些大的事务，而于一封封小小的信，尚未留心。往往是人过世了，他的后人不知其中的价值，草草处理；或者深知其中的价值，每一封都在讨价还价声中卖出了。信自写好后就面对行程，甚至漂洋过海到了陌生的国度，不必回来。

我一直强调小羊毫和花笺生宣是一种绝配，在上边写信是一种享受，一直想写长一点。曾几何时，到邮局寄信，不难看出纸上写信的势头已经过去，门前绿意邮筒扁扁的口子上落上了尘泥，里边空寂，不像多年前信堆了一大摞，有两个青年正在奋力打戳。现在还写信的人，的确是有癖好了，喜欢纸质的素朴，喜欢毫端与纸面的摩挲。说到底，还是对旧时光慢生活的依恋，生怕把写信这个既实用又审美的动作荒疏了。时之所轻，我之所重，这种与时错位的举动，是一种很私有的恋情。我写信，故我快乐，至于别人写不写与我无干。那些喜爱与我通信的人也具有共同的爱好，不写还真不行，于是来来往往没有中断。日子在写信中过去,或者说写信把日子延伸了。直到再也写不动的那天来到——手抖得厉害,毛笔把握不了,眼前迷蒙一片,个人的写信史方告终结。

最后寄出的那一封信,末了会有颤颤巍巍的两个字:再见。

无 端

　　父母亲去世后，我再回到泉州这个小城，好像感觉也不一样了，有一些茫然。有人送过来一本书，说是刚买到的我的一本书论，让我在上面题几个字，做个留念。我问清楚他的名姓，就在第二页的空白处下笔。落款了结时，我把书递给他，看他一副不胜惊愕的神情。我说："就这样了。走了。"我想，今后再到这个小城，大凡落款，大抵如此。此时我就像一位外来的行者，走动走动。尽管我在这里生活了16年才不得已离开，此后对它的思念日减——我是一个没有什么乡愁的人。见到他人动不动就讲乡愁，好像时兴得很。在这个城市里走，不怎么会遇上熟人——如我这般年纪的人当时大都离乡背井，到远方去。现在我见到的都是新面孔，这也使我觉得这个城市和别的城市一样，没有什么情节可以怀旧。我16岁离开家乡不是去过好日子，而是去当一个农民，终日忙碌在水田里。当时我非常非常依恋这个城市,觉得我的全部都在这里,生养我的父母,我喜爱的学业,还有房前屋后青翠的草木,连同我养下的一群小动物。可是没有办法,时代潮流把我冲走了。1968年12月22日,《人民日报》发表了毛泽东的最新指示:"知识青年到农村去,接受贫下中农的再教育,很有必要。要说服城里干部和其他人,把自己初中、高中、大学毕业的子女,送到乡下去,来一个动员。各地农村的同志应当欢迎他们去。"指示不长,谁都可以背下来,许多在城市里的青年的命运,从此被改写。开始我是一个旁观者,看着街道干部东家进西家出的紧张动员,觉得很坦然,与自己无干,因为我那时只是个小学毕业生,分明在指示之外。不承想,地方政府把小学毕业生也捆绑在内,扫地出门。那个时代有许多的不幸,谁被摊上了只能自认倒霉——这也是我在后来的日子里对这个城市少有情感的缘由。也许有人会觉得在这个海上丝绸之路的起点,有诸多宗教交融的空间里,人的精神生活会更安和和温暖一些。其实不是,这种想法过于幼稚了。革命风暴来了,荡涤一切,就像唐人韩愈所说,"水大而物之浮者大小毕浮",并不会因为你是小学生而放你一马。人在山区,心在城市。同来的知青,人人为了选调进城而各显神通。我永远是没份的，因为年纪小，学历低，但也和其他人一样，对城市有强烈的向往。城市肯定是比山区好得太多的地方，适合人的生活，有益人的生长——如果一个人没有空间比较的感觉，那这个人也就没什么希望了。对城市空间的向往是人的一个方向，这个诱人的理想，无形地牵引着，即使做梦，也倾向于那里。乡村里不少人连县城都没去过，说起城市根本难以想象，只有那些偶然去过的人，内心荡漾不已。我到地区所在地去了一趟，看到那里最大的钢铁厂、化工厂、农药厂，夜里就梦见自己置身于农药之中，穿上工作服正在乐呵呵地操作着。也许是心中总有一种叫期待的情绪，每一日都变得警觉和敏感，招工、选送建设兵团、推荐工农兵大学生，来来往往，就是无缘于我。母亲忍不住了，提前退休，希望我回去补她的缺儿，也当一名小学教师。我表示了不愿意的想法——直到这时，我才知道自己已经不喜欢我曾经生长的城市了。如果可以，让我到另外一个陌生的城市，哪怕小一点、差一点，重新开始。父亲来信说，母亲会在深夜坐起，想到我的处境而哭泣不已，不知道是否也含有对我不想回头的伤心。

时势在我23岁时发生了令人惊愕的转机。报纸上每一天都是让人感兴趣的消息。尽管传到山区已晚,我还是会捧读一番。我觉得与我有关的就是恢复高考的消息,其余在我的视线之外。风乍起,吹皱深潭之水。我在山区待了快十年,也应该换一个地方了。紧张地报名,疯狂地复习,有此愿望的人都有一个明确无比的目标,以自身的力量,换一个空间,换一种生活。以我小学的经历揣度高考,犹如井蛙说天,即便是一名大学教师,也无从言语久违的高考。一个人在十年间没有经历考试是很离奇的事,而即将来临的考试如此急切,让每一个人都茫然无措。我对形式是不讲究的,而看重那些如山一般沉甸甸的内容。在落实内容的时候,我一直处在想象中,不像别人叫嚷时间太紧张了,来不及准备了,想象着明日就考,像临阵的拳师,任你什么形式,一掌破了它。

后来——当然是我考上大学之后,山区的同行才谈起我的一些旧事,可笑的,可哭的,我都任由他们说去,添油加醋。大概是以小学学历高考成功,十年的时间换得了新的空间,很自足、自适,也就宽宏大量地随人卷舒,话题里就多了不少搞笑的成分。我很清楚,是后来的生存方式改变了,什么话题的重拾才有意思,哪怕芝麻大的一点旧事、很远的人际关系,也会被放大、拉近。换言之,如果高考失败,依旧蛰居于山区，生计窘穷局促，向人倾诉你如何穷昏昼忌饥渴兀兀不息，没人理你的。就像《水浒》里的武都头，不打一只大虫，谁也不知他拳头有多硬；不杀一个西门庆，谁也不知道他刀有多快。

最高兴的当然是我母亲了。她深知山区和城市的差异。当我寒假回家，她几次摸着我的脸说："我太欢喜了，我太欢喜了。"

那些多年后随着知青回乡潮流又返回老家的兄弟们，在家乡的夹缝中过日，不久纷纷下岗。那天有个老知青给我打电话，说当年的这么多人都觉命运不公，要求政府找块地给立个纪念碑——上山下乡五十周年就要到了。她想代我签名，参与呼吁。我表示不签名，也不参与这个事。立碑如何，不立碑又如何，那么多的日子流水般消逝，对那时的苦难早已麻木。更重要的是每个人都在自己的空间里，生活复归平静，以后也大抵如此。不过那个晚上，我躺在床上，还是把当时一起插队的人名念了一遍，还有生产队的一些贫下中农骨干，他们都姓黄，名字更是牢记。连同后来我到县化肥厂当学徒，那些工友的身影也带了出来，我居然如此清晰。有几个人的名字我有点忘却了，但稍加沉吟，还是无误地读了出来——很多大的事件早已淡忘，而正是这些碎屑的，几十年沉入记忆之底的人、事，居然一下子钩沉起来。让我不解的是，有的女知青如今还在忙碌着，在小学周边办托管，招揽几名小学生来管理，挣点小钱补贴生计和资助子女。从当年的绰约到今日的老态，可见生存的辛苦。但她们每隔一两年就会到当农民的山村去，在那里住上几天，看看曾经一起劳作的乡亲。而我自从考上大学出了那个村子，就再也没有回去过。我的理由也很简单，在那里的十年正是青春时光，实在待够了，此后绝不会想。而她们认为我是没有情感的人，才会如此淡漠。其实，每个人对于空间的感受是不同的。记得当年村上的一个青年下了一个铁夹子，有一头皮毛油亮的麂子被夹断了腿，挣扎之后侥幸逃脱，此后，再也见不到它的影子。

　　前不久我托朋友从那个县城的档案馆把我的档案全部调了出来，从16岁到26岁，十年漫漫，此时浓缩成薄薄的五张纸。

　　如果不是外出，我还是每周到美院画室给研究生上课，剩下最后一届的研究生，成了关门弟子。开门弟子和关门弟子都是比较有意思的，开门在文学院，而关门则跑到美术学院了。时间的推移使空间得以转变，差异其实是很大的。以前毕业的研究生天各一方,有的继续规延风雅,铁画银钩不辍,以至于有了名声;有的奔走于稻粱衣食,已不多言说艺文,但追求过好日子,也是为人的一个本能。有的来到这个城市,顺道来母校走走,也理所当然推开这间曾经熟悉的画室的大门,看看。迎着他的都是陌生面孔,他们抬头看他,也是一脸诧异,不知道此人是他们的师兄或者师姐。画室陈设依旧,黑板前照旧是一方桌子一方椅子,老师在这里开讲。不同的可能是四壁,有几届的学生积极一些,凡有创作,必挂满壁间,使人进入以为举办书法展览。有几届则无此举动,以至于四壁简净。每一届的学生都是不同的,相同的只是老师,还有坚硬的画室、3年时光,一起共度。每个人有自己的方位,堆满宣纸、字帖,终日临写。想蹭课的其他学生,只要没人反对,也讨个位置,临写无碍。我总是想,3年时光还是要身心快乐,方能生出从容雅致。一个人在今后,如果会对这间画室有所留恋,应该都是一些快乐的往事。师生关系的产生由某一些机缘来确定,很偶然,而后成为必然。有时很想收下这个学生,缘于他的灵气和踏实,没想到却意外地考砸了,是外语这一科分数差得太多。而另一位不太让人注意的,却每门都平平,踩到线了,不能不收。

3年时间除了逐渐进入古人的世界,师生也在相互观察和考量。往往不是大事着眼,师生间本无什么大事,而是从琐碎上观,3年相处已是足够。事实是,有的学生毕业之后再无联系——当初是以学业来联系的,学业结束,相互间的关系当然也戛然而止,说起来很自然的,不足为怪。以前的人把师徒关系看得很重,尤其是古训"一日为师,终身为父",真会使人心理上徒增负担,就是我也觉得别扭之至。一个学生毕业了,自己有了发展天地,感觉会产生很大的变化。我向来对于人际关系的认识就是顺其自然,交往者交往,不交往者不交往,好像也是注定的前缘。当然,如果一个多年没有交往的学生打电话来,说要来家里坐坐,让我看看他的书法作品,只要有空,我还是会欢迎,而绝口不问这些年过得如何。

报纸上偶尔还发表明先生的一些小书论,但明先生已随马航MH370的失联不知所终。据我对他的认识,他对于陌生的空间兴趣还是比较大的。有一次,一个边远小县举办一个笔会,我因为正好在,也就顺便参加了。他从外省乘机再辗转汽车——这实际上是一个很小的活动。后来又看到他去了几个小地方的报道,参加同样很小的活动。这次他去马来西亚,想必也思量不断开拓新的书法空间，兴致颇高，而前四天的活动也着实顺畅。最后，有6位画家更改行程，不飞北京了，直飞上海。这6位幸运者，可以想见他们如今仍在自己的画室里泼墨挥毫，或者与来买画的人讨价还价，自任得很。但明先生则在不明之处。报纸上发表的小书论，应该是他之前发给编辑的，文是人非，别人看得到，他自己反而看不到了。我想引申的是，文字是可以穿越空间的，成为有始有终之物。文学院的学生手上的古典文学作品，尤其是先秦文字，到此间已经变得晦涩难辨了，如果古人看到今人的解法，可能要说谬矣谬矣。国学盛时，自诩国学家的就多起来，讲孔子、老子，在电视里讲，像多集电视剧。有的专家就说错了错了，这不是孔子的意思。后来又有人说专家说的也不是孔子的意思——一个人不在孔子那个时期，尤其没有跟着孔子东奔西跑，现在说的孔子云、孔子云，都是当代人的气味。就像我们见到那么多北朝造像、造像记，想着当年费尽心思开凿洞窟雕刻佛像，虔诚供养，又有何益。这些后人视为荒诞的、虚妄的，都是因环境差异引发的。在后来的日子里，空间转换，有人也自然会毫无敬畏地坏损佛像。我现在能理解的是，每个人在他生长的那个时段里，都会有自己的期待，有所期胜无所期。

老书法家白先生过世后,追悼会按教会的仪式举办。在我和他的交往中,觉得他并无此倾向。他年纪大了,可有时论起问题还会过激,浑如可爱的愤青。他自己不立规矩,书法作品就总是处在随意价上。我说您都快80岁了,又是名家,定个规矩好执行,也少和讨价之人费口水。他说不好意思。有次他很不开心地告诉我,老家来人取走三副对联,只付了不到300元。我一听就乐了。我说你不能怪别人,无规矩可循,他们还认为多付给你了。一直到他80岁生日,学生才给他定了一个润格,可惜没过几年白先生就走了。听牧师介绍,白先生是在临终前接受福音的,从此成了一个基督徒,荣归天国——本来不是朝这个方向的,但在最后的日子里被扭转。白先生原先住在一个老旧的小区里,没有电梯,上下全靠脚力,是应该换房了。可是这里住久了,就生出眷念,不愿挪动。邻里熟识,可以负暄聊天,可以有对手弈棋,而到那家老字号小酒馆品尝美食更是一件开心的事。许多时候,外人只看一个住宅区的外表,电线无序胡乱牵扯,墙皮都脱了,扶手上都是铁锈,过道采光昏暗。既然小区如此破损,住在这里的人也一样,不会有什么好心情——把物理空间和人的感觉空间放在一起推论,往往低估了人在感觉上的丰富性,使比照出现了舛误。我相信经常会有这样的类推出现，以为理当如此。其实白先生有许多记忆是离不开的，就像小区里渐长渐高的树木，它们的气味也有别于其他。这种关联由于过于虚幻，往往不在留意之列。后来白先生的学生们给他找了一个好住处，让他住在那里——这些学生在我看来是天下最好的学生。但白先生似乎不太适应，就像一株老树挪窝了，即便根须无损，也会茫然一阵。白先生是个敏感的人，最后成了一个基督徒，我认为也是为了心安——空间如此之大，有地方安放一颗心，就好。

卜先生在退休后不甘于在这个海滨小城里安度，到了北方大城市发展，试图获得一席之地。在那个人生地不熟的城市安顿下来后，就像一只勤快的蜘蛛四处结网。和他无干的书法雅集、笔会、展览场面都会看到他的面孔，当地同道也知道从南方来了这么一个人，恭敬、谦卑，满脸诚恳、笑意。大城市的人还是很有礼貌客气以待，恰到好处。只是真有活动，尤其是品位高的活动，都不会想起他——他们有自己的一套规则，不是写在纸上，而是像风，摸不着看不到，这使他徒唤奈何。几年过去仍在边缘上，无法向中心靠近一步。他说最好的成果是哪个地铁口有他的一幅书法作品，如此而已。最后他还是打道回府。从他居住的高层单元房里可以看到蔚蓝的大海和涌动的波澜——这个椰风浪影的小城,品类繁多的水果散发出香气,海产品在一长溜摆开的塑料箱里游弋蹦跳,而各色小吃煎炸蒸煮后的诱惑,往往使人坐了下来,把晚餐设在这里。想想自己转了一圈无功而返,声名还是原来的声名,身心却受累不少,尤其不为名流所重视,惘惘不甘。我对卜先生说,艺文之事,如果你做得很专精,又有个人特色,就算你在角落里,也会被人发现,让你坐到台上去。如果不是这样,你跑到美国发展也没用。我的这种认识当然比较老旧。一个人持守一个空间不移——酿酒的人藏于深巷,不角逐利场奔走衣食,也不四处吆喝,只是着力把酒酿好,结果嗜酒的人识货,深巷也不乏摩肩接踵的沽酒者。不知他是否接受我的说法,在后来的日子里,他再也没有外出闯天下的念头了,每日于工作室笔墨驰骋,和朋友细细品茶,想想外面的世界的确很精彩,真的进入,却未必如此。

老年医院是这些年我有意无意观察的一个对象。在这几座建筑里,聚集了一批老年病人,进进出出,出出进进。有的多年躺在医院的病床上;有的挂床,待身体不适随时可以住进来。天气清明时阳光温柔,护工们纷纷会把各自照看的老人推出来,让阳光驱散他们身上的暮气和药水味,同时呼吸室外的新鲜气息。老人们眯起双眼,嘴却张得大大的,不出声响,护工则凑在一起说笑。不少人在年轻时是好汉英雄,轩轩于鸡群,却不料晚年病魔侵犯,已难自理。是我们看不见的那双巨手,使一个人的豪气日渐销蚀,最后成了这样子。我知道的这些病人中,有的是有资历的,有的是家境优越的,才有如此待遇,医药无虞,专人看护,使生命一直得到自然的延续。从生活经验出发,肉体的存在是第一位的,至于尊严似乎可以忽略。一位没有知觉的女病人要排泄了,她的亲人此时都不在,护工直接把她裤子脱下来,像婴儿那般把她大腿抬起。此时病房臭气冲天,旁边病床的亲友、护工都跑出去了。我毫无知觉地坐着,如果我再跑走,同在病床上的岳父心里会多么难受,他此时连下地都没有可能了——我心里涌起一阵悲凉,当一个人不能动弹,就连提出一点小小的要求都不可能——护工,把布帘拉过来遮掩一下吧。过后,有人过来和她说话,安慰她,不知她是否听得到,只是慢慢有眼泪从眼角流了出来,滴落。有人告诉我,她原来是从事科研的,精于用脑。而今,她的大脑对眼前一切浑然无觉。病床是公共性质的,如果有知,可以记录每一个病人的不同经历。有人去世,人抬走了,后勤马上过来更换被褥,清洗消毒。过一会儿,又有一个病人获得这张病床的权利,带着大大小小的用具进入,躺了下来,开始他在这张病床上的治疗时光。一个人既然进了医院,也就要放弃一些或这或那的喜好,心无旁骛地挂瓶吃药。譬如一位文人,他的病痛如影随形,成日情绪阴晦,还写什么锦绣文章,读什么圣贤经典?各种要求下降到最低,甚至克制忍耐,只等走出这个空间再说。我到过一个小县城的旧日监狱,现在它成为爱国主义教育基地和养老院。走了进去,建筑结构沉重冰冷,光线昏黄,有一股潮气。作为曾经的监狱,虽人事变迁,但仍然有阴森感,自然就想到刑具、惨叫、鲜血、死亡。还不到五点,老人已吃完晚饭了,在我们走动的过程,他们没有一点声响。看看他们的房间,所有物件都蒙上一层旧色。老人们都习惯了——日子走到此时,一切都以简单来行事,简单地吃简单地睡,简单到无话可说。再复杂的人到了后来,也要罢去三千烦恼丝,让自己成为一个简单的人,听从他人安排的人。我相信在这里,温饱一定是没有问题的,只是不会有什么快乐可以言说。

时时回想晚年的父亲和母亲,还是对父亲的印象更为深刻一些。母亲大约在80岁以后感觉逐渐衰退,最后归于零,以致多年间我和她在一起只能相互静坐,无法交流。有时看着母亲昏昏地睡着,觉得自己简直是一个毫无用处的人,无从让她返回。父亲虽然有病在身,却有思想,能言行,有时会为一些问题与我争论,便给了我观察他的机会。一般人认为,老年人的空间意识是渐渐萎缩的,其实未必,有时我觉得父亲一天的电话比我更多,说的也更长一些,对象是亲友、同事、学生和他资助过的人。当手机出现故障时,他是如此惶惶不安,心神不宁,愣是把保姆的手机抢过来用——在一个人不太方便行走时,手机就成了与外面联系最适合的工具。手机使他心安。二楼的父亲,即便足不出户,也可知道天下大小事。他把手机放在案桌边上,很安然地濡墨挥毫,写上几个小时,或把手机放在手可触及的地方,才松弛地躺下休息。父亲对于电视的兴致,主要是中文国际频道,偶尔边看边谈见解,可惜这个频道呈现的空间恰恰是我陌生的。除了和或远或近的人联系,逢礼拜天,父亲必定让保姆陪着,坐上三轮车到教堂,做一场礼拜。这个教堂规模宏大,门顶上六个大字是父亲让我写的。不知什么原因,父亲选择这里,而母亲却选了另一个教堂,尽管信仰一致。我也陪父亲礼拜了几次,坐下来静静地听。回来的路上,我劝父亲还是在家读《圣经》好,牧师讲一场下来,枝蔓太多,引申也未必合适。其实父亲母亲每日都读《圣经》的，同时也坚持礼拜，他们心灵所到之处已十分遥远。这个精神的国度，活着的人只是向往，难以猜度。通常认为，精神生活是自由不居的，因此易于忽此忽彼，若水无常态。可能许多人是这样，变数多于定数，但于父母而言，精神生活的指向上是一直固定的，也就是一维——由于信仰确定无移，对于这个世界诸多的人事判断，也就有了一定的准绳，不会白云苍狗，穿凿附会，或者矮人看场，人云亦云。由于善良与谦让，吃亏总是有的，但生性不与人争，与谁争都不屑，也就常怀喜乐。尤其是母亲，生活尚简，谢却肥厚之味，认为稀粥与咸菜最合胃口。母亲去世后我们整理遗物时，发现了好几张收据，最多的一张有6000多元，这些都是她乐意奉献出去的。父亲和母亲都是不爱言说的人，可能是觉得多说无益，和口若悬河的牧师正是鲜明比对，由此更显得严谨庄重，深沉苦海。如今他们都不在了，对于那个让他们喜乐的天国，我无法表述。

对于空间，我的感觉是北方人空间感明确，而南方人多半含糊。在北方问路，总是示之以东西南北，让人从一个方向转到另一个方向。在异地本就茫然，以方向示之更达不到指路的效果。迷路是过去的人都经历过的，路径如人生，曲里拐弯，倘设计成环形，则往往转不出去。最典型的是祝家庄，几个好汉皆因迷路而被生擒，还好石秀遇上一位老人，才解开了玄机："你便从村里走去，只看有白杨树，便可转弯，不问路道阔狭，但有白杨树的转弯，便是活路，没那树时，都是死路，如有别的树木转弯，也不是活路。"人的智慧在应对空间上尤见专长，以至于一个大城市，一个小乡村，有时也不愿让人一眼洞见。小时候我对老家的北面相对熟悉，而于热闹的南面则陌生之至。往往放学随同学去他家借书，自个儿返回时一点儿底都没有，生出一身惊慌。一个人想自个儿探寻路径，不愿张嘴问道，心理负担就得承受更多一些。尤其华灯初上，大街小巷似乎都变了样子。人孤独无助，看着行人轻车熟路地行走，真有一些绝望了。往往是此时没有把握地转一个弯，发现了一座熟悉的建筑，心中狂喜，终于走上正途了。迷路比不迷路在感觉上来得跌宕，因为没有把握，对空间都是探索性进入，像做实验那般。现在的人没有迷路的感受了，即便全然陌生之地，也可以得到准确的引导。让人不迷路是一种责任，所谓导航，就是彻底告别迷路，消灭迷路的感觉。这样也就没有什么趣味，人人依赖导航，就像问学之人,在图书馆里翻动那些发黄的线装书。也许翻了一大堆,还是找不到自己所需的材料。这个过程与迷路无异,要耗去不少精力和时日。后来,电脑来了,安坐于家中就可以查到自己所需的材料,好像早有人给自己准备好的。这样,也使先前寻寻觅觅的急切、期待心情不再出现。空间在这个时候,把大门敞开着,鼠标一点,即可进入。与之相契合的是人的内心空间观,一反古人的"藏器"之说,门洞大开,乐意毫无遮掩。"分享"这个词用得越来越频繁了,什么都拿出来分享,没有一个自己的秘境,也不持守自己的秘密。这些秘密对自己来说是很宝贵的,值得珍视,是不能交流的,它藏于自己内心的深处,有秘不示人的义务。

几十年过去,我离农村越来越远,在外生活的日子也远远长于在老家。16岁前我是无比地依赖它的,觉得不能须臾离开——在它典雅朴素的品质里,渗透着多个宗教的气味,礼数繁多的俗世情调与之交融,使人善于打拼又倚仗神明庇佑,认定这是一个安生和乐业的绝好场所。尤其是这个小城的特有南音,总有一种勾人魂魄的力量,使人不忍离它远去。记得当年离开时,我是大哭一场的,心中无限悲伤。原以为这种离乡的伤痛要维持很久。现在算来,3年后就渐渐淡去了,还觉得当时年少,自作多情,空流那么些泪水。是时间的流逝转换了空间,也随之转换了人对空间的感觉。原先的密切而今疏离,原先的依恋已经消失,再也回不到从前。

我在开头说的落款,是这样的:"戊戌九月秋风劲时,以撒客于泉州。"

缘 起

每隔几天,我就要开车到郊外取水。一位朋友在那儿开发了一个兰花苑,还幸运地开发到一处山泉,经过检验,水质甚佳。开始取水的朋友不少,时日长久了嫌远,也就渐渐少人去了。有时我会碰上那里干活的民工,他们说来回一趟的汽油费远远超出这个水的价值。而且,时间也花了不少,因为出水量少,要耐心地等待。算起来,取一次水要花近两个小时。有时遇上堵车,那更不要说时间的付出了。可是我还是坚持去做。每次回来,总是烧上一大壶,白饮,或者泡茶,此时最为新鲜,不愧为水之上品。我觉得它与小时候家园里水井的水是一个滋味。有人说我吹牛,因为几十年过去,又在外地生活,一个人早期的味觉早就淡化得无影踪了,根本不可能储存一丁点儿记忆。但是一个人的感觉就是固执持守,认为就是如此,也就不肯松手,数年如此往返。所谓值得不值得,是它的缘起,也许就是一丁点儿的细微倾向。尽管时光把一些大的场面都消耗了，抹掉了，而那些最细小的、缥缈无定的却留了下来，让一个人乐意这么做，或者那么做。

我在一个叫淮安的地方有一个小房子，放在那里。对于这个地方的认识，我只记住了其中的一个描述——这个旧时的县府，后来只能算是个村子，有水井30几眼。井水清澈甘甜，冬温夏凉，可以想见夏日每一天的井栏边都是湿漉漉的。孩童汲了水往头上浇下，让水迸溅出一朵朵晶亮的花。蜻蜓随之俯冲下来点水产卵；嗡嗡扇翅的黄蜂伏在水迹上，让水滋润它的口足。后来，开发商来了，交易完成，他们都乐意迁走，带着他们认为有价值的财产，但没有办法把深井一同带走。高楼盖在井的上边，渐渐被人遗忘了。我一直想着这个村子里的人走后，到了一个新的地方，甚至住上了带电梯的楼房，可以凭高望远赏心悦目，但是他们的味觉在触及自来水时，是会有多么地失望。人有那么大的能力，却对于一口井的迁移束手无策。只是会在某一个偶然，舌尖被如此相似的水的滋味唤醒。

几年前，我让肖静给我找了一盘芭蕾舞剧《红色娘子军》，放在汽车里听。这是因为经过一户人家，他正在放这个曲子。我伫立细听了一会儿，有些不安起来，于是觉得自己应该拥有一盘。许多年以前的一个正月下午,我和几个邻居在离家不远的体育场上踢了一场足球。夕阳西下,冷风渐大,他们约我明天下午再来。我没有吭声,心里充满酸楚,因为明天一早我又要回到僻远的山区去了。他们都是有办法的人,赖在城市里,政府也无可奈何。在这一带有好几所中学,不知哪一家总在暮色下来时播放《红色娘子军》——这是当时我觉得最悦耳的音乐,有一些进攻性,但更多的是许多悲凉的成分在其中——如果当作无标题音乐看待,我认为它就是一缕悲情在低回。全曲有15节,我认为第6节是最让人销魂的,站在暮色里听着,不禁有些战栗。一首曲子不断地播,反复地播,城市里播,乡村里播,时日长了,渐渐就进入血液和骨髓,许多过往的经历都流动在此旋律里了。

丁眉应该是和《红色娘子军》最有关系的人。这个人从少女时代就显示出舞蹈的才能。她的身条似乎就是为舞蹈而生,柔韧、腿长,尤其是容颜,美好、阳光。这样的人整天都想着起舞,书也就读得一般般。有一年省运会在这个典雅的小城举行,按照当时的套路,赛前总是要有一场大型的广播体操,来做操的都是各中学挑来的好手。在领操的人选上,多次反复地讨论,认为还是丁眉合适——很多事是这样的,用不着争,自然而然就会有人找你,把这件好事交给你。一个人具备了过人的条件,她所产生的吸引力,使人无法反对。尽管当时丁眉还只是一个中学生,但她的父母、老师,还有带着歆羡之情的同学们,已经看到她美好的远景了。做操者每人穿着一模一样的白色运动服,衣服左右两边各有一条利落的红线。组委会特地给丁眉量身定做了一套,毫厘不爽,不像其他人,大的大点,小的小点。她剪了个短发,像《杜鹃山》里柯湘那种发式,显得干净利落,意气飞扬。丁眉早已适应了这种大的场面,面对台下千百操者,还有千百看客,随着洪亮的广播体操旋律,或刚健或柔和,或迅疾或徐缓,青春洋溢地带动着一个有如潮汐进退的海洋。

后来,丁眉还是没能逃过上山下乡。在少年走向青年的时段里,那个时节,绝大多数人无可逃遁,潮流把人卷着,不由自主地被带到远方去了。不过,在田里叫苦连天地干了一个多月,丁眉的舞蹈才能救了她。她和一些会作曲的、会吹拉弹唱的一起借调到了县文工团。开始,她们排练了一些样板戏的片段,到乡下去演。丁眉都是主角,喜儿、柯湘、方海珍、李铁梅,一一演去,让农民们看得如醉如痴。县里觉得小打小闹不如搞个大的,于是筹划了6场芭蕾舞《红色娘子军》。丁眉当然饰演女主角吴清华——她的条件太好了,而她对于舞蹈的热爱,也显示在排练时的刻苦——这是和田中劳作全然不同的一种苦,乐意为它付出。第二年春节期间,她们来到这个典雅的小城试身手。那时的舞蹈不是为了应酬、礼仪、社交而起,更不是男女主角表达情感的形式。尽管和舞伴们的配合那么默契,但每一个人的内心都清楚,每一个舞姿都以革命的名义旋转着,千万别演砸了,生出一堆麻烦来。丁眉热情地驾驭着舞步。她最喜欢的是第二场,吴清华恳切地要求参军的那一段——小提琴独奏,如泣如诉,低回深沉,犹如风中柳条,荡去了又旋回。6场下来,满足了她表演时的陶醉,即便是足尖酸痛,也很快被汹涌而来的掌声迅速瓦解。

几个邻居想找她弄几张票,可是哪里找得到人呢。剧院门口站着许多等票的人,听着里边的主题曲响起,心如沸水。

邻居们见到丁眉是在连演三天之后的一个下午,她的手不慎被竹刀劈伤,用白色绷带吊在胸前。她出来逛街,陪她的是一位英俊的青年军官,他们边走边说笑着。丁眉脸上的妆好像还未全卸去,留有一些舞台上的痕迹,这样反而使她更妩媚了。满街的人都争着看她,说她演的《红色娘子军》,说她比省歌舞团演得都要好。

很多年后再见到丁眉,她已经是一位老妇人了。她又回到这个典雅的小城,喜欢打打麻将消遣时日。许多妇女喜欢以舞蹈来健身,天天跳来跳去,丁眉连看都不看,大有曾经沧海难为水的气派。绚烂最终还是要落入简朴自然的形式里。想一想这些上山下乡的知青,有的起始辉煌,后来却黯淡了;有的起始平平,终了也平平,保持了一种波澜不惊的生活态。现在,他们把许多老照片找出来,洗的洗,放大的放大。如果丁眉愿意,她的许多照片足以勾起一大堆无休的话题。现在,只有在丁眉点燃一支摩尔时,指腕间的一点动作还有一丁点以前的影子,余下,就再也找不到那个吴清华了。在我看来,她是与《红色娘子军》连在一起的——往往有人还记得前尘往事,会特地去买一个片子,听听40多年前的曲子,想着当时有人如此年轻美丽、众人瞩目。

可是她自己早已忘得一干二净。她对同桌的牌友说:"喂,出牌快点啊。"

2010年之前,我对重阳节还是很喜爱的。时节到这里,气息渐渐向下走,凉意糅入风中,缘此向后,养身养心都是十分适宜的。

明辉是学美术的,本科毕业后保送研究生。让他挑选专业，不知为什么，他却选择了书法艺术。那一届，一些人来报考，都达不到我的要求，也就只招收了明辉一人。后来他的同学告诉我，他选导师是有自己考虑的。他认为研究生3年不易，导师要有才学，还要有责任心，否则这3年就白瞎了。他以本科4年来的观察进行选择——在茫茫学海中，一个导师和一个学生相遇，能有3年的时间教学相长，只能说很巧。有人说一个导师带一个研究生和10个研究生没有什么差别。这种放羊理论只能说无知。一对一当然更亲近得多，学生会更深切地感受到导师的情调、脾性，甚至是眉宇间很细微的变化。因此我走进画室，他已大抵察觉了我的情绪。我坐在书案这边，给书案那边的他讲课。我快讲，他就快记；我慢讲，他就慢记；我提问，他就作答。有人冒冒失失地推门进来，看到这个样子，乐了，觉得太有意思了。讲完一节课，便让他摊开宣纸，看他在纸上临摹，时而解说一二。画室清静，使每一个在里边的人心气平和，一个字一个字临过，毫不苟且。

　　对于研究生，我通常的要求就是读书、写字、写文章，一以贯之3年。在我印象中，美院学生中实在找不出几个好文笔的，他们总是在写写画画，画画写写。他们的导师本身没有什么文学热情，也没有多少文采，没有对学生这方面的要求。

每个人只能管好自己的学生,给他们这样或者那样的引导。一般认为,有什么样的导师就有什么样的学生,学生从导师身上,也或多或少会找到一些可以衡量自己的要求。有一天,明辉拿了一组随笔给我,是他阅读外国美术作品后的感受。没想到他的文笔这么自如,如同一幅行书,徐缓中又是很注意首尾呼应的。我问他是否有其他题材的文字,不久他又拿来几篇生活情调的随笔。我觉得很惊异,尤其是字里行间的情趣,不是年轻人具有的张扬激越之势,而是比较清淡、沉着。笔调未必要与一个人的阅历相合,人尚青年笔下已老也不是没有的事。此时,省报的文学副刊正在开辟"新人新作"专栏,我便把他的一组散文推荐给他们,很快就通过并发表了,次年获奖。还有一组散文推荐给《福建作家沙龙》,也得以发表。以前的编辑都认为学生的文章、书法都有导师的痕迹,以为我有意让学生模仿。这种以师法授徒的狭隘之举汉时就有,以至于千人一面,故步自封,成为宗派。我是反对学生模仿导师的,屋下架屋,益见其小,还是要走在经典的开阔地带。但是一个导师在指导时的言语、动作,都被学生看在眼里,记在心里,笔下有时就悄然相似了。如今编辑们表扬明辉,说他笔下与我截然不同,是他自己的,我当然是很乐意的。不过,有一位女编辑对我说："你这位学生的文字太清脱了，好像出家了似的。"我没有深想，只是觉得如此说，是高评了。明辉有敏感的观察力，且手能跟上。他先是学八大家，又学孙过庭，又学黄庭坚，总是学什么像什么，显示出了老练。有一次我和他说一个问题：一个小青年，如果把字写得畅快开张或剑拔弩张，是不应批评他的；但如果写很老练，那是好，还是不好？老练形成一种惯性，信手就可以成形，像一只蚕，吐出来的丝把自己包在里边了。他听懂了我的话，但一下笔还是如此，少年老成。于是让他慢写，多读些书，多想一想。有一次我们到兰花苑雅集，品茗赏花，沐浴山野的清新气息。主人准备了笔墨，让大家题几个字。由于在场的人多，长者中又有喜好评说的人，这使明辉有了几分压力，写了两个字，指腕生硬，动作变形，已无画室里的从容自如。我不禁暗暗笑了——一个人的心理状态还是有界限的，使他不那么熟门熟路，使他需要更多的磨砺。

明辉每次回老家，都会带一些蜂蜜给我。他父亲养了几箱蜂，每隔一段割蜜，因此都是最新鲜的。有同学夏日里去他家玩，三餐吃一些有本土风味的特产，晚上就躺在阳台上仰面看夜幕中的星星，说着话睡着了。我一直想着他的家乡，一定是树木荫翳，四季繁花，可以看到无数的蜜蜂进进出出，听到它们嗡嗡嘤嘤的声响。也许一个人对书法艺术的灵性、敏感,与他从小生长起来的清新家园是分不开的。

从二年级开始,明辉就不时请一些假,说是病了,是胃不好。休息几天,又出现在画室,照样和我对坐着,听讲,记笔记,临摹,创作。他是那种朴实自然,每日平平淡淡过日子的人,渐渐积累,不急不慢。我倾向这种声色不动的学习方法,每一天都在平静中过去,守一个方向,不问寒暑。我对他的小病并不在意,一个小青年会有什么病呢,又是从事书法艺术,精神内守,恬淡安和,纸上运太极,病安从来?后来,接到他女朋友的电话,才发现超出了我的想象,不是胃的问题,是脑的问题。接下来是手术。术后看来也不错,他坐在病床上,扯一张纸在上边写字,递给我看看,歪歪斜斜。很快,他又回到画室。人是清瘦了些,头上多了一顶帽子。他总是说生病耽误了不少时日,很是不安,因此更加用功。我一直认为书法艺术是长久之功,不须计一时一事,没必要想太多,还是自然而然为好。第三个年头到来了,他必须完成一篇硕士学位论文,然后答辩。他打了个提纲给我,是从书与画角度来论说一个画家群的,要找出他们的审美差异。我觉得凭他的文笔和这个思路,是可以期待这篇论文的前景的。

我们最后一次吃饭是在中秋后一天。我和太太带着月饼驱车到大学城他的出租屋里。他高兴极了，和女朋友交替做了几道菜，有我喜欢吃的炒米粉、荔枝肉。边吃边谈，主宾尽欢。看着忙碌的他，我觉得前面还有漫长的时间在等待。我有时会和学生谈到晋人石崇说的"士当身名俱泰"。对于一个从艺者来说，他的艺事要达到非常的高度，与有长久的生命是分不开的，以至于自古以来会有那么多求长生的行为，让人觉得十分正常。一个年轻人生命机体上的生机、能量终究会驱散疾患的侵蚀，走到灿烂的阳光下。

我是在一辆拥挤的公共汽车上得知明辉病逝的消息的。身边的嘈杂之声顿时消失得无影无踪，只有手机里传来的哭声。一种难以言说的痛惜升起，弥漫全身。这一日正是重阳。南方的暮秋之初依旧绿野连云，许多青年呼朋唤友登高临远，此时，他们没有忧愁。半年后，学院让我参加这一届硕士研究生的答辩工作，我没有去，缘于那个熟悉的身影，已经消失。

2014年重阳，有500位老年书法作者携带工具，拥入武汉，现场泼墨挥毫，争夺奖项。和以前描绘的须发尽白的老者形象有所不同，老人们来之前都有意识地打扮一番，显得更为郑重、自信。他们声音洪亮地表达自己的见解，甚至如年轻人那般争执起来，互不相让。一个人活到老且能安康，沐浴着重阳的阳光和风的吹拂，还能在竞技场上一决高下，这是何等庆幸。而有的青年却止步于这个日子，像一朵花未曾绽开，让人无从明白其中的理由。只是这个来而复往，往而复来的日子，从此被深深地铭刻。

这次外出，住在郊外，可以看到远处一座寺院，白墙上有6个车轮大的字，虽然看不精确，但我猜想一定是"南无阿弥陀佛"这6个字。很早就可以听到寺院的钟声，这种金属被敲击的声响，清凌凌有如波澜，可以荡漾到很远的地方去。它表明这个集体已经起来，开始又一日的修行。而晚间"嗵嗵嗵"的鼓点，木槌打在皮革上，声响就有些沉闷，穿透得不太远就消失了；再下来，声息全无，灯火阑珊。荀子说："君子以钟鼓道志，以琴瑟乐心。"出家人当然取其前者。钟鼓声，除了是对作息时间的一个强调，也是精神生活的一个过渡。该做什么了，或者，该停歇下来了。

那个司钟鼓的人，是否比别人更多一些理解呢？

在我认识的不多的出家人中，与释广兴是比较有联系的。他在我老家不远的一个古刹修行，就是司钟鼓的，余下时间劳作，或者念经。俗世人生感受不到出家人的内心，便以为浅深莫测，不敢轻易尝试——前年听到某一朋友出家了，把我吓了一跳，觉得这个转折太突兀了。

人们总是会说前缘已定，或者说有慧根，否则不会毅然决然地被引导去。

我总是在老家边上的体育场遇上广兴，他穿着僧衣，打着绑腿，有点像少林好汉。他随身带一个足球，用脚把它踢到石墙上，弹回来，再起脚，反复不休。他见到我就把球收起来，过来和我说话。我说，咱们踢一会儿吧——正好我也想锻炼一下，套了一双运动鞋出来。踢到兴起，广兴就把僧衣脱了，赤膊进攻，让人感到他的精力充沛。广兴说他每天四点多起床，去敲钟，然后早课、念诵、劳动。佛门生活简单、朴素，尤其是对于一般僧人而言，修行未深，这么空寂的环境如何能安置身心，也是很值得琢磨。想想当年有个高僧在这个寺院里开讲南山律宗，素食为生，俭之又俭，以至面目清癯，体质羸弱。精神上的超脱使他指腕下的书法了无尘俗，可望之，不可及之。他往西后，成为一把标杆，总是会拿来比较，张三或者李四，可是谁也比不过他。风来雨往，修行者渐多，就像古刹的老榕，新枝新叶地伸展开来。

闲得无事，就想到古刹走走。许多清净的寺院，现在都成了旅游点，闹哄哄的。佛、菩萨、罗汉都在这样的气氛下，看得许多花花绿绿，闻得许多袅袅香气。信众那么多，不停地烧香、跪拜，把钱掏出来买了心愿。广兴在寺院门口等我，带我进去，边看边讲一些佛家旧事，也讲一些典故。有一次，他还安排我与方丈见面，让我们谈了一阵。广兴见到方丈就不怎么说话了，显出几分敬畏。方丈批评了一些出家人的奢靡之风，还拿书法作喻，说笔下都是世俗气。告别方丈出来，广兴又恢复了爱说的本性，把我带到他房间里。这是我第一次来到僧人住处，看狭窄一室简而陋之。一个人在这样的空间追问彼岸，会不会更加清畅，使他的思路更为集中而有穿透力？一张旧书桌占了大部分空间，上边摆满了砚台、笔洗、毛笔、宣纸，墨渍斑斑，一本字帖没地方搁就钉在墙上，这是他正在临写的汉隶。他掏出一本写经，说是他临的。我看了一下恍然大悟，心想方丈可能就是批评他，荒腔走板，纵而不敛，迹近野狐禅了。每个僧人一个房间，有些潮，门一关，所有的气息都在里边滋长，只有等主人回来，开了门，让它们散去。这使每一个人都按自己的进度修行，在静谧中自知冷暖。在广兴的房间门口堆放着一些瓦盆，大的小的，完整的缺了边的，不同品性的植物在里边抽枝长叶，有的已经打开了红色的花瓣。广兴说这些都是他种的，只是玩玩，不想南方这么适宜它们生长，呼呼地就长高了。在一块杂草茂盛的空地上，有几株西红柿的枝条伸展开来，广兴说这也是他种的，也是玩玩，以后挂果了，红了，红绿相间就更好看了。以前我总是以为寺院生活的时光久了，会把人引到另一个审美向度，跃动的生机止息，波澜不惊，美感似有若无，有了感受也是毫无表情。至于言说，不是高深莫测就是模棱两可。实际上很少人能洞察他们的内心世界，看起来是一个群体、一种服饰、一样的渐修，缘起则纷纭复杂，无从细省。关于这个群体的精神解说也有很多，以为真讲到了。具体到每一个人，却是非常有差异——修炼的最后并不是把这许多人变成同样的一个人。他们各自怀揣不同的向往，长于自省，短于交流，更不愿意对外表白。广兴只是给我说过，自母亲去世他就不想再回北方老家了，因为家里人和他走的不是一条路。我也没有追问的癖好，只是觉得他与同道的行为有所不同——该做的事都做好了，他就走出寺门来到大街上，见阳光，见众生，见自己，迈开腿脚，畅快地奔跑。

　　古刹里有不少龙眼树，冠盖如云，其中三两株，时日久远肉厚汁醇，视为极品。广兴带我到树下，说成熟时一定让我尝到这等果子——尽管数量不多，又要打点某些人物，但他认为我是有资格品尝的人。龙眼成熟时，广兴便来电话，说明日送龙眼来，在家等啊。古有快骑送荔枝给杨贵妃，如今他要跑200公里来给我送龙眼也非孤例。谁知等到天黑，毫无动静，心想出家人也打诳语了。此后几天音信全无，只当是自己听差了。直到我出了一趟差回来，才又接到广兴的电话，说马上坐动车来了。而后，终于见他满头大汗、其状朴野地进了小区，手上拎着一个小袋子，里边就是极品龙眼。他说上次没想到难以上树，所以失信了。这次一部分龙眼来自正当途径，另一部分就是哈哈哈了。

给他煮了一碗面，他匆匆吃过，说寺院还有事，马上得走。

想想这个过程，比龙眼本身还有味道。

广兴长了一张娃娃脸，加上手脚灵活，口齿伶俐，让人觉得比他实际年龄小了许多。他在这个异乡结识了许多热爱文学、书法的朋友，与我说得最多的也是文学、书法，每次都要点几个名字批评一通，说"简直是瞎胡闹嘛"。他的理论比他的创作强，我静静听他说，看他渐渐激动起来、语速急促起来。他直陈完了总要包揽一下："这只是我个人的看法啊。"我觉得诧异，在寺院里居然会有这样的人，心里驻扎着诗意、美感，表达使他快乐起来。

在谈魏晋士人时，人们不时要提到释支遁。他好玄理，谈锋甚健，对庄子之说尤有心得。在建康讲经时，以他的高情远致得以与谢安、王羲之、孙绰这些名士交游。唐人张彦远在《法书要录》中甚至认为释支遁也参与了永和九年（353年）那场历史性的雅集。释支遁好神骏，蓄了几匹好马，精心饲养，油光水亮。有人对他说，你这个出家人，又不远行，养这些马作甚？释支遁说，这你就不懂了，你看它们，骨子里洋溢出来的神气，多么让人神往啊。

晨钟暮鼓下生活的释广兴，如果修炼好了，应该就是释支遁这个样子。

空瓶子

浙东的古民居笼罩在夏日的火热中。一场小雨过后，黝黑的屋顶开始升腾起袅袅的水汽，看起来恍恍惚惚，云里雾里。这里的古民居太多了，只能挑典型的看，大致抓住一些重点，有剩余的时间再顾及其他。"司马大第"很快就出现在眼前，格局朗畅，可以想见司马氏当年的兴盛，宅第恢宏，钟鸣鼎食，非一般小家可比。这里总是会让人想起司马炎、司马睿这些人，顺带也会想起桓温、王导、谢安、王羲之。司马氏，这个字眼就含有一种规模，一种身世——西东晋是我很着意的两时段，司马氏具有无上的权力，先是图王定霸，迥出侪偶，却又王室多难，海宇横溃，只好偏安于江南。此时的名士们在莺飞草长中崇尚清谈，吟咏山水，流连于诗酒，以至让人想起，总是神往。"司马大第"的门敞开着，中午时分一片岑寂，一眼可见头进的大厅中端坐着一位老人，上身赤裸，体型敦厚，正握一把蒲扇，缓缓摇着。我们随便地走，看到了里边的大和深，精与细，还有更多的破和坏。每一进都堆放着许多的农家杂件，尘泥盖在上边，是许久未尝动弹了。垮塌的屋顶像大鹏的一边翅膀，耷拉下来，垂到了地上。杂草不失时机地生长起来，恣肆而没有章法。雨水退不去的洼地，积累得变了颜色。雕花的窗棂折了，彩绘让风抹走了，巨大的牌匾不见了，挂牌匾处的钉子上燕雀营巢。可以推测，到晚间，只有蛐蛐的弹奏和野猫穿过的声响。

不禁使我想起了老的戏词："眼看着他起朱楼，眼看着他宴宾客，眼看着他楼塌了。"

转了一圈回来，和老人说话。显然，他是这里最正宗的主人。许多老人被他们的子女连哄带劝地接走，住到开发商建造的高楼里。他们从高楼的窗户往下看，可以看到宅第的白墙黑瓦，看到屋顶上一簇簇的狗尾巴草。他们渐渐把它忘了。孤单的他说，他在等一个人。这不禁使我有些惊悚。政府是不可能花巨资来修葺这座宅第的，这一带古民居这么多，除了顾不过来，又见不出政绩，是没有理由指望的。老人很带感情地说，你们看，多么好的一座大院，多么好啊。他的手摊开比画着，有些激动起来。每天有不少远处的人来，看门道的，看热闹的，却都不是老人要等的人——包括我们，只是带着欣赏、惋惜，可以看得很仔细，也着实热爱它的古雅。据我的生活经验，老人等待的那一个人应该是这样的——他为司马大第的格局而震惊，也痛惜它的衰颓，而他具有的雄厚资金也乐意做这么一件善事。老人起始的等待目光也许十分急切、热烈，时日久了，转为十分的平和。他端坐着，远远就可以看穿进来的每一个人。

如果不是我的学生邀请，未必来浙东，未必与司马大第相逢。而在茫茫人海中等待一个人，冥冥中让他来到这里，与这座老宅产生亲密的联系，这种可能性有多少？也许，心诚则灵——每个人都如是说，民俗的心理意义就在于此。心诚是需长久持守的，直到迎刃而解的那一天。

既然心诚则灵，等待也就是时间远近的问题。那么，就一个人坐下来，再等等。

田先生已经过世十多年了。他是我来到这个陌生城市比较早结识的一位长辈。他在这个城市的书法界有着举足轻重的地位，有着自己的学生、自己的威望。田先生待我还是比较友好的。他相貌清癯、言说平静，也使我有好感，也跟着尊他，敬他。大学毕业的时候，我在学校的社团里举办了一个书法展览，作品400件。无钱装裱，就找来几块演戏的布幕，把墙体遮蔽起来，把作品别在布上。田先生和几位老先生来，逐幅看过，并题了4个字——渴骥奔泉，对整个展览的气势给了赞赏。后来，他给了我一封信，谈到几个字的不规范，也表示了他的欣慰之情，希望我给他一张照片。

一老一少开始了顺畅的交往。

现在回想与田先生的交往，多半是一些碎片。比较深刻的是与他一同参加了安阳殷墟的国际甲骨文研讨会。田先生是甲骨文书法的好手，年高手硬，笔下清新脱俗，又能通过古文字借用撰写长篇诗文，总是高于同侪。他成了会议上的明星，会议期间被人拥戴，应接无算。那时他70多岁，居然毫无倦意。会后我们一同游玩了龙门石窟，一个洞窟一个洞窟地看过。有人问田先生的行书出自何处，他笑而不答，我应接到，应该是从魏晋写经里来的。田先生感到惊讶。

回来后继续交往，田先生送给我一幅甲骨文书法、一幅行书，还有一幅墨竹。我以为一老一少的良好交往会这样顺风顺水地下去。

有位记者来采访我，问我对这个城市的书风如何看，我用了四个字来表达——陈陈相因。据我几年来的观察，为师的不是引学生于经典,而是局限于师门。宗派和流派的差异就是这样,屋下架屋,床上迭床,越见其小。尽管为师的努力地传授,为徒的勤勉地吸收,其乐融融,但毕竟硁硁小道。当然,这个弊端是在20年后才彻底地让人看明白。听说田先生很不高兴。接下来就是一次有组织的例会,已经有几个人把稿子都写好了。田先生和几位老先生稳坐中军帐,看我一张嘴和他徒弟的五六张嘴往来。我们各抒己见,互不相让。午饭时间到,田先生进行了总结。有人好意邀请一起吃饭,便于缓解,我说回家喝稀饭会更舒服,扭头便走。这是一次无果的例会。也许每一个人的心中都隐藏着脆弱的情绪,年纪大起来了,也就越发敏感。辈分、地位,关系到言说分寸,哪怕是一点点的擦边,都会觉得不快。我渐渐明白一个道理——一个从事书法艺术的人,就是一个孤魂,不要天真地指望谁来帮助你,支持你,没有谁会帮你临摹,帮你创作,更不要奢求罩着你,捧着你。有许多门类可以合作,合作画、大合唱、集体舞,合作著书,至于巨片拍摄,则不知需多少人合作方可完成。唯有书法是孤独者之旅,寻寻觅觅,独来独往。自古以来我没有见过一件佳作是二人以上合作而成的,它是如此的私有。因此许多古代书法家被称为颠、狂、怪、痴,他们都是飘来飘去的孤独魂魄,迷醉在自己的艺术世界里。怀素说："狂来轻世界，醉里得真如。"谁人能管？！

此后，我与田先生再无私下的交往，即便在一些公共场合相遇，也只是礼节性地点头而已。

自己努力要紧。

再后来，到田先生处讨教的青年告诉我，其实田先生还是很看重我的，从他的言谈中流露了出来。那时，我已经破格成为教授。我勤快且独立地学习、研究，停不下笔，论文覆盖了所有的书坛刊物，散文创作也已上路。我想，田先生一定不断地看到了我的各种各样直陈的言论，包括对书风的淋漓批评。只不过，再也没有人告诉我，他是高兴，还是不高兴。

有人暗示过我，应该主动向田先生表示一下尊敬的态度，关系都是可以修缮的。可惜，我的修养境界还达不到那个高度，我觉得，等几年再说。

接下来是田先生过世。

每一届研究生入学，第一堂课我都会这般说："每一个人都有表达自己见解的权利和自由。你们有什么意见都请直说无妨。"

不如此，何以堪。

整理书籍时,发现一本书里夹着一枚赵先生寄给我的贺卡,落款是2012年元旦。那几年都是这样,新年到了,赵先生就会给我寄贺卡,而我的习惯是临近春节才寄出,也就往往落后他一步,如此内心温暖又有些许不安。

赵先生和我曾是邻居,同住机关大院的一座楼里。初始我对他是敬而远之的。回溯30多年前,赵先生是个活跃分子,经常参加政府、政协的活动,经常有车在大院外候着他,看他鹤发童颜地出现,快步走着,手上一个黑皮包,我想他很像旧日小说里那个整天开会的华威先生。他坐在舒适的车子里,我的破自行车从他旁边穿过,他一定看到我被雨淋得狼狈不堪的样子。他的会多,又爱发言,陈词慷慨,一座皆惊,他是大院里很出风头的人物。赵先生与五四时期的一些风云人物也很熟悉,甚至是很好的朋友。他养成了关注政治时事的习惯,并且不断地把自己的感受转化为文字。作为一个老报人,我觉得他的文字很多不是纯粹的文学作品,是和局势紧密相衔的纪实、报道。听得到枪炮声,看得见血与火,这使我把他当老兵看待,只不过他不拿枪而是拿笔。不断地写成了他的快乐,如果不写就慌得不行。不管时势如何,个人逆顺如何,有一张桌,一张椅,指腕就会溢出书写的兴奋。赵先生的日常生活是不幸福的，儿子去世了，太太去世了，他总是踽踽独行，后来，身边会多出一个保姆，但是在他的脸上，看不出这些。他很客气地与人打招呼，很客气地交谈。我到过他的家，陈设质朴，无上眼的古雅之物，就是墙上悬挂的一幅郁达夫赠送给他的书法，也写得难以入目。郁氏书法的造型都是倾右且下坠，像一个方向的风吹过的茅草，又像一个人即将颠仆那般，失形失神。我对赵先生说："这样的文人写这样的字也实在说不过去。"赵先生看了我一眼，不吭声。他是很看重这幅字的，将它挂在显眼处，更多地表达了赵先生对过去的怀想——那个时代的名作家星汉灿烂，珠玉辉光，只是流觞事远，绕梁歌断，他们都不见了，赵先生越发孤独了。赵先生最大的乐趣还是写——这是我揣度的。这个乐趣与我相同，扯一张纸，摸出一把笔，台阶上一坐就可以写。因此我平时是不碰笔的，一碰就要写出一串的字来。只不过赵先生的磨难、困苦是我不能会意的。一个人喜爱执笔而不倚仗电脑，有与生俱来的原因，也有后天形成的倾向。赵先生喜欢外出开会、讲话，这些讲话都随风飘散了，由此会更喜欢写，喜欢能传世的文字。箫鼓向晚，一些往事淡忘了，一些陈情薄如烟水，越发明彻和坚固的是他伏案书写这个姿势，这个姿势把赵先生和其他老人分别开来。

4月里,赵先生给我来封信,说要出版文集《世纪沧桑》,希望我能给他题这4个字。此时我才想起他百岁将至。书出版后组织了一场座谈会,我没有参加,但内心认为一定是很温馨的。百年风云,同时代写作的人都成了过往,他依然乐观地生活着,还能思路清晰地想着出版文选,想着找一个和他一样用手书写的人来题写书名,不免神奇。这个年龄,在任何场合上,赵先生只要静静坐着,无须说话,都会得到人们尊敬的目光,他的历程让人感到了深邃。

座谈会后几天,赵先生的亲人打电话给我,说赵先生要请我吃饭,缘由是我对老人的友善。我边接电话边琢磨,还是谢绝了。让一位百岁老人这么郑重地请我吃饭,肯定是不合适的。我更乐意与他在某一个自然而然的场合相遇,我们可以谈两个人都喜欢的书写,谈书写的快意,谈家中的一大堆手稿,还有手稿上只有自己才看得懂的符号。我想,把话题往这方面引,赵先生一定会很开心的,会发出那爽朗的笑声。

在不少机会的把握中,我习惯于等待——时间很长,无须刻意,让机会自然地到来吧。

知道赵先生去世,我有些惆怅,但心里还是坦然的。时日驹隙水流，朝着一个维度奔跑，现在赵先生离我越来越远了。

祎是我20多年前的学生。那时我毕业不久，她考入的大学正值新办，缺少能教文秘专业书法的教师，校长便请我过去帮忙，课并不多，每一周讲一个上午即可。

听同学说，祎对别的课程是爱来不来的，只是我的课才不缺席，早早来了，认真地听，认真地写，不耐烦了就满纸涂抹。祎在班上是个我行我素的人，说话没有遮拦，只图自己痛快，因此和大家也不是如合符契。祎在下课时会与我交谈。她是情性外向的那个类型，正好和她姐姐相反。祎几次说她姐姐适宜留在父母身边，而她则适宜远走。

毕业后的一天，祎提了一只杀好的鸡来告辞，说要到欧洲，以后见面的机会就不会多了。遥远的欧洲对我来说一无所知，对她也是如此，但我见她喜形于色，并不担心前路的陌生难行，也就轻松起来。她在欧洲给我来了好几封信，还附了一些异国的照片，时而在英国，时而在法国，印象比较深的是一幅在埃菲尔铁塔下的留影，眉宇笑意神采飞扬。祎在那儿读书，攻下外语，再读专业，然后找工作，似乎留学生的路子都是如此，一步一步地向前探索。从来信中觉得她已适应了那里的生活——一个情性原本就乐意向外伸展的人，此时就像一粒种子落入沃壤里，很快发芽、长叶。

祎每次回国都会来看我。她有个念头我是很奇怪的——她是来看我写字的。平素我是懒得写字给人看的。记得《菜根谭》中说："君子之才华，玉韫珠藏，不可使人易知。"有人看总会产生一种戒备，不那么自如，或者不那么舒展。祎的到来还是消解了我的约束。我时而临上几行古人的字，时而信手三五字，让她看柔笔在白色生宣上流动，或奇或正，或隐或显。往往写上一段后停下来，她会做一小节任意的评说，然后再写。祎觉得我挥毫时的神情是最好的，她说上课那会儿就是看我行云流水的板书，指腕如此灵活，还有粉笔敲击黑板的哒哒声，让她难忘。至于我讲的那些书理，她一句也没有听进去。祎每隔几年就会回来一趟。身材削瘦的她有时黑衣黑裙，打扮得像个巫婆似的，母语中不时夹几个外语。她照样看我写字，让我带她去书画社购买文房四宝。她说到了外边，才知道当年大学上了几十门课，只有我这一门能给她许多回想。我说书画社就不必去了，我这儿都有，可以给你一些，她还是执意要去。她在里边穿行，让那里无数的纸、无数的笔、无数的字帖把她娇小的身躯包围起来。

最后一次见面,现在想起来已是久远,她带了一些欧洲硬币给我儿子,给我的则是一瓶香水——她用法语说了一个牌子,拧开,喷了几滴在她指间,弹在我的脖颈上,霎时有一缕香气散漫开来。她说,本来是给他父亲带的,后来觉得还是给我更为合适。她嗅着空气中的香味说,这样你更绅士了。接下来照样是我写字,她看字,然后去街边一家小饭店。吃过饭,她要走了,又回头说:"老师,你要永远这个样子,要是以后变得俗气,我看到你就讨厌了。"我朝她挥了挥手。还是旧时情性。

此后,我再也没有见过祎。

这瓶香水被我搁在书架上,我很少用到它。它不动声色地穿过封闭,丝丝缕缕地融入南方潮润的空气里,如同不动声色的时日,渐渐消逝。我有时会带着闲情,漫步在闽江边的休闲道上,看秋水长天里飘摇不定的飞鸟,还有轻轻拍岸的潮水,想起眼神明净、颧骨微微突出的祎,想起她的言说,还有动作。她还在遥远的欧洲吗?还是迁移到更远的地方去了?我甚至想着,等到这瓶香水成了一个空瓶子,也许祎的身影就会悄然出现了。

去年春日里的一天,这个瓶子里的香水终于完全散尽。它真的成了一个空瓶子。

许多的等待。

许多的空瓶子。

旧日流水

这个黄昏，榕光把车子开到阳澄湖畔，那里有一个酒店——我们在湖畔待上一些时间，会在这里晚餐。

对于江河湖海，我对湖会更为倾心。我自幼就认为它们是不同的两种造型：江河海是线形的，滔滔而去不断开拓前路，有一种锋锐状态；而湖则是圆状，水在圆状里存在，在圆状里运动。前者是喧哗的，充满摧毁的力量；而后者是不动声色的，是潜在的动感。许多伞草长了起来，我拂动它，柔软而有弹性。这种自以为是的想法可能不准确——如果没有人认真地指出，也许一辈子就持这种认识。我相信有这种心态的人还是很多的，并以此为乐，无妨大雅。阳澄湖为很多人所熟悉，缘起却不同。生存在1966年至1976年的人们主要因为现代革命京剧《沙家浜》而知道它。一个人不能选择自己生存的时代，往往有生不逢时之叹。有的人则生在这个节点上，也就知道了阿庆嫂、胡传魁和刁德一。后来在一些晚会上，往往会有一女二男上台，分别扮演这三个人，唱一段《智斗》，让大家开心。再也不是当年的庄重场景，紧张不起来，它也就成了茶余饭后的点缀。消遣往往是这样，它的本意已经消失，连同那些特定的气氛，唱的人随便，听的人也随便，末了哈哈一笑，然后散场。

当年郭建光穿梭在芦苇荡的深处，芦苇飘扬有如绿云浮动，而到了扬花时节，又如云如雪，轻柔曼妙。革命的芦苇荡，当时的艰险与对峙，已无声地化为今日的缠绵。许多人在湖边行走，悄无声息，静谧会使人不爱说话而勤于思索——很现实的生活，如风呼呼而过的日子，现在没有人再想起芦苇荡里的枪声了。游人不断地变换角度拍照，或者摆出不同的姿势。这个湖看来是没有什么变化的，只是人不断在变，以变来应对一个场景的不变。长久之物往往是难以见出迁变的，这也使我今日看到的，与样板戏的背景大致相同。那时想着到那些样板戏的实地走走，看看阿庆嫂的七星灶、八仙桌，听那时的西皮原板："朝霞映在阳澄湖上，芦花放稻谷香岸柳成行……"选芦苇荡作为一个舞台，什么人物都可以在上边表演，湖水和摇曳的芦苇，这在当时就是一种召唤。

我拍了几张暮色阳澄湖的照片。暗云渐浓，眼前的景物也交融在一道，湖的远处，星点灯火密集起来。

现在人们对于阳澄湖的态度全然变了，是由一只只大闸蟹来承担的。一个湖和许多的蟹，成了人们联想的必然，并渴望能品尝到真正大闸蟹的美味。假的太多了——这往往是我们一日里饮食要面对的困扰，每个人都要把自己培养成有辨识能力的行家，对于一只三四两重的蟹。一个特定的地理位置，在此中生长自然可称正宗。正宗往往无多，由此显得高贵，内心自然会有一种珍惜，想着如何细腻有法地品尝，绝不浪费丝缕。一只蒸熟的大闸蟹通体犹如红玛瑙，在洁白的盘中显得安详之至，让人联想不到它平素的披坚执锐的横行。把它打开之后，红脂满、嫩玉鲜、红膏香。在秋风里，二人对坐，颇有一番风雅了。稻熟粱黄，金菊开张，这段日子我认为是江南人家最优雅闲适的时段——因为一只蟹，生活的节奏慢了下来，愿意放下手上的许多事情，来耐心地对待。吃蟹的鼎盛时期有60余件工具辅助，而据善品者说，8件足矣。这很像书法中的"永字八法"，末了会发展到一百零八法，使人面对繁多，不知如何下手了。解开它，小巧的工具深入身体的深处，或剔或掏，或夹或叉，把它变成一个轻飘飘的空架子。这个过程只能慢慢来，只有慢才有意思，才不违品蟹的情调。以至每一年秋天，人们都乐意花费一些时间，坐下来。有了慢的心态，对于一只蟹的态度就会诚恳些，技巧的运用随之到位。我反对在宴席上吃大闸蟹，此时客人们根本没有耐心应对——真把一只蟹慢条斯理品尝好了，其他的菜也就吃不上了。于是胡拆乱嚼，草草了事，辜负了金相玉质。如果有一个窗口，面对烟波浩渺的阳澄湖，独立品啜，风雅自赏，那么一定会单纯之至——这个湖就是为了大闸蟹而存在的，它更贴近我们今日的认识。

我们来得不是时候，只能吃到未成年的大闸蟹。由于烹调方法不同，大闸蟹和一些浓酽的汤水一道，汤水的味道反而更为佳好。

江南的古镇，往往一条河道，两边人家。历史人物不同，声名高下有别，自成风景。当年的大户人家，辟出一方建戏台，节日到了，便请戏班子来，点几台戏，唱上几天。

这个戏台上演的最后一出戏是什么？

没有谁会应对。人们往往记住当年兴建时的场面，而于最后，则全然淡忘、荒疏，悄然无息。一个戏台，好久没有人在上面行走，也就比什么都陈旧，空空荡荡。我走上去，木板间发出如牛角般的沉闷声响。有爬虫从木板缝里探出头来，又急切地沉了下去。一个戏台不上戏,也就看不到云手,走边,起霸,耍翎子,抖帽翅,弹髯口,甩水发,听不到双足顿戏台的沉雄之美。这很像一座房子没人住,没人在里边吵吵嚷嚷、鸡犬不宁地过日子,房子反而烂得快了。如果戏台有灵,一定要暗喜一番,以为我登台,要唱戏了。江南不缺戏台,许多戏台上的人物让人不忘,追着角儿,从这个镇到那个镇,津津有味地细品,甚至会和不同见解的人争得脸红耳赤。当戏台成为人们的消遣中心,人们静穆地坐在下边,头微微扬起,注视台上的一举一动,每每不由自主地喝彩,在这个节点上,居然如此一致。许多奸佞忠臣的分辨、鱼水欢合的方式,都在戏里获得,运用于自己的生活里,形成经验。除了穿过古镇漫长的水,接下来就是缓慢的一台戏。一个人培养了看戏的耐心,实际上也就培养了对于生活的态度,有有始有终的,有章法布局的。那些缺乏耐心的人,期待的反而是这出戏不知何时散场。末了总是有人上台,把它打扫得干干净净,等待下一个戏班子的到来。如果时代没有发生什么变化,戏台前永远是坐满了观众,而前排最好的座位总是留给镇上德高望重的老者——日子里的每一个环节都是相扣的,地位、职务、辈分的讲究,使一个古镇有一些秩序,有一些不可逾越的地方。

戏台的寂寞时日长了，也就更多的是一个旧日象征，让导游复原当年笙箫夹鼓、琴瑟间钟的美妙，游人也努力地从古旧的氛围里，看到曾经台上的人影恍惚。一个时代就在戏台上，以为时日就是长久如此，没想到后来变了，连最后一出戏都记不下来。那么，那些充满演戏才华的人，不在戏台上，又能上哪里去？1959年春天的一个下午，广州京剧团的新谷莺和5位演员来到名教授陈寅恪家中。陈和他们谈京剧，在触及一些史料时，陈居然能说出书架上哪本书哪一页写着呢。演员们找来一看，果然如此，不禁发出惊叹的叫声。接着他们各自清唱了自己拿手的一段唱腔，心情好久都没这么舒畅的陈寅恪设晚宴招待他们。晚年的陈寅恪几次在诗中重温当时的场景，想起来有如梦里了。只是后来，黄莺般婉转的新谷莺也不登台唱了。有学生不解地问，新说："唱，还有什么意思？"一位擅长登台的人不登台了，肯定有许多的原因，没人愿意去追究，只是看着台上空了，上台的人走远了，台下的人四散了。一个人不在台上唱了，那就只有在台下，不再引人注意，也少人议论，化为平淡。只是她自己忽一日见到台上新人，饰演的正是自己当年那个角色，便停下来听听，觉得身段、眼神都不是那么回事。要是以前，她一定要为她说说戏。现在，没有这种兴趣。

古镇有一个绿色小邮筒——当然是作为怀旧用的。当时一封信塞进去，还在口上拍拍，想着究竟第几天可以到达对方手里。慢节奏带来期待，还有胡乱的猜测，是否会在途中遗失，或者被人窃走。薄薄的信封里隐藏着秘密，要攻破轻而易举，也就只能靠自我的约束，使好奇心收敛起来。石沉大海——往往是这样，对方没有反馈，让人生出许多疑窦。只好再写一封信，或者耐心等待。台上有许多等待的戏份，耐心地唱，耐心地听，一封信经千山万水而来，故事展开。戏台是为旧日心态的人搭建的，一台戏的台前幕后充满了故事。曲终人散后，每个人心里都会有一个戏台，继续展示它的剧情。有一个老人居然能说出这个旧日戏台唱的最后一出戏的几句："返咸阳，过宫墙；过宫墙，绕回廊；绕回廊，近椒房；近椒房，月昏黄；月昏黄，夜生凉；夜生凉，泣寒螿；泣寒螿，绿纱窗；绿纱窗，不思量。"啊，端的好记性。这是马东篱的《汉宫秋》吧。许多台上日子的结束都是如此黯淡的，真的不思量，又教思量。

笔庄里悬挂着如此多的毛笔，如玉兰未放之时，挺拔洁净。河的末端有几家笔庄，使古镇有一些文气和古风——买的人当然无多，但是看了制笔的工具、动作，觉得不是装出来的。总是有人在支撑着这个行业，小批量的，不急不慢的。穿过古镇的流水越来越慢，甚至渐渐不动了，也就使镇上日子有如制笔，那么多的毛，那么多的工序，急也没用，慢慢理吧。

静庵大姐每隔一段就给我寄几杆小狼毫来，笔杆上用小楷爽快地刻上"精制小狼毫，朱以撒精制"。这样，一杆笔有了归属感。她问我使用后如何，笔庄完全可以根据我的要求改进。我觉得不错。当然更进一步改进会更适我用。但是感觉太细微了，一定要面对笔工，一边写一边讲，也许还无法讲明白。人生草草，真要在细微上理个清楚，似乎也没必要，反而辛苦。想着这杆笔为我所制，内心也就无所挂碍。起始，我想插在笔筒里做个样子，有人说今日的手工制品放一百年就是文物了，如果被名流用过，它的价值——审美的、实用的价值又要高出许多。这个庞大的世界，过去了就不再回来，那么我储藏那么多笔，那么多墨，那么多宣纸又有什么用？这种想法一萌生，这些曾经被我收藏多年的品类，纷纷付诸实用——一刀一刀的宣纸，一方一方的墨，渐渐消失在狼毫的挥洒中。时间是消耗之王，几个月下来还真是消耗不少。尤其是古墨，那么厚实冷峻，在与水的簇拥中，变得短小以至于无。那些放久了的宣纸，已经毫无烟火气，字写在上面尤其润泽安和。南方不是储存之地，包装再严密，纸面上还是有星星霉点。只有笔的储存好得多。它亲和于水，不拒滋润；它融于水中，如伞打开，雍容而雅致。它不断在宣纸上运行，摩擦使它的笔尖失去风采，终有一日秃了，写不了细腻，只好再换一把。这些刻上我名字的秃笔，说起来是不会再启用了，犹如不会起用一位退役的军人，让他重返战场。只是我又不想把它丢掉，把它插回笔筒，觉得这样待它才是合适。一些过往人物的故居，书房里的笔筒插着笔，说是他用过的，写了不少黄钟大吕的篇章，现在算得上文物。如果智永当年不把几箩筐秃笔埋了、烂了，留待今日，也就很有文化上的意义。一个喜爱纸上生活的人，不至于想那么远，只是想着一杆杆笔接力般地延伸开来，开心居多。奇怪的是，有时信手取一杆秃笔写写，还更有一些古拙质朴的气息——我相信一个人在扫过一杆用过的笔时，会流露了爱恋的目光。

镇上的书写店里总是有人埋头写着《兰亭序》，写得精美之至，让人觉得不像王羲之写的，而是冯承素写的。江南的柳衢花陌，碧草盈野，茶坊酒肆里的按管调弦，新声巧笑，给人很有分寸的细腻。人在滋润中彼此畅适，欣于独善，也就全然不会理会室外那高一声低一声的叫卖。多年经验的累积、指腕的娴熟，使他们把这300余字从容地装入一把折扇里。一扇在手，扇了扇，徐徐风来。笔法清新，宛如过去流水清澈，便掏出钱来，买上一把、两把。在江南古镇再也没有比写《兰亭序》更合适的了，不须创意，只是把它仿相似了，逼真了，便会受欢迎。一篇《兰亭序》和这方水土如此契合，使一个书写店的老板，从青年写到中年，笔法烂熟，写了不计其数，被游客携带着，天南地北。那位瘦弱大脸的抄书者神情忧郁。在他抄写《兰亭序》的后半部分，我觉察出了清寒。当年王羲之信仰之间以为陈迹的喟叹，对于多病的他，身体的经验给了他异常敏感的体验，也像是他对于这个世界的认识——也许一生就是这样在默默书写中过去，那么多卖一把扇子，都无妨。当然，一个人几十年地写《兰亭序》，很熟，也很俗，俗世的气味充盈一扇，也就不是冯承素的天机清妙了。试想想一个抄书匠，累年累月地抄写，惯性生成，不要动脑筋就可以任笔而行。开始的生分还有一些稚趣，越往后越圆滑。尽管如此，我还是对持毛笔而书，乐于过慢节奏日子的人表示好感，因为执笔的姿势的静气。一个有故事的古人可以养活很多后人，后人消费他的名字，消费他的诗文，消费他的风流韵事，恍兮惚兮，疑真疑幻最好。

我怀疑古镇上曾经的风骨，都和流水一样，没被记住，都是一条河穿过，两边人家。这些古镇渐渐被混淆起来了，屑小的感性之物反而更亲近而能长记。日子由许多琐屑连缀起来，如王夫之说的蠹虫相衔，譬如一只大闸蟹、一个旧日戏台、一杆精制小狼毫。

沉 酣

  这个依山而建的陵园面朝东方的太阳，所有的墓碑都被阳光照彻。站在高处会生出此地甚好的感叹。节气走到清明了，空气里增长了不少热量，先来的人说着话，看着山下蜿蜒的路，等着其他亲戚上来。有些亲戚我已多年未见，现在在陵园见面，缘于祭扫。一年过去，墓碑上的红漆退去了不少；野草也从水泥缝中长成一片；落叶被风吹拢，积了一层。于是开始劳动，打扫的打扫，填漆的填漆，工具都是自备的，连同鲜花。一位老太太突然说，当年母亲生我时，出院了，护士把一个小孩抱给她，母亲接了就走。舅母看了看说，这个小孩不是我们的，于是找了护士，护士查了查说，噢，抱错了，于是把我抱出来。舅母又看了看，说，就是这个。这件事是我第一次听说，母亲和舅母在世时从未提及，是不是她们早忘了？每一个家庭都是不同的，除了经济条件，还有教养方面的差异，使生活于此家庭的孩子,异于另一个家庭的。父亲和母亲都是小学教师,应该没有比这样的家庭对小孩的教育更适宜的了。刚生下来的孩子被抱错时有耳闻,这差点临到我身上,我觉得真是一个很严重的事,尚好未遂。如果一个人本应在这个家庭生活,却去了另一家,真可以作为剧情来展开了。在他们错舛的生长中,构成复杂纷纭的场景,情爱、仇恨、杀戮随之而来——有几部片子长达几十集,就是从孩子抱错这一刻开始的。

我觉得这个清明还是很有意义的——所谓的信息就是这样,你从未听说过,就奇得很,可以引起无边的联想,联想织起一张巨网,把人罩在里面了。扫墓时看着过世的长辈的名字,渐渐洇润在红色的油漆里,觉得许多家族的人事都没有弄清楚。以前有的是时间,却没有注意这些问题。父母似乎也对此不在意,很少讲那过去的事,这也使我对家族人员的过往知之甚少,尤其是父母的上一辈、再上一辈,如今都是散去的云烟,无从拢合了。

清明这一天的聚会使亲人有一种紧密感,陵园的氛围、往事成为叙说的主题,每个人不由自主地沉浸。

这样的节气让我觉得它存在是如此必要,尽管它很快被下一个节气推走了。

时间和空间说起来是有些意义的。那种不知有汉无论魏晋的桃花源中人是没有的，对于那些做考据的、爱写回忆录的人来说，时空就是根本。我会更留意于时间，尤其是农历，以及农历下的节气。霜降到来的那一天，有人就告诉我一定要买几只柿子吃吃，这个老家的习俗已经流传下来很久了，说是吃了柿子，在寒冷的冬日就不会流鼻涕。橙色柿子是老家人认为最好的一种——橙色让人信任，因此也贵了一些。每一只柿子披上的颜色不同，在人的眼里就有了高下之别。它有小巴掌这么大，小巴掌托着，小沉甸甸的柔软。在这个秋季的最后一个节气，懵懵懂懂，就有了一个切实的印象——很抽象的节气，由于一个柿子、一点小开心，变得感性无比。这类民俗的说法有没有什么道理呢？天下没有那么多道理，民间就是如此。俗世生活可亲且大俗，随俗就是如此，不只是外乡人，就是本地出生的孩童也如此，不必质疑其真伪。庄子曾经说："婴儿生，而无师，能言乎？与能言者处也。"如果一个在闽南出生的孩童说一口带儿话的北方话，那才是荒唐。他与满口地瓜腔的保姆相处，他的口音也就多是地瓜的味道。是一股看不见的潮水力量，使人一张口就暴露了出生地。尽管我在外时间很长，也有意地想着把口语说得更靠近北方，却都是徒劳。时间过去那么久，改变了一个人那么多的方面，口语的腔调却坚如磐石，一点儿也没有被磨损，就像霜降和柿子，总是一同到来。

有位罗姓的朋友曾和人说过，他和我是同命运的。除了同生于处暑的前夜，那时我当农民，他也当农民；我当民工，他也当民工；我是亦工亦农人员，他也是。后来一起转为学徒工，又转为正式工，固定了下来，我渐渐相信他的话了。在这个群山环抱的工厂里，跟着汽笛声响上班、下班，沉浸在满是氨气的空间里。如果说有什么不同，那就是下班之后，他喜欢和一帮老乡喝点小酒，聊一些七荤八素，而我则在宿舍里闷声不响地解题。那时我对数学很有兴致。一本很厚的题集，我一题一题地解去，那些解不出来的难题，就跑去技术员家中，看他如何下手。出题的人有意在某方面设置一些障碍，让解题者绊倒，有时一个晚上也解不了几道题。我喜欢这种带有韧性的深入；我感受着每一道题外在的冷峻和内部深藏的秘密，它们消耗了我在这个厂里每个夜晚的时间。每个人对自己的生活都有一点态度，使日子过得更自我一些。由于温饱没问题了，也就延伸出一些小情趣，只不过我们的小情趣远远不同。大约4年之后，我们分道扬镳：我到省城读书了；他依旧留在那里。如果一切依旧，也没什么不好。可是那个厂倒了，他的不快乐开始蔓延。我们在各自的路上越走越远，也不会见面了。少年时代对生活有不少幻想：时间太多了，浪费一点没关系；有的人留级了依然笑容灿烂，到后来才发现少去许多，该抓紧一些。所谓虚度就是没有时间感，没有时间感的人多半快乐，而那些早早在预期的，往往落空。那时有个同学弄来一些格言分享，最时髦的是"人生最要紧的往往就只有几步……"我不知道那几步在什么地方，为什么那么要紧。格言就是如此言简旨丰，神秘得颇费猜想。但有一点是肯定的，这要紧的几步一定不会放在年老这个时段的。

静庵大姐来信了，说她还当我是当年那个上树的少年——大约是她读了我一些描写小暑大暑活动的文字。一个喜欢上树的少年，当时一定是两眼澄澈、毫无忧伤的。他以上树为乐，每一棵树的长势不同，枝杈不同，有的易上，有的难爬。枝条的不稳定性给人带来空中的快乐，还有一些胆战不安。它比在地面丰富——地面太稳定了，一个人在地面摔倒，只能自己爬起来；一个人从树上掉下来，会提醒人对高处的警觉。家长的心理和庄子相仿，觉得兽伏于穴，鱼游于渊，鸟是栖于枝条的，人在地面才是无虞。这使家长们对于孩童上树持否定态度,一旦被发现,只能从空中返回地面。南方多水,小暑大暑河里挤满了人。水比枝条动荡,沉浮无着,让无数皮囊在晃动中充满清凉。父母对水的恐惧胜过上树,因为我一个表弟溺水了。他高兴地下水,还做了一个潇洒的姿势,却没能潇洒地返回,让人看到柔软之下的杀气。表弟年龄与我太相似了,又常相处,梦里几回见到,以至突然醒来。即使多年过去,我开着车上桥,桥上堵车密密麻麻,我看到了桥下之水,不由战栗。今年大暑过后我做了几件和少年时相仿的事。一是,上树把多余的枝条削去;二是,翻过铁蒺藜院墙,把院子外恣肆疯长的茅草劈了,让它们在锋利的镰刀下应声而倒。当然,在这个夏季的晚上,我还打死了一条正在移动的青蛇,因为它竖起来的身体使我感到危险。无数个小暑大暑过去了,我还能是那个上树的少年,在落地后飞速奔跑吗?为什么三下两下就让一条青蛇不再展示它扭动的身肢?

白露曾经是我最开心的日子。家长们认为,从白露这一天起,家里果树上的果实就都解禁了,果实中的燥热之气都随着这一天的到来悄然退尽。白露到来,果林里都是采摘的手。删繁就简之后,树叶捋了一地,果实运走,头顶空出许多。自然界的简明,我倾向从白露开始。这个节气不仅使我放心地品食果珍,还带来了简明的原则。我对世间密集的信息领悟最迟。有位学生和我谈起两年前轰动学校的一个事件,我居然无知。再说谁有闲工夫去管闲事?真有余暇,在这张红酸枝的躺椅上晃晃悠悠,也是很惬意的事。世事如此扰攘,把自己扰攘进去才是傻子。一个人究竟需要多少信息?绝不是越多越好。小学四年级时,舅母曾经观察了我几天,然后和我谈了一次话——大意是你的言语如此少,又不与人说,以至让别人无法了解你在想什么,做什么。我当时以为舅母的谈话会使我外向起来,善言谈,好交友,合于世道,可是没有。现在我觉得可以用两个字来简单地表达,以前没找到,现在找到了,那就是"自适"。就像老家白露后没人采摘的番石榴,噼里啪啦地全掉在地上。

我爱听这样下坠的声响,多么自然的过程。

立冬说来就来了。在立冬这一天,每一个家庭都忙着冬补,至少在行为上要有一种形式感。每一个冬天从今日而始,这个季节更需要人的体内萌生出抵御严寒的能量,也寄托在这一天的滋补上。在仪式面前,再顽皮的孩童也要敛约野性,待到仪式过程完结再伸张。在我的少年印象里,一些大家庭的仪式多,所谓的老房子未必老,而是老气横秋。光线本就不足,厅堂上挂着一排过世前辈的照片，那么大，色泽阴暗，使少年生出恐惧，一直要跑到明媚的阳光下，心情才像一朵花，打了开来。仪式就是寻常形式的庄重化，给寻常动作披上厚重的外套。像港剧中的公墓场面，每个人都着黑衣黑裤，戴着墨镜，如果大太阳或雨天，则每人手上又多了一柄黑伞。整个过程让人伤悲，是仪式在起作用。待事毕，黑衣人纷纷轻快地钻入小汽车，又是一片谈笑了。仪式是做给人看的，场面越大越显用心，使仪式下的事件品位最大化。我最近经历的一个仪式是在一家饭馆。老板娘指着一盘菜说，由她来操作最好。她用洗得很干净的手把几种小菜包裹起来，像一卷线装书，然后让人把嘴张开，张大一些，她郑重地把它送进去了，然后问味道如何——当然，接受者都称道的确不一般，因为她这一双白皙的手的出现，让人记住了这个饭馆。尽管只是几个简单的动作，还是坚定了我的思路，仪式都是用来让人看的，特别是现在，可以把仪式拍下来反复看。真正的仪式在心里，也不声张，自己内心敬畏即可。

　　外公在世时，我对时间的感觉并不明显。那时一个小学生，花不多的时间就可对付作业，余下的就是游戏。直到父母生病去世，都是在冬日的节气里，我觉得自己忽然长大了。对每一个人来说，时间像自己的牙齿，先多后少，最后没有了。一年最后的两个节气，以小到大的增量的形式表达了不可忽略——小寒！大寒！节气想来是北方人制定的。一个人如果没有在深冬去过北方，根本不知道寒冷为何意。正是北方人真切地看到了一年时令的巨大，才有了如此细腻的感觉，想了这么贴切而又新鲜的24个名字。《孟春纪》说："东风解冻，蛰虫始振，鱼上冰，獭祭鱼，候雁北。"真是紧紧相扣，如环无端。这样的春之动静在我这个城市是听不到也看不到的。由于所在的纬度，这里四季葱郁，花开无尽，植物在外表特征上没有大起大落之变，有一些叶片掉落下来，可能还没落地，新的叶片已经又张开了。站在南方人的角度想前人的事，似乎更好明白东晋偏安之后，皇室权贵为什么缺乏刘琨、祖逖的精神，提不起北伐的激情了。富庶甜润的南方啊，这方上天精心雕琢的灵秀之地，依依柳色，婉转黄鹂，烟雨芳草上看十里秦淮箫鼓画舫，才子倾情，佳人欢娱，名士的闺阁情怀滋长起来了。在此时的名士风流图谱中，比美貌，比风度甚为醉心；比清谈，比自适一个赛过一个。谁也没有想到刚硬的风骨渐渐蚀去了支持的力量，只有傻子才会重振北伐的心气，这哪里比得上持螯下酒、东篱赏菊来得快活。至于匈奴、鲜卑、羌、羯、氐在北方闹腾，尽随它去。如果不找个机会在冬日的节气里往北方走走，品咂大漠苍凉、故道荒寒，真不知在同一个节气里，北风为何如此锋利若刀。一个北方文士在信里给我描绘了生命的初始：有如枯焦一般的枝条渐渐爆出一丁点儿的绿意，而后这无数的一丁点儿的绿意渐渐饱满、涨大，一棵树又回到重生的时令里了。我是一个植物爱好者，从我书斋外可以看到一棵樟树、一棵朴树。我觉得朴树更有美感——它具备了随时令之变而变的本能。我对生命的体验可以从这棵渐渐老去的朴树深入下去。

老人说秋分秋分，日夜平分。秋分这一天，我开着车到另一个城市，到另一所大学给研究生讲课。本来我和一些人想法相同，既然告别讲台，就安心待在家里做些自己喜欢的事。后来觉得不行，一身本事还是得有个用处，继续说到我喜爱的铁画银钩、羲之献之。学生永远是年轻的，校园永远是生机勃发的，与乡野不同，与街市更是迥异。夜深了，下得楼来，还有晚归的学生。人是在一定的背景下生活的，一个人习惯了学校这个背景，还是想继续维持下去。这当然是形而上的倾向——这个专业在越发迅疾的时代里，更多的是一种精神向往，是个人充满记忆和幻觉的储存，用自己的善感触摸它的没有边缘。

每一个站在讲台上的人都有自己的方向：有的人只是作为一个职业；有的人则是缘于深情，是意在贯彻到底的，以至于退下来之后郁郁寡欢。如果一个老师讲授的是音韵、训诂、古籍、版本，在中文系里喜欢的人就少，又如何到社会上与人说道？风雅自赏是最活跃的一种私情，许多人缘于此，直到老迈。最好把它作为一个梦供起来吧。每一个人出于喜爱，都会夸大自己专业的时代意义，认为上级领导应该给予重视，建立一个硕士点或者博士点。我素来缄默无声，觉得与自己无干。我主张学习一些老字号，多少年过去，还是小摊子，旧门脸，没有与人合作，也不扩张，老僧守庙般的守着。想想大学毕业后的一段时间，每次骑车路过一家烤肉饼店，都要停下来，进去买两个热乎乎的肉饼，趁它未冷却就咬一口，里边椒盐和葱花的香气一下冒了出来，肉肥而不腻，皮薄瓤丰，椒盐分寸正正好。冬至是个大节，行祭天、送寒衣的仪式，每家人都想买几个喷香的烤肉饼供供，让天神品尝人间美味。那些买不到的人失望地对老板说，多做一百个也是顺手的事。老板细细擦洗器具，头也不抬地说，就是多做一个也累死人。在齿颊余香里听如此说，真会感到每一个烤肉饼的沉实可靠——它们都是老板真实不虚的气力揉捏出来的，也许多做一个，就不是如今的美味了。我的专业与烤肉饼相似在于都是单干，又是手作。我以前喜欢言说创新，现在更倾心于守成了。能守住就不枉此生。

后来，这家烤肉饼店不见了，门前的小路成了宽阔的大道，车流如织。它一定是迁往另一个地方。也许有一天我会循着熟悉的香气找到它，还是一个小摊子，还是一张旧门脸。

节气倏忽而过，一些被我记住，一些却被忘记了。记得住的往往是与我有关的一些感性情节，从而清晰起来，味出节气名字里的那些美感。

接下来，离问梅消息的节气不远了。

空间意识

路过这个曾经住过的小区，不由得走了进去，看看。十多年过去，小区显得苍老和破旧了。当初的建筑材料就不是合格的，风来雨往，整个墙体的颜色黯淡得不行，每家每户的防盗网早已腐蚀，看起来铁骨铮铮，摸一把满手锈。管理越发不行，什么人，什么车辆都可以自由出入。没有改变的是终日洗刷刷的麻将馆，许多人乐意把时光掷于此，老人多的小区大抵如此。

这是我第一次用自己的钱购买的一个单元。买了之后才知道，周围的十几座楼房都是拆迁户——他们过着不重规矩重随意的日子。市井生活是最为基本的、俗气的、土气的，也就全然从自己的生活感受出发。譬如管理费、水电费，觉得没必要交，也就常年不交。总是有人趿拉着拖鞋在小区里闲逛，大呼小叫，对骂，总是会秋日为小区的神明唱几台戏，由老人会出来组织，号召力越过了小区物业。在这个最底层的小区生活，它的丰富、复杂超出我的经验，像是身在一台戏里，信手就可以拈来一些情节。我印象很深的是租在楼下杂物间有一位鞋匠。这个小空间仅容一张单人床，再放一些工具，有门无窗，更无空调，夏日关门睡觉。他和一个孩子，如在蒸笼里——人的生存弹性很大，可他的太太忍受不了，忽一日不见了，他只得靠自己的手艺拉扯这个孩子。除了补鞋，他还兼营配锁、开锁、修自行车等营生。他的爱好就是买彩票，期期都买，绝不落下。有一次我坐在他捡来的一张歪歪斜斜的大班椅上，看到一张报纸的边角写满了许多数字，知道他在计算，寻找中奖的路径。我断言他哪一天搬走了，一定是中了大奖。再一个印象深刻的是2000年元旦的前一个晚上，我们外出用餐，本意是想庆祝新千年的到来，谁知给盗贼可乘之机。他们破门而入，翻箱倒柜，一地狼藉。由此触动了我再搬家的念头——当居住的区域在安全、卫生、人群诸方面都不理想时，一个人肯定会寻觅新的立足之地，就像孟母断杼择邻，一定要找到合适的空间不可。

　　这次回来没有见到鞋匠，杂物间紧锁，邻居说他也搬走了。但愿他彩票中奖，住上了宽敞明亮的新房子，找到一个漂亮的老婆。

后来，我想绕后门出来，把以前熟记的密码输入，门已经打不开了。

晨光新村住的都是大学教师。当时公家分房，我还是个小助教，分数根本达不到，只能流口水。虽然面积不大，但文气浓浓，是这一带最有文化的小区。哪怕是一个走路颠颠倒倒、目光茫然的老者，也没有人敢轻视他，也许就是一个有名的化学家或者文学家。这个小区的房子都不装电梯，再老的人也要倚仗双足上下。当时的楼层选择是按个人的地位、职称来打分的，数字在此时使人心服口服，即便多一分，也能提前选择，这使爱说三道四的文人安静下来。那时地位相近，职称相近，经济也就半斤八两。后来，有的教师的专业与社会联系密切，这些人渐渐富了起来，专业改变了经济状况。有的教师的专长只能在课堂上讲，连学生都不想听，枯索之至，更不用说与社会交接，让人来请。后来，一些教师见不到了，他们在高档小区买了大房子，电梯当然是少不了。搬家那天，除了把书和衣物带走，其余不动。很快就租给了别人，每月有一笔固定的收入。有的人还隔成好几套来租，这样收入就更可观了。那些无能力购买新房的教师不安了——明摆着晨光新村的住家成分就杂乱了起来,什么人都可以租,谁知是不是贩毒分子、盗窃团伙?搬走的教师才不管这些——我的破房子要租给谁干你何事,出了事自然会有人来管。有一位系副主任的遗孀对我抱怨楼上租户改造,老是漏水下来。她希望我找校党委书记说说,让他管管这事。我说书记都在出国考察,哪会管你这事。有的教师对我说这样住挺好,离学校近,尤其近图书馆,到长安山登高也很好啊。我就说是啊很好。但是看到他们吭哧地爬上五楼六楼,而且老了,根本不会到图书馆去看书研究,我实在弄不清他的本意究竟如何。

和自己买房子住的人不同,不少人是租房住——在一个城市买一套房,那一辈子都得耗在这上面,租房同样可以安身。但是租房的不稳定也是明显的,房租年年涨,可能就不想再租,考虑再搬一次。有时住得习惯了,主人又不想租了,想卖了了事,于是租客恋恋不舍,主人毫无顾念。这种租客多了,在城市里寻寻觅觅的心情也就起伏不平——所谓的漂泊就是这样,一会儿城东,一会儿城西,不会有太多的安定。一个人家里的物品只会多起来,常常是进来的多,扔出去的少。开始搬家只是三两个箱子,后来就要请搬家公司了。租房使人有更多的选择,天下那么多样式的房子供选择,时日久了,租客的心理也十分坦然，并不觉得自己无房有何不妥。想想当年的隐者，以乾坤为巨宝，斜遮几片云以为被，乔木之下，空穴之中是吾乡，足以自适。现在没有人想当隐士了，都想到前台来表演，当个显士，有京城情结的人那么多，纷纷往那儿跑，奔走衣食，角逐名场。想想白居易这个人的名字也真逗，顾况就拿这个开玩笑，认为京城是不易居的。许多人只能当租客，哪怕租个冬日像冰窖似的地下室安身，也不愿回去。再有才华，再大理想，许多人都从租房始。

我常去的一家私人书店关门了，坚持不下来有各方面的原因：一是房租高，二是没人买书——很多人进来坐着看书，享受空调，把要买的书拍下来，从网上去买。这样，书店白白付出。对于房主来说，也是个斯文人，但他的原则很现实，谁付钱就租给谁，尽管书店是传播文明的，但脂粉公司出得起租金，就让它来主持这一空间。不同行当的租客都在寻找合适的地段和合适的人群，卖奢侈品的不会和卖文房四宝的毗邻，就像卖鱼丸扁肉的与卖服装的也会自觉拉开一段距离。城市这么大，相应的人群、生意都是扎堆的，有自己选择的自由，这样就形成了某些专门的区域，吃喝的、玩乐的、水产的、建材的，名声渐起。生意如果兴盛，根本不在意租金的一涨再涨，甚至就长租不走了。可是这种景象很少——没有一个人说现在生意好做，生意好做的日子过去了。这样就使生意人抱怨的声音越来越多——也许下个月来，就是另一张门脸了。门脸的变化是城市的表情。人们在做些什么事，或者改行做什么，经常可以从门脸之变觉察到。我倾向于门脸的固定，如果是长久的固定就更好了，成了百年老店，使后来人言说时，有一种对旧日的探寻的神情。

搬一次家，感受一次新的空间，没有一个空间是相同的，如同每次搬家的心情。经营不善的人，把豪宅盘给债主，搬到一般的小区，空间缩水了很多，各方面配套也是等而下之。心里想着过去的风光，别墅大得很，开了好多次派对，今日沦落至此，常来的那些人也不见影踪。如果一个人从小空间搬入大空间，心情肯定是舒适且得意的，很有一些成就感，说起来是自己的努力形成的。看到有的女士手上、颈上被金银珠玉套满，不知是真是伪，总会生出许多疑窦。可是一套有品位的房子，站在阳台上可以看到江上的粼粼波光，还有岸边蓊郁的林木，如果下得楼来，坐在简易的木构亭中，任江风徐徐拂过，听得到花瓣打开的声响，那么这套房子的厚重感，要远远超出其他，而且没有人会怀疑它为伪作。房子的问题难以含糊，它不同于珠宝，珠宝是很容易糊弄人的。于是总有人自觉地报出自己的小区，邀请大家来玩——其实大家都不会去的，只是从她说的小区去联想房子的规格。现在我们见面，除了问"吃了吗"，还问"你住在哪里"。有人就答道："还在老地方。"问的人就知道是30年的老小区，就不再问了，便劝他去买新房子，"存那么多钱干啥呢？"——往往以这句话来结束此次交谈，也给对方一个不着边际的鼓励。

房价越来越高，20世纪50年代，写一部长篇小说的稿费就可以买一个四合院，如今恍如神话。那么有没有比房价飞升更快的收入途径？否则就像夸父追赶太阳，永远追不上，只好死于途中。每一个买房子的人都有一个故事在里边，说起来都是吃力的表情。有个持币观望房市的文人对我说过一阵要降价，政府不会坐看不管。他秉承的老式消费观使他泰然自若，等待降到他的心理底线。可是房价没有降，只是停住，永远不会降到他的标准上。那些以贷款形式买到房子的人后来都住进去了，每月咬着牙供房，可是回家看到采光充足、四壁雪白，觉得这一主张正确之至——在一个崭新的时代生活，还像旧日文人那般持守旧日光景，谁也不会因为你是知名教授，送你一套房子。文人笔下的稿费比起房价有如蜗牛与火箭，写文只能是一种个人爱好,就像新派文人爱喝咖啡,老派文人爱品茶,遣兴而已,稿费权且买些小菜,与买房无干。我父亲那一辈的人是不会谈买房的事的。他们住在低矮的土房里,墙面都起皮了,房顶长着狗尾巴草,到秋后就枯黄,显得家境清寒。他们谈的都是教学,后来就谈革命,上街游行,写大标语,贴大标语,安心在土房子里住着,觉得这就是故乡,以后老死这里。

买房成为必需之后,大家庭一分为四五,像一头蒜,每个蒜瓣都闹独立,不再紧紧地拥抱于一个小空间里。房地产的崛起,万千楼宇正与这种独立的想法如符契相合。一个宽敞的单元,大都是三口人住,一个大家庭也就如撒豆子成兵一般,分散各处,自立门户,日子自在起来。大家庭都有一个九斤老太,看这不惯,那不惯,嘴上没完没了。以前没有买房一说,四代人挤在一起,看似其乐融融,其实都在极力地忍耐,都快憋出病来。有的忍不住了大吵,四邻都知道了。也不奇怪,只是自己这一家的耐性更大一些,还没开吵。现在好了,搬了新房,情绪松弛任意,黑白颠倒也无人管教,便觉得树大开杈是正常的,何况是人。如此,房子的需求量如日之升,连同其他方面的经营。早先老房子,一个房间一盏灯,遥遥垂下的灯泡好像一个静止的鸭梨,开关在门边,也是遥遥垂下的一根线,开与关都在拉扯中。而今一个房间有多少盏灯?不必再拉扯,而是以指按之,甚至遥控。每一家人对灯的形态、色调要求都不相同,于是无数灯具乱花般迷眼。人们在无数灯具中穿行,寻找不同的光明。

装饰是对新房的尊重——一个人拿到了新房的钥匙,不是马上搬家,而是抓紧装修。大多数人认为装修之累难以言说,也有人当作艺术品来琢磨,饶有兴味地对比、分析所有的材料,展示装修的个性之美。材料何其多也,色调何其杂也,价钱何其悬殊也,上当不止一次,争吵更是常事,渐渐就有些辨识能力了。装修是一个人审美趣味的体现,可以很素淡,也可以很艳丽;可以很优雅,也可以很世俗,总是要合自家气道。我向来倾心素淡简约,譬如背景墙刷白即可。我写一幅字,裱好挂起来,就有了几分文气。不过楼上的邻居不认可。他花了10万元买了两片巨大的背景石,雇一帮人吭哧着抬到18楼,镶在墙面上。据说晚间灯光下,如波如澜,浮光跃金。毛坯房是中性的,却在每一家对空间不同的理解中,成了个性。有的人家书房特别大,还放了一个大书案用来把笔挥毫;有的则在对空间的修改中添置了一个精致的麻将间，或者品茶室。生活是如此世俗，日子是各自过的，犯不着与别人相同。那些不同之处，正是他们对俗人平常日子最真实的展示。这也使精装房受到冷遇——它们如同一个模子里浇出来的，无法顾及人丰富而微妙的感觉。就像古人说的，大羹玄酒，有典则而无滋味。于是，乐意买一个毛坯房，并为这个空间的个性化而费心力。

有人买了二手房。我是不喜欢二手房的——原先住过的那一家人，或者转手了好几家的人，他们都是干什么的？他们遗留在这个空间里的信息、气味是否适宜于我？原主人在此居住了那么久，他们的健康情况如何？是否有什么家族病史？尽管搬走了，也打扫得干干净净，但是，有些感觉是扫不走的，早已钻入丝丝缝缝里。人生草草，有些事也草草，但在这个问题上我一直纠缠着，不像其他人那样无所谓，对空间的感觉迟钝之至，反而觉得原主人把装修都完成了，又住了这么久，自己拎包即可入住，何乐不为。一个对空间没有感觉的人，只是算计房子的物理空间、尺寸大小，却没有顾及它早已是一个情感空间，充满着曾经的嗜好、习惯，已经不是毛坯房那般单纯。当然，二手房也还有一些不足——装修的样式、手法、色调，使人觉得相悖，或者隐匿起来，一时看不清楚。待到搬来住下,才看到这里渗水那里发霉;听到吊顶上老鼠奔跑有如鼓点骤响;夜半头顶有人趿拉着拖鞋的声响,这才发现,楼上的单元被隔成四套出租,卫生间改造之后,都在自己的卧室或餐厅的上方。更不走运的是,住下一段时日,和邻居都混熟了,才从她们说漏了的嘴里得知,这是一套凶宅。不须多说,接下来的时日都在讨说法。这些精力的额外付出,当初做梦都不曾有过。

太多的人在议论房子,有很正经严肃的论坛,把房子上升到国民经济的层面来论述,都是经济学家的做派和口气。也有很随意的调侃,民间色彩、草莽章法、道听途说、藻绘沸腾,似乎不关心房子的行情就没有尽到一个公民的义务——不妨说,每一个人胸中都潜伏着一个楼市,里边有自己心仪的空间,随着价格的提升,波澜起伏。

如今我住在一个独立的空间,坐在书房可以看到山坡上摇曳多姿的芦苇。它们在雨天时被濡湿了,就有几分滞重。到了秋风归雁时,它们就浑身轻盈起来,雪白蓬松,还有一些毛茸茸的温柔。暮色到来时,归巢的鸟鸣使静寂的黄昏多了几分生动。这座不太高的山我登顶过,有一堆巨大的石头上发现了"紫岩"两个大字,觉得最近的创作可以在落款处写下"丙申之冬，以撒书于紫岩山下"，如此会更诗意一些。想想在一个城市里搬了好多次家，除了居住空间扩大外，也是想和密集的人群有一定的距离，离市声市气远一些，离山野草木近一些。如我这般有志于学无志于仕的人来说，萌生这样的念头是一种必然。

挺拔之姿

魏晋间人的笔墨总是那么洗练，使人把玩时想起那个时代众多的名士，恣情的、任性的，不管不顾的，高目标的。当然也有像阮籍这般什么都不表达，愿意烂在肚子里以全身的人。王徽之的书法给我的印象不会太深。他的《新月帖》和父亲羲之相比韵致优雅不及；和弟弟献之相比，其放纵开张又逊色多了。这也使后人以王徽之书法为范的无多，不是学羲之就是学献之，渐渐把他的书法忘了。可是转个话题，说起魏晋名士风度，王徽之又会使人津津乐道，品啜不已，好像名士的风头都被他占尽。王徽之曾借他人空宅暂住，一入门便让手下的人买些竹子来种。手下的人觉得没必要这么麻烦啊，只是暂住嘛。王徽之啸咏良久才说道，这就是你的不对了，怎么可以一天见不到这位君子呢？还有一次，王徽之慕名前往吴中一士大夫家赏竹。主人郑重其事地做好接待准备，王徽之全然沉浸在对竹的欣赏中，反倒把主人冷落了。晋人普遍有好竹之癖，且有一些小区别：王羲之好鹅；陶渊明好菊；释支遁好神骏；张湛好松柏。这些清洁之物，大大助长了名士们的精神洁癖。往往在打开魏晋艺术史册时，一群生机勃勃、我行我素的人就涌了出来，在山阴道上的竹林深处，放浪形骸，快然自足，得大自在。

　　这当然是我三十几岁以后才意识到的。我和魏晋间人相近之处，就是有过比较长的山野生活，与竹相近。常常会站在山顶，看山峦连绵起伏，竹海无际。那时，我想着自己的出路，如果能像一竿竹子这般凌空而起，那就好了。竹海里纤尘不染，枝叶让天水洗净，摇曳中偶尔闪过阳光的亮泽，它们的顶端是最先接触到每一天太阳的光芒的，不禁使我艳羡。山野稼穑，先是基于温饱的认识——每一竿竹都可以构成生存的支架，把一个个家庭托住，不至于坠入饥寒之中。而每一棵笋，春日之笋也罢，冬日之笋也罢，对于一位腹内空洞的人而言，简单地烹调之后，无异于美味了。"雨后春笋"，这个成语的形成，一定是某个人经历了这种蓬勃向上的场景，成为一种旺盛状态的表现。那些没有成为餐桌美味者，不舍昼夜继续生长，令人仰望。那些被山农认为是成熟了的竹子，在叮叮咚咚的刀斧声中倒下，削去枝叶，顺着规划好的坡道滑下，被长长的平板车载着，进入再加工的程序。后来，我对两种竹制品表示了很大的兴趣。譬如竹制的纸，由竹的圆劲坚硬转化为柔软的、单薄的，一刀刀地裁切好，包装好，放在一个狭长的礼品袋里，作为上好的礼品，拎着赠送喜好丹青的朋友，在上头写些锦绣文章或者消遣时日。竹子制成的纸有一缕缕淡黄色，使人想起过往，想到竹的前世。又譬如以多根竹子由藤条扎紧的竹筏，上边同样也绑紧几个竹的椅子，离岸后它就显得飘逸灵动了。两边都是竹林的倒影，归巢的鸟鸣掠过，天色渐渐迷蒙起来。筏上几个人都是一脸的今夕何夕的神情，任竹筏随流西东——也许到了下一个村子，正赶上晚间的戏台上演，不由得岸边系缆，看一看那位风姿绰约的旦角，长袖飘甩，莺啼婉转。和竹子一样，人也是善于生存的植物，贫瘠清苦中也会挣扎着生长。我注意到一些竹子的确没有长好，是吃力地拱出石块的，此后也就一直不能顺畅，总是被压制着，扭曲着，不禁让人生出怜悯。只是我一直认为它会更具备倔强的美感，它的根后来被制成了一个老者形象的工艺品，比其他的更有铁枝虬干的峥嵘了。

待到我在鹤峰原度假，已经到了闲适的年龄了。红砖瓦的山庄在千顷竹海里犹如一叶扁舟，绿意弥漫中的一点红。尤其是午后，风随夕阳西下，而愈加强劲，如果仰视山间，一些植物已在形态上仓皇失措，叶片翻飞如鸟兽惊散。竹林在随风俯仰中无疑显示了一种从容。它灵动的韧性，由于天生天养，深知天道之奇正虚实，也就不失本性地接受，不动声色地还原，让时光慢慢过去。在徐徐的摇曳里，山野之风的张狂之力往往被斯文地化解开来。在魏晋的文字中有不少"徐徐"的记录——徐徐地起来，徐徐地行走，徐徐地清谈。"徐徐"看起来只是肢体上的动作，由快而慢而已，实则是内心的从容优雅，甚至还有一些慵懒。内心慢了，整个人的举止也就慢了，斯文了，有风度了。竹被称为四君子之一，它在四君子中是最为清俊的。风来了，风过了，余韵袅袅。这时，人们会出门观看，看风过后的竹林浑然无觉一般，就会想起欧阳修说的，"为于举世不为之时，其始终自守，不牵世俗趋舍，可谓特立之士"，觉得一竿竹也就是如此。

在李安执导的《卧虎藏龙》里，唯美的画面就是李慕白与玉娇龙在竹林顶端交手。竹节挺拔的顶端，绿意如波如澜，载浮则沉，犹在云端。二人踩着柔韧，身轻如燕，觉得刀光剑影里的杀气都隐没了。天下竹子万千种，其美何如，看看这个片段就知道了——纤尘无着,天机清妙的自然状态,要胜过无数的刻意雕琢。竹子从笋尖出土就开始了笔直向上的里程,追慕光明,从而略去了许多天下扰攘。竹子作为人格气节的象征是有道理的。在漫长的生存经验里,人们一直在找寻生命的象征物,以此抒情写意,正心养身,同时又携带着诗性,不在表达中显得那么突兀。屈原的《离骚》是我经常要翻看的一个篇章,里边充满了香草的芳香——屈原不是植物学家,却在笔下贯串了十几种香草:江离、露申、辛夷、杜若、白芷、胡绳、薜荔、茵芝、申椒、揭车、留夷、杜衡、菌桂……借此喻人,这样会雅致一些。可惜,屈原写的都是湘沅泽畔之物,行吟时弯下腰采一枚,插在长发上。他一定离竹林很远吧,要不,他一定会以孤竹自况,向楚怀王表示自己砥节厉行的井渫之洁和安穷乐志、卓然自异于俗常的格调——以竹子作为喻体,会胜过那些优柔的香草,也会使屈原风骨遒劲,不至于最终绝望而自沉汨罗。当然,竹子在我眼中也有一些孤高兀傲的意象。争相轩邈,思逐风云,都像梁山好汉单干时那般独标奇崛。相比于王维在夜间的竹林里又是弹琴又是长啸,弄得一片喧哗,我则认为竹下独坐静听风来会更与竹默契。李白就是这般静静地坐在敬亭山上的。我也去过的那一个春日,竹子那么茂密,人骤然渺小，又何须作声。竹是清肃之物，郑板桥曾在《兰竹石图》上题写了"各适其天，各全其性"，认为它是循自然之道的。如果它是一个人，一定是心怀素淡，性喜消散，有一些不可犯之色。每一个人的内心都会有一个位置来安放一竿竹子，或者一片竹林。所谓风骨，就是内在的支撑。

一个人爱竹，在他笔下会有哪一些流露呢？真要用两个字说道，那就是"清"和"简"了。南朝梁庾子山的《小园赋》中有不少数字："一枝之上，一壶之中，欹侧八九丈，纵横数十步，榆树三两行，梨桃百余树。"不过他最让人欣赏的是"一寸二寸之鱼，三竿两竿之竹"。读到此处，清出来了，简也出来了。清简相尚，往往是最有韵致的。在魏晋这样一个尚竹时代，竹是环境的背景，也是心境的背景。如果观察他们的雅集轨迹，竹林七贤、金谷宴集、兰亭修禊，都是在茂林修竹间，在这里挥麈清谈、稽古观心，是很有一些清简之趣的，暂时离了俗务，离了尘嚣。1000多年后，我们每一年都会于3月3日在兰亭纪念这些名士。我去了几次，顺便去看那些竹林，使人神清气爽。恍兮惚兮，有41位名士，流觞曲水，恍然不知有身外事，这真是一个不可复制的暮春啊。欧阳修曾对他们的笔调赞叹不已："盖其初非用意，而逸笔余兴，淋漓挥洒，或妍或丑，百态横生，披卷发函，烂然在目，使骤见惊绝，徐而视之，其意态如无穷尽，使后世得之，以为奇玩，而想见其为人也。"想想也是，像王羲之的《大道帖》、王献之的《鸭头丸帖》、王珣的《伯远帖》，都那么小，一张便笺般大小，清简出风尘，三笔两笔，精气神都聚于此了。在笔墨清简的背后是唯美的人格——一个人可以奇点儿、怪点儿，也可以不循常规、剑走偏锋，却不可落入尘俗的泥淖里。想想当年的阮籍，以青眼、白眼待人，对于俗人、雅士的态度是截然不同的，不会兼收并蓄广交天下朋友而不辨其脾性格调，相比于今人内怀奔竞之心，好冠盖征逐之交，那时节的人在处理人的关系上显然清简得多。这些人喜好"竹林之游"，因为竹之形、之神是可以启发哲思的。生存与流逝，贵心与贵身，自然与名教，玄谈玄远，拓颖开慧。千百年过往，林下风气已经变得难以捕捉了。

我从五六岁开始临摹古人碑帖，一直没有放手。有人便对我说，以几十年驾驭线条之本领来画竹，一笔、两笔、三笔，干、枝、叶就出来了，很容易的。对他这种轻率的态度，我只是笑笑不搭话——在这个世界上，做好一件事都不是信手的，精神之物岂能如此容易现于腕下？在我的阅读中，许多人笔下之竹是没有什么力度的，只是笔墨堆于纸上，徒其形色。而好色之徒的彩绘竹子，又把这各孤迥的灵魂涂抹得市井气十足了。一个人画什么不好呢，画竹子，有多少精神储备于其中呢？有人认为画竹只是腕下功夫，熟练即可，功夫到了，无坚不摧——想用功夫来打天下的人多了。把一丛竹子画得大开大合是我一向不喜欢的，这样的笔调多了张扬、轻佻，少了庄严感和平静感。我的山野生活就是浸润在植物的海洋里，在丛生的杂草中穿行，在横长的棘藜上奔走，同时也会搂住一竿硕大的竹子歇息，它不动声色的力量，沉着而又冰凉。相比于茅草的凌乱、荆棘的不得章法、老松的奇肆扭峭、风水林古樟树的神秘，竹子在空灵中则包含着弹性，即便是一条修长细腻的篾线，沾沾水，也是力在其中细而不弱。几块散落一地的桶帮，在两条篾线一上一下的围拢下，收紧了，居然滴水不漏。力度是看不到的，当一竿竹子屹立时，你把力度告知旁人，他一定是茫然不已。力度是个人的一种感觉，平静中一以贯之。有人感觉到了，有人始终感觉不到。郑板桥有一首诗是写听觉的："秋风昨夜渡潇湘，触石穿林惯作狂。唯有竹枝浑不怕，挺然相斗一千场。"一个人对竹有这种感觉，也不枉他多多地画竹了。我是在农耕兄弟的老房舍里的大量竹器中看到竹子之力的。力透到寻常生活的每一个角落，紧紧地箍住了一家人的生活、一个村子的生活，不使失散。渐渐地，在竹林环绕中的人们也有了坚韧和忍耐。实在的劳作泥泥水水，寒暑无间，使人长于自守，默然无语。而另一面又使我察觉到民风的强悍，只是平素在体力蓄积着，不使外泄。所不同的是，农耕者远没有竹子的挺拔俊秀，少年时过早地负重，使他们后来再也长不高了——尽管我离开那里很久了，我还是固执地认为他们就是一片会行走的竹子。

回到城里看到的更多是与园林建筑相匹配的纤纤细竹，优雅而有骨感。进入古色古香的庭院，玩味钟鼎彝器、诏量镜铭、瓦甓青花，又翻动图籍残纸，忽然有一缕淡淡的流逝感浮了上来——日子是越发小巧婉约起来了。算算此时，是农历的六七月之交，时晴时雨，山野在潮湿中，无数的竹鞭在奋力吮吸，竹节争先向上，风雅鼓荡，场面奇崛，整座山岭充盈着大气与生机，让热烈的阳光照彻。

张　开

　　春季是最有寓意的一个季节，人们可以用它来形容一次艰险而获新生的历程，可以看成一个人困厄之后步入的坦途。它给人一种希望，连同欲望，一起疯狂地生长。经过一冬封存的植物，在渐生暖气的土壤里，各自紧密经营，相继绽开花朵，像无数张开的嘴。没有哪一种植物可以占尽春光，却都在尽力伸展，没有矜持，更缺少谦让。如果是挨得很近的两株植物，它们对空间的争取就更不肯落后。春日不免太艳俗了，那么多打开着的花，如同无数喋喋不休的嘴——"红杏枝头春意闹"，如果从另一个角度看，也是文人对于这种无序的乱哄哄的场景的一种讨嫌。整个春日就是在浓艳中度过的，不管你乐意不乐意，睁眼就可以触及。当然，这种集体的张开是由节气造成的，根植于地，头顶于天，只能如此。明人袁中道无奈地说："造物天然，色色皆新；春风吹而百草生，阳和至而万卉芳哉！"试想，整个天气、地气如此，植物不能无动于衷，甚至连枯木也迸发新芽。在城市里汹汹的人流里，安坐不下来，还是想着往外跑，融入时代潮流里。其实，那时以我的生活经验根本难以判断发生了什么，朝哪个方向发展，但时代的潮水把人冲撞得摇摇晃晃，少有能站得住的脚跟。我有个同学的父亲真算得上有自己脚跟的人。他很有技巧地和儿子谈话，让儿子接受他另一个方向的引导——把他送到一位精通英语的老文人那里，去学习当时与时代格格不入的另一种语言。小伙伴们在街头冲冲杀杀的队伍里，再也没有他的身影，他在另外一个世界里，开始他的另一种生活。十年之后，形势发生惊人之变，他凭着熟练的英语考上了一所名校，而后生活、事业越来越好，而那些小伙伴大都没有这么幸运。他的经历解释了一个道理——于无声处自行其是，不荒掷自己的时光和精力，才是最实在的事。天下有不多的事与我有关，而更多的事是与我无关的，既认定无关，尽可置之不理。

　　四季的尽头是冬日。在泥田终日的乡亲手脚上已经裂开许多口子，有时一用力，血就从缝里流了出来。皮肤原来是闭合完整的，从深秋里开始粗糙起来，冬日相继收束不住，让人看到皮下的沟壑。可是没有办法，还得继续下田，让肌肤和冰冷之水接触。这样,晚上回来,洗个热水澡后,他们就要坐下来,用劣质油脂——通常是用蛤蜊壳盛着的,抹入裂缝里,希望早日闭合,减少疼痛。生计比疼痛更重要。生计无计了,日子就过不下去了。如此反反复复,往往伤口得不到良好的愈合,只好等待冬日过去,春日到来。有时上面的人来检查,生产队长、劳动能手去接待,他们见面是不握手的,握手使人疼痛,如果表示热情用力握手,则使他们痛彻心扉。于是各自搓搓手,笑笑,就算是见面仪式了。后来,他们的后代不想再与水田稼穑打交道,就到远方去打工了。打工固然辛苦,但双手至少可以得到保护——手在厚实的手套里,不直接触及锋锐和粗糙之物,降低了开裂的可能。打工和水田劳作都是苦役,但前者收益要多得多。这一点我是亲历过的。水田劳作一日,不过二角一分,而后来当民工,每日有一元二角的收入,如果包工,使一点窍门,积极性发挥出来,则还更多。后来,这些后代回到村里,看到那些裂开之物,心里老大的不舒服——房屋的土墙裂缝了,下雨时就成了屋漏痕;头顶上瓦片裂开,可以看到一隙蓝天,风吹过,洒落一抹沙尘;而父母还穿的补丁的衣服,一用力,裂开,露出里边的棉花。于是弃老宅而择向阳之地,新起楼台,严丝合缝。许多上好的水田都来盖楼房,另一种生活开始了,最直接的表现——手脚在严寒的冬日里,伸出来看看,完好。

我到寺院里找人,会看到一条巨大的木鱼,平挂在回廊上,雕工粗犷,两眼圆睁。让每个走过的人都能看到,可见不是信手。最可靠的说法是出家人不可懈怠,必似鱼终日警醒,勤于修炼。的确,鱼是毕生睁眼的。半夜起来,金龙鱼娴雅地穿行于池里,睁眼看明灭的世界。没有一个人看到鱼闭眼,即便在死鱼面前。用一双睁眼的鱼来劝勉人的修行,一个人出家了,这个世界可以不必留恋了,而要见的是佛祖、佛经,见与佛有关的对象。但很多的时候,僧人都是闭眼的。在大量的诵经时间里,他们必须合上双眼,使别人看起来十分专注。香客来来往往,衣着华丽,如花似玉,睁开眼看了还是会使人分心。依照我练功的体验,一个人闭眼时内心还更纷繁,前生后世的影像纷来眼前,让人一时收不住,还好张开了,它们马上不见了。通常认为眼睛的设置就是为了观察这个世界,不管这个世界最终如何变化,都会被张开的眼睛记录。眼睁睁地看着,这是对眼睛最真切的描写,在遇到自己需要重视的对象时,眼睛的状态就是如此。张开的眼睛把内心的隐秘泄露出来,甚至看得忘乎所以而失态,失去了平日的矜持和庄重。

可是，很多方面是人的眼睛探究不到的，徒睁双眼而无奈，甚至细微的感觉还不如一个瞎子。这也使人对张开的双眼有了一些怀疑，觉得它只在表层游移，滑了过去。有一个人深夜陪一个瞎子回家，在黑暗里上了那架颤巍巍的木质楼梯，然后进入黑乎乎的房间。他觉得自己有双眼，却不如一个瞎子在黑暗中灵活。他灵活地给客人倒开水拿点心，还快步跑进里屋把收藏的一个东西拿出来让他抚摸，又到阳台搬出一个小盆景要送给他。瞎子的房间没有灯，因为他很多年不需要灯了。客人不由得生出感慨，瞎子除了眼睛是闭合的，其他部分，却比常人更充分地张开了。

李老在冬日的午后总会在那个阳光充足的地方坐着。他对我说不想午睡，被窝还没暖和又得起来了。我说你尽管睡到傍晚也没人打搅你，起来时家里也把晚饭做好了，吃了正好有精神看看电视——现在，家里人都随你。他不听我的，静静地被阳光包裹着，不久就舒服地闭上眼睛张开嘴，好像入睡。李老的职业是牙医，开个私人诊所，他的工作就是拔牙，其余做得不算好。他说他几十年的时光都是面对无数张嘴，平日闭合着，他让它们张开，不是要它们说话，而是让它们不说话。他借助张开的口径，观看里边的复杂形势，很快明白要用几号工具,把那颗让人痛不欲生的蛀牙拔出来。手上功夫是他谋生的资本,准确,迅疾,没有一个人质疑他拔得这么快,电光石火一般,收费又不便宜。他在张开的嘴里度过整个白日。他经常说的就是"张开点,再张开点,好!"有些人张开嘴又爱说话,李老挺烦的,这样影响了他手上功夫的施展。老客户不少,邻里、朋友,还有一些陌生人,在拔第一颗牙之后对他产生了信任,嘴里一有情况就来,觉得李老应该负责这张嘴里的事。李老有些吃惊,他们这些人嘴里的牙齿越来越少了,时光推移,他总是把这些坚硬的牙齿由嘴内移到嘴外。往往在拔出一颗坏牙时,他会松开钳子,让它"啮"的一声掉在瓷盘上,有点像影视里从肉体取出一颗带血的弹头,一定要让它发出铿锵之声,这时真是太开心了。李老在他们张开的嘴里看到了鲜红的舌头,弹性的、肥厚的,但与牙齿的硬度不可相比,有时舌齿之争,伤痕总是在舌上。到了晚年,坚硬的牙齿渐渐不安坐在嘴里了,舌头却依然完好灵动。李老自认为他最了解嘴内的秘密,没有谁会像他这样,阅尽无数张开的嘴,且不言语。他学拔牙纯是一时之念,不想到既能谋生,也能养生。拔牙时的凝神静虑,收视反听,使他内气充盈,聚于指腕。天朗气清的时候,护工各自推着自己照顾的老人来到老年医院场子里晒太阳，迟暮的人对着阳光一律闭着双眼，而嘴都不由自主地张着，他们想说什么，或者想问什么，却没有声音从这个洞口发出——人生最终都是如此，有许多琐细的交代，有许多疑问没弄清楚，我母亲就是如此，我只是听到了风拂过的声音。

我小时候有个习惯，白日里也喜欢把老家的大门关上——当时的院子大门是用杉木棍子钉起来的，简直就是古人说的柴扉，外面看得到里面，里面也看透了外面，但关起来会有一种安全感。里边的大门，我也喜欢关上，使人在里边安心不少。可是二姨总会走过来打开，说大白天关门闭户好像家里没人了，不妥。那时门虽设而常开，孩童这家进那家出，张开的前门、后门给了他们奔跑的便利。门的张开，使我以为危险来时一点抵挡的时间都没有——我小时候觉得人是没有什么安全感的，尤其是暗夜，地大人稀，黑色像一只巨大的口袋，人被套在里边，茫然无助。到了我13岁那年，二姨反过来叮嘱我要把门都关起来，闩好。她在敞开着的灶口，把一本本古旧书化为灰烬，这些纸张煮了不少日子的开水和饭菜，风一吹过，纸灰若蝶而蹁跹——对于灰烬，就是神仙也没办法查出什么来。后来，人们对于门的作用还是沿着我小时候的思路走的——门是用来关的。每一个人进入家门后，最先就是把厚重的门关上，门洞大开的人家毕竟很少，有的偶尔打开，外人也可以看到主人巧妙地设计了一个玄关遮挡，不让人看到里边的动静。抵挡物可以是一个长脚的花架、一道若隐若现的纱帘、一张线条简明的博古架。为了反窥外面，在大门上还装了一个猫眼，此时就知己知彼了。我很高兴，每一个人更重视自己的隐私了，这对自己的肉体、精神都是一种负责，为自己活着。电话的普及，我觉得一个好处就是预告，从而尊重了别人。要到对方家中拜访，必先电话联系。如果主人乐意、欢迎，这扇门在拜访者到来时会如期打开。现在的老家，家家的门都关着，即使里边有人，小儿与小儿不游戏，大人与大人不串门。我走在老家的巷子里，不见一人。

一家小学迁到我家后面的一个空间里，旧日冷僻之气一扫而光——学校在哪里，生意在哪里，这话已被屡次印证。邻里纷纷破壁，或托管所，或文房四宝，或小吃美食，上课放学，道途充塞。像我家这般一天到晚闭门是挣不到钱的，反倒要感受嘈杂。店铺的门都大开着，所谓开张就是如此。学生是不竭之源，一些学生走了，另一些学生又来了，进进出出没完没了，都在消耗着他们低价购入的劣质品。学校的声名也撑大了教师的胆，在自己的房子里，买上课桌椅，文房四宝，只稍稍暗示一下，来学的学生就挤破脑袋，于是请人来教，自己当老板。我父亲母亲擅长语文教学，尤其父亲可谓权威，我也只见到他们闭门备课、改作业，从未课外再行补课一举。他们觉得该教的都在课堂上教完了，补课绝无必要，那些时间应该让他们去闹腾，去游戏，因为国家已经给了老师薪水，学生父母缴纳了费用，接下来就是教者用心教，学者用心学，就是这么一种十分简单不过的关系。我的整个小学阶段都与老师产生不了密切关系，我觉得没这个必要，师生之间还是要有一个距离，尽管我还当了学校少先队的大队学习委员，但我在路上远远见到老师来，我还是要躲开着走。同时我也很不喜欢他们家访，家访使人紧张，有的老师前脚才走，后脚我就听到了张三因皮肉痛楚发出的哭声。我更倾心于旧日的私塾之教，私塾先生各有各的讲章，各有各的问学倾向，门户自立，互不相干。家长送子女进私塾，绝对地信服，子女挨了戒尺的，掌心通红，家长也绝不会上门理论，如此明理便给了为师的很宽松的权力。私塾先生除了古板和酸腐一些，似乎没有太多可以挑剔。鲁迅为塾师寿怀鉴的造像可以窥见万千塾师之一斑。他只讲圣贤，若学生问他"怪哉这虫是怎么一回事"，他是不屑回答的，而是激情洋溢地朗读："铁如意，指挥倜傥，一座皆惊呢……金叵罗，颠倒淋漓意，千杯未醉嚛……"可以想见他飞扬的眉目神情，让人迷醉到如今。私塾关门了，世上再无寿怀鉴。

这次回家见到土地宫，不由得大吃一惊，简直是一个大工程了。现在没有哪个单位、个人愿意阻止它的拓展，任它膨胀开来。它旁边的那些房舍是如何让位的，我觉得比政府拆迁所费的手段要少得多——谁也不愿意在看不见的神明面前理直气壮地讨价还价，反而显示出一种谦卑和恭敬，觉得腾地方给神明是自己的一种福报，不禁暗喜。当年上学放学，土地宫是必经之路径。它如此之小，就是一个小小的神龛，一个香炉，几缕香烟袅袅起来。同学中有人捡起石块朝神龛上砸，时间久了，显得灰头土脸、残损破败。到我六年级时，偶尔也会有几炷香插在地上，肯定是哪个香客趁天时已晚来此诉求留下的。敬神如神在，即使夷为平地，这个地点也是要使人生敬畏之情的——我们常说的遗址、旧址，也就是说它非同一般，有灵魂在里边。过了些年，人们又大胆地在言行上表达对神明的崇仰，跪它拜它，并付之于行动，如野火烧过的野草，萌芽长叶，纵横延伸，重塑宫门，建造宫殿，油彩绚烂，五色成章，让土地神真正像个神，端坐于殿中供人礼拜。我对空间的认识往往停留在适用即可之上，神仙也是要戒骄奢的。清人李渔就论述过"土木之事，最忌奢靡"，不要让人给宠坏了。后来进了宫门，才觉得土地宫的扩大是有缘由的——供奉的神明已经是一串名单了，除了玉皇大帝、如来、观世音，余下的是一些将军、真人、王爷……一个进香的人来，跪下，磕头，众神明保佑他，是否更显得威力无限。没有谁阻止宫殿的延伸，神明因为看不到而更见力量——许多这方面的传说使人毛骨悚然，即便不信，也应该敬之，然后远之。先秦的哲人就表达了这种相处的玄机。神仙不是终日在天上飞的，它也要有安歇之地，因此人有这样的义务，为它们忙碌，也是为自己平安。土地宫一天到晚都敞开着，守宫人只是象征性的管理，不必担心里边的物品遗失——往这方面动心思已经是罪过了。殿内灯光昏黄，它的效果是增加了神秘的气氛，使人谨重。我想起那个抓起石头砸向土地宫的同学，这么多年了，不知安好。

我到老家的日子，白露已经过去一段了，自家的一棵龙眼树枝头还停留着几串沉甸甸的果实，在秋阳下闪动着咖啡色的光泽。我借助梯子，爬上墙头，抄起那竿修长的竹竿，它的顶端张开了嘴，正是天成的叉子。这棵龙眼树是自己生长起来的，在人们不经意的几十年里越长越大，如果不是前几年建造房舍堆了许多垃圾，它会更具有活力和姿质。它的果实少汁，甘甜，肉厚且脆，是龙眼中的精品。我给杨采儿一小串，一小时后她发短信来，说龙眼已在公共汽车上品尝完毕，从龙眼枝里爬出一只蚂蚁，她就把它留在车上了。后来我想起这只蚂蚁——它原先在老家的树上，却随着我信手采摘的枝叶被带到了飞快行驶的公共汽车上永远回不到熟悉的树上去了——偶然成了必然，许多事情的发展，在我看来好像都是如此。

譬如烟水

一

阳光,海浪,沙滩,木麻黄。已经是寒风瑟瑟的初冬了,这个名曰湄洲的岛上,依旧满目是摇曳中的青绿。此时已是一年之中的淡季,夏日里蜂拥而至的游客早已退潮般的远去,连同那些南腔北调的声响。而总是有一些人,反游历常道而行,于此时进岛,在静寂中面对无际的大海和强劲的季风。

妈祖庙终日香火缭绕,香火气沁入木石建筑的内部,让人嗅出了久远。进香的人从遥远处来,祈求保佑。他们未必择时于明媚春光,而是凭心之感应,是时候了就启程。每一位来到妈祖面前的人都必须渡过一片辽阔的海域,这个过程使他们看到了海的浩瀚汹涌。那么巨大的船只,一入海就不能言说其大了。许多的灾难都是在海面上发生的。液体的海水涌入了钢铁的空间，越来越多，使人浸泡在咸涩的液体里无法挣脱，渐渐由海面消失，沉入海底。水性再好的人对于大江大河可以夸口，而对于大海，无论是体力还是技能，都难以应对它的辽阔。这也使生活在漫长海岸线上的人们，对于海有着一种与生俱来的敬畏。经过一段时间的海面航行，人们在妈祖面前会有一些更为切身的体会，想起有过这么一位女子，救人于波涛之中，并以此为己任。不由得心生虔诚，顶礼膜拜。袅袅而起的烟雾带着每一位香客的心愿，一直向上——当年那位渔家的小女，如今已经是天庭上的一尊女神了。香火铺设了天地间的通道，人神得以交流。以前我细读曹植的《洛神赋》时，的确能感受到穿行于字里行间的隐微心曲——幽怨的、哀婉的、惆怅的，"恨人神之殊道兮，怨盛年之莫当"，那种对洛神的倾心爱慕和人神不能如愿的现实，不禁使人神伤。可以想象在洛水迷蒙的水汽里，绰约的宓妃远去的身影，还有怅惘盘桓、不忍离去的曹植。和曹植不同的是，我看到了进香者满意的神情，似乎他们与妈祖刚刚交流完毕，心愿托付，无所牵挂一身轻松了。每一年妈祖的诞辰、妈祖的升天日，总会有一些大型的活动，使人看到民间信仰有如海水，是朝着同一个方向奔流的。

这些信俗的日子，再也不是日历本上的几个数字，它被铭心镂骨地牢记着，不能忘怀。

瘦长条的湄洲岛，犹如泊在海中的一叶扁舟，迎着强劲的海风。风是岛上的常客，遒劲无歇，使得岛上的任何人、物，都要过过风而无可逃遁。岛的边缘堆积了那么多峥嵘兀傲的石块，起始应该是囫囵一团的，因为天地混沌初开，有如鸡子，总是以整团的状态出现。后来，风来了，如同无数把刻刀，上下若舞梨花，遍体纷纷，恍若飘雪，齐力雕琢这座小岛。自有人居住的初始，人们见到的是石头的厚重与实在，它们堆垒在一起，有着镇安朝野的气量。人在巨大的石头丛中穿行，身体感到了柔弱与逼迫，猜度在巨大的石头内部，是一个多么密集的堆积，以至于这般气派。人是看不到风的，只能从草木的摇曳窥探风力之大小——那些被风刮得前俯后仰的模样，让人见识了风的力量。尽管风声怒吼，石头的岿然不动，给人一种错觉，它是凛然不可侵的——最初见到这些石头的人，应该都持有这种理解。时日如风过往，现在我所看到的岛上石头，已经是一件件艺术品了，那么多的奇异之相，一石一态，莫有同者。每一方石头都无法逃匿风之凿刻，看不见的刀锋，更看不见那双握着刀锋旋动的巨手。风的兴致就是在石上试身手，疾徐轻重，时而工笔，时而意笔，也许一代人过往还看不出风从何下手，但是过了几代人，就渐渐看出眉目神情了。石上之痕，清畅不梗有之，细密婉曲有之，朦胧恍惚有之，酷肖逼真有之。春风之柔和，夏风之热烈，秋风之肃杀，冬风之猛厉，异轨同功场面奇崛，愣是以无形之力，克其坚硬。许多人在朝拜妈祖之后，都乐意流连于石头丛中，看到风一以贯之的品性。我一直倾向，缺乏石头那般坚硬的人，理应更珍视个体的生命之柔。

湄洲岛的滩涂连接着大海，沙数无计，金黄而细腻洁净。抓一把干沙在手，捏紧的手掌有如沙漏，就像一个人要抓住时间，它还是窸窸窣窣地从指缝里溜走了。虽说是初冬，到了海边的人们还是走了下来，站在海滩上。绵延的海岸线蜿蜒远去，很少的人在海滩上，从远处看宛如芥豆。海滩是连接陆地和大海的一个过渡带，有陆地的坚实，又有海的潮润。往往人走着，会习惯地回过头看看，足印由清晰而模糊，渐渐就浅淡无痕了。过往的日子里，掐指算归期，牵肠挂肚的家人会结伴站在这里向海的远处眺望，希望眸子里出现桅杆，出现整艘大船的影子，上边有着家人招手的动作正明晰起来。远方来湄洲岛的人当然没有这般殷切的体验。他们在海滩上走，呼吸着清新的空气，任海风撩起衣襟飞动，在洁净的海滩上追逐，摆出各种上镜的姿态。此时了无愁烦，有如泽雉，一步一啄，一步一饮，再也闲逸不过。读过书的人偶尔会想起春秋时哲人对于水的描写，那种荡漾不息的状态，一展开来联系，就无边无际了——缘于水的无形，任何人都可以有规划和考量它的愿望，用水喻人、喻物，也就最易于明了。来湄洲岛的人都有一个妈祖的影像，置之头顶上，抬头仰望。在我看来，妈祖是越来越显得庄重了。从最早的敦厚质朴到后来的雍容华贵，宛如飞蓬的世界，频仍更迭；扑朔迷离的世相，时而天下扰攘，风雅不做，时而天宇澄明，人存桑弧蓬矢之志。妈祖的形象也渐渐附着了一个个时代的美感，人们乐意接受而礼拜。行走在海滩上，大海就近在咫尺，这些一望无际的液体终年涌动着，啸傲着，从无止息。一个人要从海滩走到辽远的海洋彼岸，的确是沉浮未定的。这也使人于行囊中，也许在笔记本里，夹着一张妈祖的照片，这样，他行于颠簸的海上，反而有了履于平地的安然。

木麻黄是湄洲岛上最有生机的植物，像极了这里的人，迎着风沙生长、劳作，于岛上终老一生。树和人在岛上生长，都需要具备一个共同点，即柔韧不拔。过于坚硬之物总是易于摧折,就如一口好牙,很硬,可以断物,最终却落得一颗不剩;而柔韧的舌头,频繁伸缩于牙齿的开合之中,完好如新。智慧的人们选择木麻黄来抵挡风沙,就是对于韧性的欣赏。天下植物无数,北方有泡桐,南方则有木麻黄。当它们形成屏障后,日子就平静多了。在这个岛上,风和木麻黄是永远的对手:有时是树倒伏了,被扯开一个很大的缺口,风沙大踏步地推进;更多的是树的兀立不移,随风势俯仰而不折,使黄沙委地而无可侵入。外来的人从参差的树梢看天际线的延展,心头生出一缕温暖——在北方雾霾的时节,这里绿野连云、天幕澄碧,可以言说天堂之境。进化中的木麻黄的叶片已经成了线状,其叶如针,细节多而委婉。植物向上伸长的本能为人所用,在实用的同时产生美感,这倒是当时没有太在意的。岛上的树和岛上的人都吃得住苦——小岛兴旺起来,完全可以从这方面来寻绎。原来,我总是以为人对于生存环境的选择是趋利的,许多人离开海岛到远方谋生时,一些人却选择留下来——勤劳在任何时候都是用得上的,这个小岛渐渐拔地而起的建筑、白墙红瓦、绿树掩映,临赏不尽。当然,岛上人家还是谦卑之至,认为全是妈祖庇佑的功劳,其余不足道矣。

在一个八面风来的岛上，香客们看潮起潮落，风进风退，树死树生，总是会有着旨趣微茫而恍惚的妙处。寻常日子寻常过。想起湄洲祖庙的几度兴衰，想起妈祖的前世今生，还有袅袅不尽的香火气的浓烈——绚丽的生活最终还是要落在实处，还是会觉得期待平安最为质朴和真切，就如同岛上的木麻黄，寻常生，寻常长，兀立以待。

二

寂静的秋夜，有人焚一炷香，看袅袅的烟雾徐徐而上，窗外云淡风轻，室内的人心事安妥，可以言说安宁了。

对于香的认识，我一直觉得和南方的潮润有关。潮润易于滋生虫蚁，于飞舞中，爬行中，悄然穿过门窗，进入室内。此时，香的气息可以起到委婉的驱赶作用，同时也使人在香气的似有若无中，姿势安放下来，情怀恬澹。

香道深深深几许——我认为和花道、茶道、书道一样，都有自己的一种玄妙的道行和一整套严丝合缝的手法。对于这些以手为之的过程，我向来都怀有敬畏之心。它们不借助机器，或者最大可能地运用了手的功能。尽管机器的精确远远超过了手,但手之于机器不同的地方,在于它是灵动的、鲜活的。它活生生的那种状态,让人觉察得到这是一种生命的力道。就像晒香,看似简单不过——一大捆香扎成一束,信手地往地上一掷,这捆香就如同到了时节的花蕾,忽地舒展开来,匀称婉约。这是一双娴熟的手在瞬间给人的惊异——一个掷的动作,开出一朵花来。每一个热爱香的人,认同一根细劲的香的形成,是由许多特定的动作连缀而成的,沾、搓、浸、展、抡、切、晾、染、晒,循序而来。秩序的遵守,使得最终形成的每一支香都让人不能不生出谨慎——恭敬地持香。它的细而不弱,轻而不浮,它的前身、后世,都在一线之细微中了。

　　如同万物生长靠太阳一样,制香的作坊总是希望每一日都天朗气清、艳阳高照,这样就可以大面积地晾香了。人们通常只认为稼穑才靠天吃饭,其实香坊也是如此。大凡晴明,每个人都忙碌起来了,板车往返,把制好的篾香拉走,铺在香架上。香架旁就是青翠的田野,参差不齐地生长着蔬果,与多彩的香融在一起。酡红的、淡紫的、深褐的、浅黄的,阳光下来,犹如一方方宏大的色谱。小镇上的人们话题就是香,没有香,言说其他毫无滋味。一支香最终是随风就形,云雾般的消失了。但是此时的晾晒,每一支都是实在可抚的，让人觉得这个世界是如此的充满结实——他们生产实在的香，而消费的人则让香成为虚无的缭绕，这也使得生产和消费永远没有终结，成为循环往复的快乐。香坊老板们最讨嫌的就是阴雨天，这使得他们不时要看看天，或者通过指腕上香粉的松紧，预知阴阳之变。如果当年后羿不射九日，晾香的进度不知要加快多少。人们对于风来雨往、酷暑严寒，各有好恶不同，但是对于阳光的态度大抵相同，都是欢迎和喜悦。一个人迎着阳光奔跑，或者在阳光下劳作，有一种激情萌生，手脚勤快。雨天的日子只好歇着，算是弥补此前凌晨就起来做香的辛苦。对于忙碌惯了的人，闲愁最苦，于是不时抬眼望天，想从中发现一些晴明的端倪，揣摩阳光何时从云层里穿出。

天下植物中含有香气者都可以作为制香的原料——有人如是说。倘若真如此，那就品类繁富了。没有哪一种植物的香气会使人混淆起来，正如同没有一棵树有两片相同的叶子。这也使嗅觉挑剔的人，可以明辨出香味的微妙差别。据记载，永春人曾向宋太祖进贡龙脑香数十斤；阿拉伯人来泉州贸易，运来了价值三十万贯的乳香。这都是当时让人兴奋的事，作为一种特别的经历记录下来——根植大地的植物，追慕阳光，不断地向上伸长，沾溉雨露，持守自身的独立。每一种植物都有自己的脾性，有的硬若生铁，有的韧如绕指柔，有的善于笔直兀傲，有的则婉曲多姿。人们不断地说起檀香、沉香，它们是植物中的精品，它们的存在让人迷醉。这许许多多的不同，最终还是要走向相同——都需要经过火的焚烧，才可能散露出内在的品质。

袅袅而起的香雾把立于大地上的人们的心事带到了天堂，获得应允。每日都有无数的香被焚烧，带着无数的祈盼。如此说来，香坊里的工人是在做一件很有意义的工作——通过自己的辛勤使许多人拥有香，拥有抵达天堂的一架梯子。香客——对于郑重持香进入道观、庙宇、宗祠的人，都可以以此称呼。正是通过沐手焚香，使一些祈祷、诉求由内心发出，乘香烟而上。香气浮游里，人们的礼拜的动作，抛掷筊杯的声响，才更有了一些依据。如果一个人有所求，又没有香，感觉肯定是另一种——它千回百转的形态，若隐若现，若曲若直，某些神秘的内容附着着，可以看到三神山和三神山上边的景致了。

和静静地品茗、听琴一样，闻香渐渐成为闲适之道。于洁净室内，三五人皆心气平和，闲来无所牵绊，便从容地看香道小姐优雅地运用指腕,一个动作扣着另一个动作,让香气淡淡起来。一个人在香气里,闭上双眼,有些缥缈,亦有些冥想。也许一些前尘往事剪影般的掠过,白云苍狗转瞬变幻,都随了风去。也许一个人老了,不存桑弧蓬矢之志,越会感到一饮一啄莫非前定。那么,更具有坐下来恬淡地闻香的愿望。在这个充满香味的小县城,节奏明显慢下一拍。迅疾和舒缓看起来是动作上的差别,说到底还是内心。有的人坐了下来,心还在户外奔腾。那么,再好的香也难以品出韵致。在秋水长天、秋湖印月的静谧中,每个人沉浸在香气里,如静水深流。如果每个人都有所想,我想起的是古老的日晷,或者古老的沙漏,它们用来算计时间,却反而被时间算计了,日渐苍老,日渐锈蚀,成了博物馆里的藏品。人生,日夜兼程当然是很积极的入世态度,可是有一些时光就是用来闲过的,譬如闲坐闻香,根本无法创造经济价值。人因此很快活,如同浮在头顶之上的云彩。

香气之下研墨、翻书、写文,渐渐生出一些美感,写出一点自家的锦绣文章。香雾虚无,谁也把握不了它的飞升。虚无带来了美感——朦胧、迷离、浮游,难以落实。这恰恰是人越来越达不到的,自然而然的。每一缕香雾都是自然而然的,随风赋形亦临风卷舒,世上有许多天物都是如此,云霞雕色,有逾画工之妙;草木贲华,无待锦匠之奇。一支焚烧中的香也是如此。在香气散发中,它的过程徐徐展开,灰烬落下,无声无息。有一篇文章写道,一位制香工人每日过手无数的香,却觉得是奢侈品买不起,但只是每日在作坊劳作时能够闻到香味,他就心绪安然了。一个人守住一种气味,也守住了安宁,此时,做什么都有一种遂心的快意。

作为礼品的线香,材料都是上好的,以显珍贵。苏合香、鸡舌香、沉香,静静地躺在一个小巧的香管里安睡,让拿在手上的人小心翼翼。从香粉到一线之细的香,已经变得十分清脆,稍稍不慎就断为几截,让人生出一丝惋惜和懊恼。这也使取香的人分外细致,生怕指尖的分寸不适而折断它们。同样雅致的香炷,让香挺拔地立着,接受火的亲炙。婉曲柔和的香雾,使人目光捕捉时游移不定,一直升到末了,淡无影踪。如此直率的香和如此缥缈的香雾,在曲直、刚柔上有如此大的反差,而最终以虚无结束。习惯于香的人总是一支续着一支,无语地注视着烟雾的上升,此时脱离一些俗务实在。工夫茶、工夫香都是消耗工夫的。时光如香,朝着一个维度走,最后走到终了。"快点完了",常常会这么说,因为时日过去了一小截,没地方寻找了。"您这一炉沉香屑点完了,我的故事也该完了。"这是张爱玲小说里的一句话——香把时间拓宽了,如果是阴雨天,潮润会使香火走得慢一些,使故事讲得长一些。香所引起的话题大多是过往的、老旧的。在充满香气的木质房子里,香的力量那么柔弱,能够延宕起人们静下来的姿势——听故事的人担心讲故事的人草草收场,而讲故事的人也希望能够表达得更圆满一些。都持这样心态的人,使这个夜晚显得美好了。一支香取出来就是一节时间的标志,而至终了,如果没有人提议再点一支,真有一种曲终人散的寂寥。香灰到了一定的时候就现出一个弧形,继而落下,没有谁听得到灰烬落下的声音——太轻微之物,它的声响是让人听不到的。这和喧哗的世相反差太大了,反而想到静、敛、藏、简这些悖世界而走的状态。就如同我的五伯父,九十多岁了,一个人住在一个老旧小区的顶楼,没有电梯,偶尔会走下来透透气。我去看他的时候,他正研究着孔子,我就和他谈了一会儿孔子。觉得孔子和老子不同的地方,是孔子太喜欢说话了。我走后,五伯父又恢复了安静。我想他是有香的属性的,不吭声,也不旁骛。

又一个秋夜到来,有人认真地沐手焚香,然后取一丸墨,在细腻的红丝砚上轻轻研开。晚间的情绪在松弛中有了几分慵懒,就不打算临杨维桢峭拔兀傲的草书了,还是八大山人的行书合适,草蛇灰线浑然无迹,就像这线香的委婉纹路。

此时徐徐写来,正好。

在动作的空间里

笔会上，大家推李老开笔，他年长于在座诸位。就是那些按捺不住的，也得等他开笔后再龙蛇翻卷。李老平生最爱楷书，即便是笔会这样有时间性的，他也是慢腾腾——把格子折好，四端用自制的铜镇纸压实，解开躺在笔帘里的笔，挑一支，濡墨，沉思片刻。他开始写了，一字一格，墨色渐渐占领了格子，由少而多。两个多小时后，这首苏东坡的《赤壁怀古》准确地装入了所有的格子。有人见完成了，给李老一杯香茶。李老没接，换一支小狼毫，收拾那些他认为没写好的字——人不是流水线，不可能每个字都毫厘不爽。现在我们阅读古人手笔，就是那些庙堂之作，也没有用笔、结体都全然周全的——人用手来写就是这样。李老多年来一直如此，这里修修，那里补补，反复拾掇，终了修饰得如八面观音色相俱足。这也是他写一幅字慢得出奇的原因——动作太多了。正常的书写一挥而就，落款揿章，然后坐下来喝茶，吃水果。在大家眼里，李老这些多余的举动，并没有增加什么美感，反而显得小家子气，是书写的弊端。没想到李老如此迷恋，犹如他已经蹒跚的步子。

我是强调写罢就放手，笔调简劲流畅，手下有些破绽也很自然，没有破绽才是不正常。补笔是把破绽修饰了，自然却没有了。其实自然会更有意思，信手而为，不假思索，翛然以游，行笔间简直没有一个多余的动作。

这个在绿树掩映下的小剃头店是我不时要去的地方。别的店纷纷改名、扩展业务了，它还是以剃头店自称，朴素直白，就像许多大学都把中文系改成文学院，不改的使人觉得还是老式气味。可以想见它的经营一直重复着既往那样的简单和直接。剃头师傅的过人之处在于功夫麻利。我看了时间，大约四分钟剃一个头，有时还更短——他只管剃头，各自回家去洗——这样除了快，也更符合卫生的要求。来他这里的人都对发型无甚要求，剃短则可，最多要求顶上体现出三七分的发式。剃头师傅以快赢得了大家的热爱——这些对自己头发没有装饰要求的人，和这样的师傅成了默契的搭档。尤其是剃头动作的迅疾，见头发一片片飘落，头顶马上轻松起来，像是拨云睹日，一时疏朗清旷。由于节奏快，有时排队的人多，也很快会轮到自己。师傅是往迅疾这个方向发展的，像练短跑，越跑越快，越快越短，直到最后一个剃头者离开，他才挪个凳子坐下来，吸一支烟。我注意到这位剃头师傅最后的几个动作，分明是剃好了，顾客也露出了笑容，准备掏出手机付钱，这时他说，别动，又拿起剪子，或者剃刀，在头顶上巡回两下，又眯着一只眼瞄一下，好像是极其慎重地处理了几茎高出毫厘的发茬——其实刀剪什么也没有碰到。这几个巡回动作是做给顾客看的。顾客因为这几个动作生出好感，心生赞叹。轮到我了，剃头师傅如法炮制，眼前闪过的都是一些烂熟透顶的动作，快手过处，不再重复。我总是敛眉任他发挥，这些真实的动作，头皮还是可以感受得到的。直到最后，他的假动作才出现，那是作用于我的心理的，尽管我看不到头顶的动向，但从我此前对他的观察，这时又是故伎重演。故伎让人感到温暖，觉得头剃好了，还意外得到了一些超出剃头的福利。

  在我们无数的动作里，真要细分，就是真动作与假动作。假动作总要占真动作一些比例。假动作往往美观，有花样，有一点穿行在真动作中，犹如锦上添花。如果假动作过多，就像不多的酒掺了不少的水，让人觉得虚的太多，甚至怀疑酒瓮里全是水而没有酒了。

有个人问我,丁乙是不是我的研究生,我说没这个人。研究生和导师的关系是比较密切的,不像本科生,人多,只能记住少数,有个性的,长得漂亮的,做了出格的事的,常和老师讨论的,余下大都忘记了。他接着说,丁乙是以前的名字,现在叫某某了,我说是有这么个学生。比较两个名字,还是前一个名字适宜,从形声义三方面来考量都如此,弄不清为何去改,真是多此一举。后来又遇到一个邻居,生逢一个动荡的大时代,名字也就及时地靠了上去,取名"东彪"。他的姓可以视为一个极有捍卫意义的动词,即汉大臣卫青之"卫"。当时让四邻觉得真把名取绝了,居然如此契合时代的走向。过了好多年,我回老家遇上,叫他,他有些茫然,旁边的人说他不叫这个名字了,名字缩水,"彪"不要了,乡亲都叫他"阿东",或者"东啊"。当然,这样更明快,也更正确。改名是一个需要时间办理的事,到改名机关、排队、交证件、填表,这些动作和不改名的人相比,是多出来的。改名是深思之后的结果,肯定是原先这个名不适用了,或者对未来有所囿。就像一个人一生不能只穿一种鞋,脚渐渐大起来,鞋码也要更新。改名是很个人的事,改不胜改,其实换汤不换药,还是那个外表和内里。如果一个人改名了就和过去的"我"告别了,说起来就很虚假,没有人会相信。"东啊"出生,取名"东彪"时,正是我家父母也在筹划给我们兄弟改名的时候。兄妹里只有妹妹的名字不须改,这个名字用几辈子都是合时宜的。而我们几个的名字在当时都有更改的必要,有积极分子已经向我父亲提出。那时听一个读书人说,名字就是一个人的符号——他用了符号这个词,我吓了一跳,觉得很有学问的人才能这样表达。不过符号是最不能随便的,它让人敏感之至,小心翼翼地运用。父亲没事就想新的名字,想到几个应景的,只等什么时候带我们去有关部门把这事办了。我自己也想了一个名字,父亲没通过——大人总是认为自己会想得远一些,保险一些,还是以大人的想法实行。但那段时间父母整日开会,也就顾不上办理改名的事。这几个名字邻里也很容易想到,到那时这一带出现好几个同名的人那就搞笑了。往往你想到了,别人也想到了;你没想到的,别人也想到了,而且下手更快——在一个风行草偃,其势必然的时间段里,人人都在想着如何表现得应景一些,不要落后。落后就被动了,也就不动最好。形势很快又有变化,不必那么热衷改名了,人生总算少做了一件麻烦事。而今我行不改姓,坐不更名,一以贯之。只是在书法作品落款时，常不写姓，仅以名行。

　　卢二搬了几次家，从早先的一间房到三室一厅，空间功能明显扩大了不少。在他的房间，总有一个适合的位置是用来供养神灵的，这和他体弱有关。尽管每隔一段就到单位医院开一些药，可以无虞，但医药只能养身，养心还待神灵。神灵看不到，缘于看不到而灵。这使他这辈子比我多了一些动作——上香，默念，合十拜拜。小区有个福德正神小庙，管理小区土地上众生，但真要关照自己，还是自家神灵，需一以贯之诚心待之，不可一日忘过。搬新家时有人劝他，换个地方了就不必如此，信与不信，唯其心也。他觉得这样的想法太可怕，弄不好害了自己——始敬终弃，那才是把神灵彻底得罪了，内心如何能安下来。他的小区边上是一个公园，草木丰茂，聚集了一群被主人遗弃的猫狗，它们看人的眼神都流露出仇恨，好像随时要扑过来。看得见的猫狗，可以躲避，使人不安的是看不见的、玄虚的、神秘的、与自己若即若离的。可以想象他积成习惯的动作如此自然——这些多出来的礼拜动作维持了内部的安稳，这份安稳使他在寻常日子开心舒展。每个人都会有一些卫生、护生的方法、举动，其间的差异性很大，各自坚守。汉人曾有"生年不满百，常怀千岁忧"之说，让人很是琢磨。不满百岁的人忧虑到个人生命十倍之遥的时间和空间，那是个人无法抵达的，难道不知道不切实际吗？似乎这种遐思就是与生俱来的一种附着，空想、想空、远忧、忧远，不着边际。在北朝众多的造像记里，常见到普沾法雨、常与佛会的句子，在入世的沉重里期待出世的轻松。为了这一点，他们比任何一个朝代的人都辛苦，多了无数面对坚石开凿的劳累，不如此奉献体力，不敬造一躯佛，不供养一躯佛，每个北朝人都会生出不安。

后人不再大兴开凿洞窟、兴造佛陀之风了——这里一定是悟到了什么，省下无数敲凿镌刻的手上功夫，并不影响对于佛陀的敬畏。对于人的行为，可以这么解释，也可以那么解释，解释是随时随势的。

在严寒的冬日里，我和学生一起去欣赏石门十三品。这里边最著名的几方汉代刻石，喜爱书法的人都不会略过，有着悉心临写的经历，现在远道而来，算得上他乡遇故知了。为了更感性一些，学生特地请了一位讲解员。她的讲解熟稔流畅，让我们这个专业的人感到亲切。她讲十三品的历史、地理、艺术特色，说着说着就把《石门颂》里边的句子拈出几句来佐证，似乎是不经意脱口而出，让我们惊异。她讲解完把大家的耳麦收了，说你们自己慢慢看哦，就快步走了。我们还真得慢看一会儿——这些旧时风物都是需要慢看细品的。刻石上的气息、韵味和平日案头上的纸本美感不同。纸本是裁割若干的片段，这里是浑然大气的整体，尤其石色黝黑深沉，反而使凹下去的字有了立体感，古朴拙厚。如果有时间，应该成为这里的常客。至于讲解员，我觉得这是一种职业。印象中的不少讲解员都如此，讲啊讲啊，讲得很溜，但谈不上兴致。是长久的时日，使她们把教科书般的解说词记牢了背熟了，也通过考核并且合格。当然，让一个喜爱《石门颂》《石门铭》的人把碑文背诵一段，能做到的恐怕不多，但他们却是如此痴迷，爱到骨子里去了。面对一个器物，情调绝不相同，有的为了生计，没有谁会嘲笑为稻粱谋者，何不为稻粱谋呢？只有这一点保证了，才有可能言及信念、理想这些远大求索。不少人每日所进行的工作，并不是自己真心喜欢的，只是一份糊口的保证。常年如此重复，娴熟之至却从来没有贴近，更不消说心系于此。此前有个同学分配在图书馆，给我的方便就是能借到一些级别比较高的书。近百万册的图书，他闭着眼睛也大致可知在哪个方向的哪个架子上，很快给我找来。但他自己不看，他看管他那一摊儿，不出事就好。我在图书馆里看到他都是坐着、靠着，无事一般，或者到角落偷偷吸一支烟。他有他喜欢的事，但没有办法实现。做一个娴熟的图书管理员，对他来说是无奈，为了过日子，权且委屈自己。

如果一个人的兴致和自己从事的工作融为一体，达到两不厌，真可谓幸运之至。

子虚在少年时就喜欢书法，年龄比我大一点，聪慧却大得多，学什么都容易上手。当时长辈对这些孩童日后的期待，他是第一人。聪慧是娘胎里带来的，谁也没办法，加上他后天也用功，就超出同龄人一大截，驰骋康庄，取途千里万里。这样的人有一个曼妙的少年和青年时代，一时声誉皆归之。我与他相比是守成，守住一摊，有如僧人守庙，不愿随处住锡。书法家常称自己博采百家，这样的话我是不能说的，因为做不到，至多就是稍稍拓宽略变古法，这已经是很耗精神的了。此时子虚已五体俱全并尝试融汇。一幅字里，几分草法几分篆意，几分隶味几分楷形，有点像唐人杨炯说的"糅之金玉龙凤，乱之朱紫青黄"，甚是热闹。他是个爱闹腾的人，也花了许多心思在书写上面，再后来，干脆抛开古人碑帖任情性而为，笔墨纵横自喜。很多年后我读到子虚的墨迹，已是满纸的毡裘气，离书法远了。本来——本来不应该如此。他比同龄人都善用心思，指腕勤快，尝试这么变那么变，心思多出来了，动作多出来了，却没能助他上到更高的境界。实际上每个人的兴致就是一个摊子，这一摊不必大，也不必全，只往精工上做。如赵孟頫这样大摊子货又全，像是成佛做主——千万不要和这样的人比，真去比，那就害死自己了。

搬到这个有花园的院子已经有三年多了。这三年多比住在单元房里多动了许多手脚——锄地、拔草、捉虫、驱鸟、捕鼠，还要不断地种树，柠檬树、龙眼树、柚子树、桂花树……有的没成活，接着还种，朋友精于培植种苗，一直鼓励我多种树。香樟的叶子总是在仲春纷如雨下，落了厚厚一层，再过些日子，瓜豆苗就忽忽往上蹿了。这些都使人更触及节气和生机，譬如，去弄一大捆竹子，搭个瓜架吧。这些事定期找人来做当然可以，但由自己亲手做，触及一下湿润的泥土，也是很有意思的。

我通常会从楼上书斋走下来，趁上午十点钟的太阳照着，蹲下来拔去花丛中的草。大凡草滋生起来的地方，土壤就看不到了，看到的是土壤上的生机。买来的草皮还没长好，杂草就都伸展上来，多种多样，有的缀着星点小花，却叫不出名字。一个人绝对不要有把杂草拔尽的想法，就是天天拔，拔到老，院子里的草还是一茬茬地钻了出来。我想，这就是有限和无限的差别——一个人没必要以有限对付无限，感到有乐趣，就做一做；乐趣尽了，站起身来洗洗手，不做了。这和王徽之访戴乘兴而行，兴尽而返是一个理。黄庭坚曾说"以有限之才追无穷之意"的不可能，硬去追就累了，就像草是无限的，在空气清新里，拔出来的草叶上充满了青青的、生生的味道。至于做多少，也可多也可少，不必有一定之规。想想陶渊明当年清高，不愿为五斗米折腰，辞官后未必心绪就好。有多少次暗暗叫苦，曾经在饥饿里向人乞贷，面子不要紧了，肚皮要紧；常常清晨出门理荒秽，月上东山才荷锄返回，还是饥肠辘辘，眼见桑麻慢慢长起来了，又惊恐霜霰下来打得稀烂。真为衣食谋，那是没什么情趣可言的，以前从陶诗里好像听到的都是田园的笑声，有点阅历了才知道，都是一堆苦笑。真有情趣还是像宋人罗大经："随意读《国易》《国风》……""弄笔窗间，随大小作数十字……""兴到则吟小诗，或草《玉露》一两段。再烹苦茗一杯，出步溪边……"如果一个人有任务感，想着要拔多少草，要干到夜里，否则草盛豆苗稀，日子就过不好，这就是实用了。罗大经这种情调的人素来无多，让我常想这个人是怎么做到的？与生俱来的？后天使如此？但我不会想起陶渊明。

屏幕的诞生让我们坐着，可以看到整个世界无数的动作——如果屏幕没有动作，不是死机了，就是关闭了。科技的发展使动作远远超出一个人的所能，成为超人的动作。《水浒传》在屏幕上出现时，动作就有些夸饰了。夸饰的动作可以满足屏幕前人们的期待，认为这些惹不起的豪杰们手脚功夫理应如此。到了《新水浒传》问世，除了情节添加，动作也升级，不是人的手脚，而是科技的手脚，这就是假。至于屏幕上把人当作神，演出神剧，又放在一些特定的历史时期，也就让人难以相信了。动作出了问题，首先是心态出了问题。如果一直这么继续下去的话，写实就不存在了。玄虚充满，让观者内心满是怀疑，世事权当儿戏观，呵呵。动如兔静如树，大家都乐意当兔而不当树，只有如脱兔那般才能得到关注的目光——科技的发明，使每个人都可以把自己的动态拍下来，让他人欣赏，而不是不动。"动静"是我们经常提到的，好像说的是动和静两个方面，实际上只在意动，像一只兔子满世界欢蹦乱跳，快活之至。做一棵树的艰难在于兀立不移。许多树是没人管的，荒郊野地，崖壁石隙，因为不移，还是长起来了。树是以不动为法的。如果一棵树不时挪动，挪这里，挪那里，一直没有下根的机会，终了就是一截木桩。如果一个人的心性如树就有定力可言，独立不迁，当风有声。一树长成，鸟雀云集其间，又何曾招摇。树是自然而然的产物——人与树的渊源可以追溯到人之初始。这么多年过去，树犹如此，而人是越发惊动了。

在《谍海风云》的末了，美国海军情报局的特工保罗·索米斯说："这个世界变了，再也回不到从前……在不同的城市，用着不同的名字，直到黎明来临。"揣度他的意思，黎明到来时，动作将恢复到正常，就不必勤快地以假名来伪装自己了。

此时，完全可以坦然地对人说——请称呼我"保罗·索米斯"。

隧道漫长

在这个多山的省份,越往西部走,越需要穿过无数的隧道。隧道漫长幽深,不见天日,驾车的人开始小心,坐车的人开始打盹,一个盹醒来,还在隧道中行。驾车的人说已不是刚才那条隧道了,是另一条。总是要在过完隧道,从大山的腹部钻出,车内才活跃起来,急忙摇下车窗,让清新的风灌进来,人就机灵了。

山脉厚重而绵延,阻碍了行路的人们。我走了几个地方,听不懂他们说的是什么。翻过山的那个村子,说的话他们也听不懂。山体崇高艰难,把许多人隔离成小团体,有各自崇拜的神仙,有各自的言语编码。山上的生活尽管多有不便,他们却不愿搬到山下平旷处——他们在山上的时日太长了,百年、千年过去,真离开了就失魂落魄。有时他们也说路太难走,但难走才有趣味。现在,我站在一个合适的高度,看朝阳起来,夕阳下去，的确很有一些美感。大多时候，天爽朗了无尘渣，从过寻常日子的角度看，也不会比一马平川的江南逊色。山里的人多少传承一些愚公的精神，开开路，搭搭桥，有的动静小，有的没有什么动静，无非修修补补。真要在山体的腹部开凿隧道，这样的大动静只能倚仗政府，看政府愿不愿意。

每一座山都是密封的。它们隆起于大地，或高或低，连成一片，所谓山脉，就是绵延不断。许多宝藏埋于山体内部，因为时日长久，草木丰茂而被遗忘。在互相牵扯的群山里，在哪些地方下手，显然要做计划，动用大量的专业人才。山体如此厚重，在没有机器的时光里，就靠钢钎、铁锤、炸药，再付出开凿者的青春、体力，甚至生命。如今我们经过一些老旧的隧道，绝想不到是当年哪些人打通的，而今安在。世上很多经历都是如此，记不住，烟消云散。觉得时日向前，过往的与己无干，不必为之牵绊，倒是会担心如此老旧隧道，安全与否，总之，快快通过是最重要的。许多的山在形成后由无名山成为名山，不可能在山上动土动火，却可以在腹中贯通，使密闭成为通透。人们仰望高山之巅，升起一种崇高感。但人们更需要实际的生活，实际比什么都真实。相比之下，我会更倾向于隧道的真实，通过隧道，我们此行的目的因此更快实现。

大量的隧道开始出现是这些年的事儿。在滨海的一个小县城里，这方土地疏松，适宜种番薯、花生。本来是田中劳作之人，却学来了开凿隧道的本领，离开家乡专心隧道的工程。跟着做的人多了，就形成气候，声名日大，业务日多。不同以往的是，这帮人向一座座山宣战，是驾驶着机器来的——钻孔台车、凿岩机、装载机、注浆机，轰轰隆隆，把沉睡的山野唤醒，这都是一些比石头坚硬的钢铁对手，不可抵挡。有一些隧道的开凿用了盾构机。这个机器让人看了有点儿科幻，比较感性的人觉得它与《沙丘》中那些饥饿无比的大沙虫十分相似，嘴如此之阔大，胜过身子，可以大量吞噬沙砾，吸收潜藏在沙砾里的营养。不过也有人对我说盾构机更像《忍者神龟》里冲锋陷阵的钻地车，足以把坚实的地下开拓成一个崭新的空间。不管如何，各种机器的配合，那曾经以柔软的肉体对抗坚硬的石头的苦役，相对解脱了。隧道的开凿与人生一样，难以预测——没有谁可以看穿一座山，即便运用仪器，也难以看穿一座山的内部蕴藏。它不动声色，草木披拂，总是有一股凛然硬气，只有动手了才知道。和许多人搬家要仪式先行一样，可以猜想，一条隧道的开凿也不能随便，有所规矩，有所迷信，每一处土地都有神明，不能不持敬畏之心。有的开凿异常顺利；

有的则暗暗叫苦：遇上天大的石头了，遇上豆腐土层了，遇上大大小小的水囊了。石头之硬与流水之软，都是一笔多出来的费用，尤其是水，不像石头安然不动便于下手。它深埋已久，而今被人开封，汹汹而出，此时众水如赴大海，如群真之咸会天阙，一时难以抑制。山的内部秘密总是要掘进后才日渐明了，如同一个小小的带壳果实，壳未被砸开，里边的内容如何都在揣度之中。人们在黑暗中开凿，往黑暗处走，深了进去，祈求见到光明的心情越发强烈——当一座山被贯通，光线扑了进来，一时空空荡荡，实化为虚，人们站在洞口，想什么的都有。这个进程很像史上一些曲里拐弯的革命式的进程，以弱搏强，长夜漫漫，最后还真见到了光明，图王定霸，稳坐江山。不同的是，隧道的开凿追求尽可能的直线，且计算精密，成功是一定的，只不过迟早。因此革命性的探索更具有探险的意味，也让人想象、向往更多——山不在高贵有层次，水不在深妙在曲折，前景由于不能事先预知，人性的丰富性才会表现得更充分。

一座实在的山在机器的努力下被掏空了一道，这座山有没有一些差别？我一直认为差别大了。原来是自然而然的，如果无人动弹，千万年如此，除非大自然自身的变故。而今，腹中空,山势山气、一座山的分量都出现变化。和开凿隧道相似的是开凿煤矿。在这个西部,一些村落的房屋已经倾斜,地面开裂,煤粉张扬,村子里脏透了。我去的时候很多人已经搬走,到比较厚实的地面上去了。如果一座山不实,虚了,或者松松垮垮,人对这座山的未来就有些担忧。愚公当年只是想通过自己的能力夷平一座山。他是从表面上挖起的——一个人一年是挖不了多少土的,而今借助机器的力量,已经不是势单力薄的愚公。山如此之高,夷平为路过于费劲了,人的聪明在于掏空腹部,让车流穿过,真是巧妙之至。这些贯串起来的隧道,使崎岖成为坦途,通向辽远。由于空洞不会有碰壁之虞,车子可以不必减速,呼啸前行,许多山因此被穿越。化实为虚是人的才智之一,空间因此开辟出来,成为实在。在我居住的这个别墅区里,绝大多数业主在装修前都把后院的土掏空了,钩机凶猛,几百平方米的地下室很快成形。这块多出来的空间可以被赋予许多的功能——影音室、棋牌室、健身房、酒窖,还可以堆放许多本该丢弃的杂物。有意思的是,还设有一间小会议室,用来召开家庭会议,给柔软的家庭生活引进一些行政气味。一座别墅的空间已够空旷,尤其干裂秋风犀利过,在夜幕下山色幽深草木影重,还有一些非人工的声响来自不可追寻的出处，我都觉得人气有点镇不住了。人心对空间有一种与生俱来的喜好，虽不是帝王，却有脱屣千乘、拓疆辟壤的向往。没有动土的可能就是我家了，理由十分简单——空间足够，不必如此。

草木在隧道上方照样生长，全然不知山体的基础有这么一道空洞，此时车流无歇地通过。如果从山上看，修篁擎天，杂草葱茏，全然农耕气味。山上不知山下事，现代生活的迅疾、拥挤正在隧道中展开，匆忙赶路。隧道由于幽深而显得狭隘，视觉一伸张就碰到壁上。穿梭的车流汇成巨大的声浪，使人必须紧闭窗门，一直盯着前方，如果有一团光亮，就意味着出口近了。这个昏暗的行程使人感到单调之至，而狭隘又让驾车人感到紧张，尤其遇上不守规矩者变道插入，还得有紧急避让的本领——这时，人们会想到开阔，想到开阔的舒适，许多身体上、心境上的舒适是与空间开阔连在一道的，而不是鲫鱼过江般的挤在这逼仄的肠道里。譬如一个城市空间，人不要越来越多，城市就显得宽松，不再惯用摩肩接踵这个词；譬如住宅，许多人几年一变，都是由小到大，满足身心展开的需要，如果由大到小，那就住不回去了。我倾向独门独院的空间，与邻居相安而无涉，关系简单而松散。往往三秋之夕，意甚自得，虽不呼朋唤友壶觞欢饮，但自看秋花满庭，晚桂尤香，河声岳色里有几分高寒了。转回身到书房，临几张汉隶，从未想于此道成佛作祖，只是抒发积岁驰仰之怀，不觉渐渐洗去凡近之气了。如果有时间，车子也会沿着盘山公路行，不走隧道，见左右风景，山上气息，或者停下车，走出来，捡几枚落地的硕大松果，把玩一番。一个人高高在上，与低眉而过是不同的，视觉的、嗅觉的、感觉的，因路径不同而异样。但隧道应和这个世道的节奏，我相信更多匆忙赶路的人会异口同声地表白——我爱隧道。

一些飞驰的车子撞在一起，它们必须在隧道里待上一些时间了。这使得其他车手心惊肉跳——谁也不愿在这个空间里有片刻滞留。车祸使人惊恐，想到人如蝼蚁无足轻重，而头顶是一座山，它是否安好。在焦急等待救援的那些时间里，想象提升了人的隐忧。如果在开阔的路面上，艳阳高照，也不至于这种不祥的联想。记得小学课本有一篇《一个豆瓣的旅行》，说的是一个豆瓣未被咀嚼就进入食道，而后开始旅行，穿肠过肚，畅通无阻，由于一直没有被消化，最后完整地被排泄出来。如果一辆车进入，最后不能如一个豆瓣完好无损地疾驰出来，它的麻烦就来了。隧道里的警匪之战最惊心动魄的应该是

《拆弹专家》。我认为它提醒了行车于隧道内的人们——匪徒把隧道两端控制了，如同将鼠洞的两端堵住，出不来了。人质不断被枪杀，而威力巨大的炸药随时可能爆炸。这时，影片中的一号拆弹专家出现了。他曾经说过大意如此的话：由于上帝的眷顾，使他每一次拆弹都成功，每一次剪线都选择了对的。他不仅出色地完成任务获得殊荣，且毫发无损。对于他的高超技能和运气，其他拆弹手只有歆羡。可是隧道里的这一次就没有这么幸运了。炸弹的装置太复杂，超出他平生积累起来的所有经验。此时他也只有选择一条自己认为是对的线试试，好像是一条黄线。结果错了。当钳子剪断这条线的瞬间，炸药爆炸了。炸药的威力把他化为粉尘，把几百辆汽车如纸鸢般轰出隧道之外，把隧道外的高楼玻璃震得粉碎，天地变色，狼藉一片。显然，导演把这一事件放置在一条狭窄的隧道里进行是有讲究的。由于狭窄幽深近于封闭，各种场景都被放大了——横七竖八碰撞在一起的汽车、钢铁撞击的刺耳声响、惊慌失措的行迹、恐慌绝望的神色，都伸展开来。隧道被淋漓尽致地利用了——我指的是它的审美价值。

隧道和荒原、孤岛一样，说起来都是有隐喻意味的。隧道的幽深、阴晦，在延伸中逐渐积聚了一些神秘。美国影片《死亡隧道》把隧道与死亡连在一起。开始我以为是胡编出来的剧本,是让城市里拥挤的人群体验一下久违的空寂、阴森,调节一下戏说、搞笑带来的浮艳。这些年我看到一些所谓的恐怖片,实在难以挑战一个人的胆量——对有过荒僻幽远山野生活经历的人来说,要轻言恐怖,并不容易。后来我发现《死亡隧道》还是有真实背景的。20世纪初,准确地说是1928年,肯塔基发生了白色瘟疫,也就是肺结核。记得以旧社会底层百姓生活为背景的片子,总会有一个人面色苍白,总是咳个不停,甚至吐出来的痰中有一团血迹,这就是肺结核了。它如风吹来,受风者都传染了,越发众多。那时的人们认同肯塔基北部路易维尔的一所疗养院有能力治愈这种疾病,患者蜂拥而来,或者被送来。谁知,根本没有办法,因缺乏如今日的异烟肼、利福平、乙胺丁醇、吐嗪酰胺这些有效的药品,死去的人多得掩埋不及。疗养院只好秘密开凿一条500英尺的地下隧道,大量尸体由此仓皇挖出的隧道运出,草草处理。据统计,前后有6万余具尸体由此通过而外界浑然无觉。有意思的是亲友还以为送来这里对了,可以治好,自己又可免于传染,遂不再问津。而后来,疗养院怪事频生。忙乱惊慌中,护理人员失踪,病理记录丢失,缘由不可究诘。再后来,疗养院废弃,连同终日承受腐臭的隧道。时日久了，隧道的每一道缝隙都填满了阴晦的陈腐之气，尸水渗入地里。而隧道外，尸体堆叠，只不过隔着浅浅泥土，泥土上长着如茵的绿草，眼睛看不穿而已。不过我相信人的感觉会异样，诸如不舒服、压抑、想离开，尽管难以言说。这当然是我个人的感觉——有人爱收藏冥器，这些起于地下的器物放满居室，我就觉得这个空间暗下来了，收藏者玉体未必安康。因为他和它们本来是有遥远距离的，现在混在一起了。我书房有两方唐晚期墓志砖，一方是会昌二年（842年）；另一方是会昌四年（844年），共有铭文300余字，显然是民间之物，笔法粗朴敦厚。我是因为写小楷需要借鉴才置于案头的，总是比字帖来得真实、完整——当然，不能再多了。每一件古旧器物都联系着过往的人事，盛满以往的信息，它们从地下来，是应该回归地下的。或者，为什么有那么多或公或私的博物馆来存放它们，使活着的人与它们有一段距离，大体还是有些空间上的道理必须要遵循的。《死亡隧道》让人恐慌的就是借助一条旧日亡灵行走的隧道，将5位女生放置其中，展开情节，延宕她们的心理变化——夜晚的、废弃的、静寂的。在废弃的空间里疯狂增长的往往是荆莽杂草、爬虫蚊蚋、尘泥蛛网，还有小野兽出没时眼中的蓝光，共同构成阴森诡异的景象。如此，人于其中，何以堪。鲁迅曾经说过："在进化的链子上，一切都是中间物。"那么，处于中间的她们，是面对往生，还是未来？我相信大多数人会选择后者。出人意料的是，导演只安排了一条往生隧道，让人面对过去。

第二天我起早，动弹几下便开始沿山路向上奔跑。朝阳出来了，一洗昨夜阴郁。我想，有许多活生生的人正背死亡隧道而走，迎向朝阳。

我记不住几个隧道，相信许多驾车的、乘车的都如此。每一条隧道都给人索然无味的感觉。相比于山顶的景致，隧道的生硬、冰冷、沉闷，都不会使人生出情愫，除非因为某个人、某个事件，才有了一些谈资。像某些人都去世多年了，人们已经不提他了，等到诞辰二百年、五百年，有好事者提出，又请出来祭一下。隧道如一个没有表情、终日缄默的人，一生灰色，以不变应世道之万变。而每一辆进出的车、人，每一次的心事都是不同的。也许下一次穿过隧道，已经是好多年过去，人由青年而至中年。车子已不是当年那辆老别克。在这个世界上，总是有一些场合让人难忘，有的一晃而忘。南朝刘勰说："男子树兰而不芳，无其情也。"情不注入，心不在焉，视兰有如茅草，也就只是面上功夫的敷衍。有时下笔为文，觉得一生再清高也不免会写一点儿应景文字，附和一下世相。这样的文章不必走心，快快写去，连抄带填资料，写了充数，过了就忘。只有那些有所触动的，反而会使我沉吟再三，下不了笔；或者黄夜风过，乍眠乍醒也会爬起来，在暗中下笔，盲写它一阵。在我很多的印章里，有一方"以撒高兴"，还有一方"以撒应酬"，代表我两种截然相反的心情——实在躲不住的应酬，落笔之后，末了就钤这个应酬章。人生在世，有时也需要应应景，但也只能少之又少，否则自己就不开怀了。有人懂得篆书，看出了这四个字，便打电话来，说"以撒应酬"四字在上，作品的品位就受影响了，我就说，没办法啊，呵呵呵。

我最近又经过了许多隧道，还是到这个省的西部去看樱花。虽是早春，但争相盛开的樱花连成一片，像极了一个粉红色的海洋。快接近凋谢的日子了，往来的车辆越发仓皇，钻进隧道，钻出隧道，生怕樱花迟暮不等人。相比于艳俗的樱花，漫长的隧道实在是没有让人留意的地方。它只是为我们所利用，如同捕鱼的一张网，如同摇向彼岸的一只船。

进　入

　　院子里有一棵朴树，明显是从什么地方移植过来的，已经显出了苍老之相——小区里有不少树都如此，并非土生土长，而是辗转再三，从出生地挪到一个地方集中，由懂得植物生存道理的人砍去某些枝条，先种起来，需要时再挖出来，移到需要处，种下。有的主人不满意这个树种，又会雇人挖起来，种到一个空地上，反复折腾几次，幸运者算是能够安定下来，开始休养生息，让根系亲和陌生的土质。为了防止倒伏，工人们在树干上钉了许多大钉子，以便木桩撑住，几次下来，一个树干就集中了不少锋利的钉子。早先叫了工人来拔过一次钉子，无奈扎得太深，有一枚钉子的头拔了出来，身子却永远留在里边。这让我很不舒服，就像一枚飞箭进入人体，医者只把箭翎剪了，让箭镞和血肉粘在一道。他们反而说以后会化掉，像蚌含沙而蕴为珍珠，简直是鬼话了。忽一日，见到一架木梯，便找来一把羊角锤、一把老虎钳，由自己来处理钉子的问题。这些粗大的钉子进入树身久了，被木质紧紧挤压着，以至拔出一枚都相当费劲。只不过终了，5枚钉子都成功地从树干中取出。听着从高处扔下来时发出清脆的声响，使我从摇摇晃晃的木梯下到地面时，有了满腹的欢喜。如果不是一个人感同身受觉得疼痛，对一棵树表示怜悯，同时自己又具备强大的力量，明了拔取的方法，那么这棵朴树至死都是身怀钉子。

一棵有能力长到摩天的大树，对于扎入体内的钉子，居然无能为力，只能逐渐地壮大，使钉子越发渺小。钉子是最易于进入对方内部的一种物质。它尖锐、冰冷、坚硬，一有来自外在的力量，就突兀而起，而要拔出来又特别困难。也许那个钉钉子的人也觉得不妥，想着日后要记着去把它拔出来，谁知时日过去，已经忘得一干二净。

今日的木匠已经不是鲁班的传人了。他们荒疏了榫卯的组合功夫，而借助于钉子。打钉机一梭子过去，木板已相拥在一起，这使工作进度高效进展起来。早先请一个木匠到家，管他吃住，把一些曲里拐弯、歪瓜裂枣般的木头疙瘩扔给他，让他做这个，或者做那个。木匠不吝惜汗水，却吝惜一枚小小的钉子。他又是锯，又是刨，又是凿孔，又是做榫头，一个进入，一个包含，严丝合缝，然后像庖丁解牛后那般，轻松地坐下来歇会儿，卷一支烟，吸着。钉子是机械的产物，各种形式的钉子天数一般地生产，天数一般的房屋正在装修，如果像旧日木匠那般，速度会慢得让人受不了——尽管慢生活会使人放松，但是慢到做了两年的木工活还没了结，还是会让人怀疑慢生活的合理性。现在参观一些古建筑，讲解员说木料的组合找不出一枚钉子，参观者也不为之感动，并不觉得因此就有美感——他们对两种材料如何紧密地结合在一起并不在意，更不以为榫卯组合是一门艺术，那么，钉子的盛世就到来了。

越来越多的人用钉子——一枚小小的钉子居然有如此大的力量。它的身体钻入木墙、土墙，仅仅露出一个头观望世界，就可以挂一个沉沉的镜框，或者一袋重物。我当年的房东，有一面土墙几乎都打入大小不一的钉子，挂上农家大大小小的物件。一堵墙就是一个储存器，靠一枚枚钉子来承担，不仅不占地面的位置，而且高高挂起，远离了地面的潮湿，使人觉得巧妙不过。人们会根据物的重量来选择钉子的承受度。粗细和长短是有比例的，越粗的就越长，钉在墙上，足以把一个人的重量挂上。从粗到细有许多的序列，有着相应的功能。一个运用钉子的人，对分寸的感觉着眼于恰当，否则，不是太长打穿了过去，就是太短了没有达到那个部位。那时每一家都有一把羊角锤，正面击打钉子，反面拔出钉子。一枚钉子可以反复利用，有的钉子在反复进出时失去了笔直的造型，惜物的人舍不得丢弃，会翻来覆去地敲打它，使它再次笔直。当人们举着锤子击打钉子时，钉子的价值就产生了。

和钉子不同的是螺丝钉。它不是直接进入的，而是往往借助螺丝刀，拧着，螺旋式地缓缓进入，显示出咬合的紧密。这也使螺丝钉具有象征的倾向——深入挺进，咬住不放。显示出固守不移的状态。与直截了当进入的钉子不同，它更坚韧，更须耐性，以慢速度挤入。慢在这个时候显示出了力量，如同一个人徐缓中进展的人生。我显然受到这一理论的影响，几十年间服务于一个单位，不生游移之心。其中也缘于这个职业鼓励了一个人的自以为是、自行其道，是很有乐趣的。时日匆匆，把这种观念吹老，更多的人反螺丝钉的固定而行，不断地弃旧迎新，哪一个槽口也不能留他太久。这也使他们充满探索的活力，不断探索前路，体验新鲜，感受陌生，挑战角色，直到一把年龄，才乐意稍稍驻足。像孔夫子，50多岁，历聘诸国14年，皆在奔走中，直到68岁回到鲁国。此时，他坐了下来，捶着已不灵便的腿，不走了。那么，删《诗》《书》，系《周易》，作《春秋》吧。

以前我觉得树木是大地的钉子。它的生长是天意的，也许是风把种子刮到这里，或者飞鸟把粪便中的种子排泄到那里。它们生长起来后，抽枝散叶越发茂盛，风雨是撼不动的。就算雷劈火烧，也是原地生，原地死。后来我的想法变了——拔钉子的人来，先挖坑，接着动用吊车，即便一棵树再蟠龙奇崛、虬干坚实，也抵不过吊臂的伟力，有如旱地拔葱，那些隐秘的地下根须，带着泥块，裸露在眼前。此时，任由人去摆弄了。当然，大地最大的钉子是建筑，无数的水泥桩钉入地下，几十米、几百米，许多高层在这些桩上矗立起来，可揽星月。这些巨大的钉子展示了一个城市的繁华，人居其中感受到它的富足，还有拥挤、嘈杂，尤其是它的坚硬，使城市的柔和大为削弱，婉曲不再。人们在坚硬中生，在坚硬中长、长居，已成了必然，就是见了电梯作垂直起降的坚硬气味，也习以为常。外出，到偏僻山乡欣赏老房子，全木质结构，气息安和，让人觉得和祖先近了，说好啊好啊。可是黄昏来了，回去的心就急切起来，没有人愿意住下，觉得还是城里的坚硬更让人快活。

"好铁不打钉"，这是我小时候读小说时记住的。钉子是细小之物，用不着好铁锻打，边角料可也。从未听说有人投诉钉子的问题，什么都比一枚钉子重大。无须太多征引，那些恢宏厚重的钢构、桥梁、铁轨，质量最是不可忽略。用好铁来打钉纯属一种浪费，就像一个人满腹诗书，却住在牛棚里，每日打扫厕所，却不让他站在讲台上，踉跄垂翼，有志难伸——一定是这个社会出了问题，只能呵壁问天，伤生讥世。曾经有一个黄姓书生，当年读到高中，又特别优秀，上大学绝无悬念，就等着选择名校。可是他的家庭问题使他止步，踅回村里，和那些大字不识几个的乡亲一起劳作，泥泥水水。他的长处无从施展，短处却暴露无遗，肩手无力，农技荒疏，全然是一个生人。夜晚到来，他撑着酸痛的肢体，在悠悠的煤油灯下翻看那些过去的课本，只觉得离它们越来越远了。后来形势发生变化，他已经不年轻了，农活也学上手了，像个老农了。他曾给人说过要来找我，因为我是从他那小山村出来，到了更为广大空间的。而他正好相反,如钉子般钉在那个山野之地。不过,他最终还是没有来。

我能断定,老家和我同龄的这些人,每个少年的脚板都被钉子扎过。当时没有穿鞋的习惯,光着脚到处奔跑,有的人就被锈蚀的钉子扎了,大人紧张起来,带着上医院打针,以防破伤风。更多的时候,少年是被到处疯长的植物刺痛的,它们身上带着如同钉子一般的锐利、坚硬和倒钩,漫无目的地延伸着,覆盖着。它们和钉子不同的是不断长大的生命,警觉张开又隐于叶片之下。奔跑者一脚踩下,尖锐的刺立即进入皮囊,使人哭叫起来,知道冒犯荆榛领地了。有的少年凭借娴熟的上树本领偷采尚未成熟的橘子。品种不良使得橘子肉少汁酸,又长满了刺,往往一不留意,举手投足时,纷纷中箭,惨叫声惊动了女主人,只好困在树上任其挖苦。少年的冒险精神体现在捅马蜂窝上,每个人都觉得自己是幸运儿,腿长善跑,便聚在蜂窝下指指点点。岂料竹竿颤抖着未及捅下,马蜂已倾巢出动,尾部携带尖锐,追击四处逃散的少年。不幸的是,几位浣洗的少妇款款经过,便成了攻击目标,脸庞眼见着变大,红肿起来,便坐在地上呼天抢地。一个肢体被扎入的人,由于太深，最精华的部分就留在体内了，有时手不经意抚过，里边一阵痛楚。不由得想到立足的大地，有多少坚硬之刺进入它的深处，永远拔不出来。夜阑更深时，能否听到它无奈的呻吟。

两片落叶

大学本科的最后一年，我想考研究生。在犹豫报考哪一所学校时，最终还是以网上导师的照片定下来的——那么多的大学，那么多的导师，只闻其名，全然陌生。可是，当我看到您的照片时，我就停了下来，说，这就是我的导师了。

上边这段话是一位女研究生毕业后一次与我闲聊时说的。我就生出一些感叹。她从干燥的北方考到南方，在我长居的城市读了3年书，毕业后就不回去了，留了下来，因为这里比她家乡生存条件要好得多。在中国，每个人从小到大都要经历无数的考试，很大的一部分被淘汰，余下的走向新的历程，和陌生的人、陌生的环境开始建立关系。从一开始的念头看是一种偶然，不知从何起，恍惚不明，只是两个人熟悉了，遂成必然。

也往往有这样的情形：有人报考大都市所在大学的研究生，分数上线了，也符合录取条件，但是名额有限，没有被这个学校录取，那么，他是可以调剂到其他大学的。这个时候就有人打电话给我，希望我能接收他为学生，结为一种师生的关系。我向来拒绝——原本就无意于聚在一起，此时更没有必要产生勉强的联系了。

一个导师和几位学生的3年相处，所知的还是很少。我大抵只知道他们来自何处、读书、写字、写文章的情形，和他们说的也倾向这些，余下的大都茫然——导师不问，他们也不说；或者他们不说，导师也觉得没必要问，就更集中于专业之上，甲骨鸟虫、钟鼎彝器、断碑残简、写经墓志，所谓的单纯就是如此，如同古人所说的，为师就是传道、授业、解惑，余下的倘若方便再徐徐展开一些，总是要自然而然才好。

南方多丛林，无数的叶片生长在一株株参天大树上：有的略微重叠；有的则相距遥远，在朝南的枝头上，或者在朝北的末梢。秋风起兮一阵阵，它们的联系发生了变化，原本距离相近的，远远地被吹散；而那些往往毫不搭界的叶片，却在晃晃悠悠地飘落时，落在一起了。树犹如此，两个陌生人的相识，也如此。

父亲在一所重点小学教书直至退休，数十年过去。我在这所小学也度过了3年的少年时光。毕业后我就远走了，如果不是回老家经过，我有时都想不到它——它已不在原来的地方，新的校址又使我想不起过去曾经的日子，那些曾经的老师、同学的面孔都已模糊。一个人关注最多的还是眼前事，前尘如影，只适合老迈了负暄时回味。可是父亲不同。他有几次让保姆搀着，走到小学的大门口，想进去看看，可是门卫不肯，他不知这位老人的身份，只担心让他进去后无端生出麻烦。父亲只能止步，从门口朝里张望。其实他可以打电话给校长，学校里的教师换代了，他也就认识校长等几个很有限的人了。可是他觉得没必要惊动校长，校长一出来就太郑重其事了，他就只是站一站，再回家。这种情感我是没有的。学校里的老师告诉我，我给学校新建大楼写的字已经装在墙面上了，来看看吧。我说，装上就好了，我没时间去看。可能父亲在这里工作时日太久了，情怀都在这里，以至每隔一段都想进去看看。他们那一代人都如此，单位就是家，改不完的作业，开不完的会，条件简且陋，加上不断的运动折腾，连发牢骚的念头都兴不起来，奈何奈何。有一次我和母亲到东湖公园游览，出来时她一定要拉我到隔街的一所小学看看，和走出来的老师说几句话。时光流逝，人事更替，如今小学里的教师、保安都是年轻人了，哪里知道门口徘徊的是当年的语文权威、特级教师——要把自己和这所学校的关系讲清楚真要坐下来慢慢起头。一个人在一个单位谋生，就像这棵树上的一片叶子。谋生形式有的很机械，一点乐趣也没有；有的比较自由，但又没有什么创造性。最好的谋生手段就是既有自由又有创造性，合于个人的情怀趣好，那么择一业终一生，还是很快活的。一个人到了退休年龄，就像树叶，最好干脆地掉落下来，飘到远处，从此与树干毫无干系。如果不是单位的功臣元老，有领导来慰问，说一些当年事，那么，真是渐渐忘却了。我想我今后也是如此，退休了不再到我任教的学校去。去干什么？退休就是与单位分离——不与单位交接了，时间多出来全由个人自处，再好不过。

　　这个时代不必写信了，只有少数人还零零星星地写一点，温习一下古文人的姿态和性情。欧阳修认为魏晋间人的信札是最精彩的："初非用意，而逸笔余兴，淋漓挥洒，或妍或丑，百态横生。披卷发函，烂然在目，使人骤见惊绝。徐而视之，其意态愈无穷尽，故使后世得之以为奇玩，而想见其人也。"可知，写信就是一个人最本真的状态——我一直认为写信之信有信手的含意。有时积久了，案上的来信就不少，于是信手取一封来回应——为什么会是这一封,而不是其他一封?真要追问就很唯心了,只能说莫非前定。我和嘉兴的静庵大姐的交往也就是起于信手这一瞬。这是一位很有文气的老太太,平素在家写文作诗,莳花弄草,诗文写多了就出版成书,这和许多老太太乐意泡在麻将馆,听着洗刷刷的摩擦声有所不同,反而于清静中多了几分雅致。她的信都是竖式书写,有时附上诗词一二,或者文徵明清秀一路的行书,便使人觉得古意——人处于江南,各方面就细腻优雅,往往她写得多,问候祝福,礼数周全,便觉得以纸上文字沟通使人从容且有乐趣。我在上海参加活动,静庵大姐买了早上的车票前来。那一个上午正是风狂雨骤,户外活动取消,全部于室内进行,人声鼎沸,人头攒动,为了说话能够听清,我们只有走出来,站在外边,风斜吹,把雨带进来,却只能如此,在上海滴水的屋檐下兴致勃勃地交谈。快到中午,她留下一包东西,又匆匆赶回嘉兴。在一个动笔写信成为稀罕的时段里,很少的几个人坐下来相互写写信也是很有兴味的。每一封信都不急,收到了好好地读读,隔些日子再回,说一些花开花落之闲事,聊优游以永日。来往的信函可不必载道承德、格高境远,自然而然是信函的灵魂,才可能得以长久。直到有一方的手颤抖得厉害,写不成字了,那么，二人的纸上往来才渐渐消失。不久前看到父亲未写完的一封信，六七个片段，反反复复，一直想写得更好，也就一直无法完成。像他这般近90岁高龄的人，已经到了爱怎么写就怎么写的阶段，就是乱写一通也没有谁说不行，可是他想让对方感受到真切的心意，也就作为一篇美文来写，没完没了。

在我出生的那一年，有一首歌也诞生了，那就是《我们的田野》。在少儿稚嫩的歌声飞扬里，眼前清亮——田野、河水、稻田、荷花、芦苇、森林、野鸭、群山、草原。如果说歌词中的这些意象在那个年代是寻常可见，那么到了现在已渐渐远去，在钢筋水泥的围墙里，越发显示出柔软和朴素。唱歌的人未必弄得清里边的意思，但一首歌最终还是有如清露晨流，沁入了一个人的童年生活记忆里。几十年过去，我想起那些过往时光的碎片，有不少是靠这类歌曲唤醒的。可以回溯那个年代找某一首歌，或者把歌名写出来，找一个人来唱。流年逝水遮埋了一切，如果没有某一种形式的提醒，一个人对于过去是越发迷蒙，似乎自己是天外来客，与过往无干。可是，为什么是这么一首歌与我同年出生、相逢，并且要注定流传，比人的生命久远？只能说郁而不明。我喜欢那些悬而未决的问题，它们超出了人的能力，无理可循，像人要上天，梯子却找不到。

我想每一个人的内心都会有一个田野,里边长满了许多感性的植物,每一片翻飞的叶片都让人不安——有人听了20世纪60年代样板戏,会禁不住地手足发抖,血压升高,批斗、抄家、牛棚、苦役,这些场景不断地还原,居然和这些咿咿呀呀的唱腔联系在一起。我外出,都习惯乘坐一家航空公司的航班。开始只是基于安全和服务的可靠,因为是常客,购票时他们会给我一个固定的位置,很靠前,进出都是方便的。而位置靠过道,又多一些自由的动弹的空间,使得天上行程更舒适一些。往往在着陆后舱门开了,总是会有一首固定的歌柔和地响起,好像是对这个行程的圆满收束。唱这首歌的著名歌手近几年已经不见了,但我总是会坐着,让其他人先走,听完了再起身,以合这首歌的从容徐缓。这家航空公司的编辑问我,能否为他们开一个文化专栏,我一口答应下来。没多久,我又乘坐了几趟航班,落座后从椅袋上取出新到的航空杂志,就与自己的文章见面了——只是标题边上的人头速写形象与我相距甚远,几个朋友也先后于机上与我的文章相遇,觉得很巧。一个人在万米高空,不知身在具体方位,却因为机上无聊把文字细细读了一个遍,发现有一个未校出的错字。此时心情肯定与地面阅读相距很远。人在悬浮中,被动地向前,舱外漆黑一片,舱内都是陌生面容，这使自己写下的这些铅字变得很有亲切感——我觉得这种相遇的概率，不会太多。

现在我教语文课时，鼓励学生与古人交集。画室弥漫了古风，一人一碑一帖，追其高古。每人所涉不同，有学秦小篆的，有学魏晋小楷的，也有以赵、董行书为范的，到了清代就戛然而止。导师喜爱古风，学生也只能如此。如果学生想赶点时髦，那也只能等导师离开了再学点今人装饰手法。有的古人已经去世2000多年了，尸骨无存，这是一个物理的距离，可以用数字来标明。而情感上的距离有多远，谁也说不明白，只能尽全身之力，心慕手追。有学王羲之的学生，循当年路径走了几个小城，当年的会稽多么富庶，辖十县，望族在此建造人间乐园，朝歌暮舞，弦管填溢。王羲之与道士采药服食，有卒以乐死之念。现在的春日，只能看到燕子归来寻旧垒，王谢堂前，玉树歌残，往代繁华都已矣。一个人在多大的程度上能暗合古人、古意，是我一直在嘀咕的。也许古人就是一道影子，一枚飘絮，根本捕捉不到，只是乐意追随而已。就如《兰亭序》，我一直认为不是王羲之笔下之物，但学生要学我也赞成，即便是钱羲之、孙羲之所为，毕竟还是古人，使人觉得安全。那些黄庭坚、米芾的多少代孙，如今循家法学黄学米，以为家族血脉相连，情怀相通，笔下自然独到。他们是一棵树上相距千年的叶片，前者已被雨打风吹去，后者居然能够感应到微妙的信息，我素来啧啧称奇。

人生若只如初见就美好了，就如同两片树叶在夕阳余晖中被风吹落，悠悠然落在一起，的确有一种美感。

关 门

　　缓缓的闽江穿过仓山，这里有一座叫长安山的小山包，上有相思树一百三十几株——这是有心人在散步时记下的大致数目。树名相思，很有点怀念故旧感慨流逝之意。此前是一个坟山，日落风起，凄凄复切切，后来大学建在这里，人迹熙攘，青春意气，阴森荒凉渐消以至乌有。五月后相思花先后盛开，满树连缀着黄澄澄、粉嘟嘟的绒球，使一座山蒙上了浓郁的暖色。那时校园偏小，学生挤在一起，到处都是声响。我想读书是很安静的事，便把一些书装在书包里，提来山上，坐下，倚在树干上翻阅。风穿过树林的缝隙，呼呼作响；草丛时有摇摆，是哪一种小动物过往时碰到了。这些声响与市声不同，心能安下来，使阅读速度加快。山上的荫翳来得早些，渐渐有些昏黄了，纸面上的文字模糊起来。此时我不再读了，也不想下山，听归巢鸟雀叽喳，看夕阳染过层林深浅有别的色泽。

前不久再到长安山上,相思树已经无多,来这里阅读的人也没有了。5月相思树开花时不再有当年的热情。时日过去那么久,当年那些在山上阅读的人很少再有机会到来,这扇门算是关上了,不再去想。

古城多老宅。那些典型的老宅,由于雕琢精工而让人倾心,一座老宅就是一件精美的艺术品。守护得好的几乎没有损毁,可以见出当年工匠细密和精致的心思。一个大家庭几代人有序而合规矩地在这里展开。人们往往看完就走,觉得不切实用。老宅的大门都敞开着,如果一个人有心艺文,如何适宜这样的空间?笑声、叫声、哭声、奔跑声、呵责声,灌满双耳。后来的年轻人抵制这样的空间,脱离大家庭的嘈杂,化大为小,自己在外买房,一进门便将门关死,然后才做这个事,或者那个事。我刚入住别墅时,大铁门电动开关故障,一直处于敞开状态,车库的门也因调试人员在外,一直放不下来。想到谁都可以一脚跨进来,心中就有几分忐忑,手拿着笔,耳朵却留意着外边的动静——在没有可以安定心灵的那些要求时,心就落不下来,有形无形地提着。通常认为门是用来开的,开门走向理想的世界,同时又用来迎接宾朋。我是一个对关门有兴致的人。其实大多数人如我,进入自己的房间后,都是以关门表明主人的态度,即便有人在外边擂得山响,也慢条斯理,不贸然打开,从猫眼张望后做出判断。身安总是第一位的,而心安又胜过身安一筹。倘一家无门可关,夜半风来,又有多少涟漪泛起。

　　研究生在画室写字,往往把门关上,表示对于外界的暂时谢绝。此时每个人沉浸在自己的世界里,或二王或赵董,或汉隶或北碑。外面的声响被阻挡着,使人心思专一,眼神专注,设身处地地想想当年王羲之这些人是如何下笔——通过那些蛛丝马迹还原当时的心态、手态,当然很难,但闭门而作为,算是很实在的做法。先追求一点形似,做一些铺垫。神似是很以后的事,需要无数个闭门的夜晚。一个人在安静中行笔,可以听到笔锋拂过宣纸的声响,尤其是飞白出现时,纸与笔的交流更是充分,可由指尖达之于心。有人推门进来,门缝一张,声响就随之钻了进来,让人心思有些游移,像风中的烛光飘忽——其实外边很多事是与自己毫不相干的。像张旭、怀素那般乐于在喧哗的场所挥毫,博得大名,总是很少数的人。他们很掌握了一些表演的做派,又是提速,又是怪叫,让人看得目瞪口呆——开门出来的世界就是这个样子,不是让你斯文优雅,而是狂放粗野。有人不善于在众人面前书写,我认为正常之至，不是他写不好，而是他没有义务写给人看，身怀珠玉，唯有自珍，不可轻掷。一个人在感到温馨的书斋里书写，把窗帘放下来，免得有人从高楼以望远镜捕捉其一笔一画——挥毫是很个人的事，不必与人分享。当一个人内心有门外门内的界限时，有为有不为的区分也就清楚了。

到小区找人，十门十闭。不是里面没人，而是里面都是人。各人忙各人的，指望别的家庭成员去看看谁在敲门。事先没有预约，里面的人权当敲门者是一只误打误撞的猫，放进来就麻烦了。抗日剧多起来的时候，常常可以看到敲门者，有暗号的，没有暗号的，都是门一开，一闪而入，门又急急关上，营造了一个紧张的氛围。如果一套房子没有门，或者门关不上，都是有失脸面的事，这也使大门的审美价值和经济价值大为提升，厚实、堂皇、沉重，关上时有金石掷地的声响。古人是门虽设而常开，甚至夜不闭户，人在里面安然地打着鼾声。如果是柴门、绳枢之家，门简直是象征性的，有如同无。今人重视一扇门的关闭，肯定有很多的原因，自我是其中的一个。一堆鞋子脱在门外，据鞋型来观察，这家有3个壮汉、3个妇女和3个小孩。他们把大门关闭，各自分散到了自己的房间，又把小门关闭。尽管是一家人，具体到最后是某一个个体的人，各自做自己的事，已成必然。那种几个孩童围着一个大人，听妈妈讲那过去的事情，在一个手机面前已无生动可言。对门邻居是谁，相互不知已为正常。为什么要打听对门门后的秘密？如果需要，他自然会主动告知。互不交往，互不干扰，省去许多客气。不同时代有不同的交往观，门洞大开任人出入是一种，闭门不开又是一种——一个人在门里面，与自己交往，听到自己的心跳，以无事独得此生。

一个做学问的人需要良好的环境，比环境更重要的是心境。在温暖的南国，如果有一个惬意的心境，关起门来也是一个勃发的春天。陈寅恪家的门都是关着的，上门的人不多，真要上门也要先掂量一下，然后轻轻敲门。陈寅恪的处世观很清楚："不采苹花即自由。"一个人如果对门外之许诺没有什么想法，也不接受，的确就自由多了，转而闭门自适。空间意识往往被认为不可小觑，朝哪个方向开门，朝哪个方向驰骋，不可任性。只是像陈寅恪这样的人，其始终自守，真可谓特立之士了。我注意到陈寅恪的生活规律，上午至中午是工作时间，绝对固定；下午休息；晚间则为第二天的工作做些准备。这样的家居生活简单谨严，围绕个人的追求展开，乐于"门径从榛草，无心待马蹄"，只能把大门关上，而不会敞开着。

再过几个月,初夏的日子,也是相思花满树开放的日子,最后一届研究生就要答辩,然后毕业,各奔西东。所谓的关门弟子,也就是到此为止。想想开门在文学院,关门在美术学院,也是很有意思的。我上大学的时间是迟了一些,却能在后来最有精力的时日,从事自己喜爱的专业,此后再无更易,也算得上一种幸运。再热闹的歌舞也有曲终人散的时候,不可能唱个没完,舞个不休,那就让人讨厌了。起始和结束都是可以回味的,尤其是终结,让人轻松下来。有个学生说3年研究生的过程,凡是我示范给她看的字,她都剪下来了,不知不觉积累了不少。这都是一些零星的单字,或大或小,或行或草,就当时感觉写下,如同匆匆而过的时光碎片,点滴记录师生间的过往。没有谁计算写过多少宣纸,只是写完了买,买了又写完。铺开来一段雪白,收起来已墨迹纵横。告别时刻来临,收拾的旧物中也许就有一小捆秃笔。虽然不能再用了,但想一想还是把它们包扎起来放入行囊——一管管锋颖尖韧的笔秃成这样,肯定是有缘由的,是时日无声地推移锉短了它们,让人无端生慨,值得收藏。

每一天都有许多大门开关着,打开时走向外界,见天地,见众生。这是一个开门的时代,许多场所的大门终日敞开,喧哗之声充满。此时，那些关起门来埋首劳作的人，只能说更适宜于这样的空间存在——贪恋关门后的静谧。这个条件具备了，人的节奏就慢了下来。慢有慢的韵味，有一些事是在慢中完成的。由于门关着，它把快挡在外边。

在旧日大院里，晚间总有一个人打着灯笼，逐个检查门的闭合程度，门闩是不是插好了，并顺手拉了拉。由于这个人的出现，整个大院里的人可以安然地沉睡于梦乡。

一个人和一张纸

　　一张洁白若雪的纸,薄如蝉翼。它徐徐展开时,往往让我赞叹不已。那么一些很朴素平常的材料,树皮、稻草、竹子,经过一些工序,最终展开一个如此洁白的画面。如果没有这些大面积的纸,我们常说的纵笔挥毫、笔走龙蛇不知要落实在何处。几千年过去了,我觉得许多书写的材料经过试验、对比,纸的优势已是定局。写于竹简、木牍固然可以,但要谨慎细微,控制好笔调,在面积如此狭小窄长的竹面上行走,如同人在钢丝上,稍有把控不足,笔锋就滑出去了。书写者都是性情中人,喜爱以擘窠大字渲染,而细细的竹木简是无论如何承受不起的。那时节,一本书就是一捆竹子,用牛皮绳穿过、穿起,像卷一捆棉被那般卷起,重极了,背在背上,回家读去。当然,有人说可以写在绢上、绫上,丝织品江南多了去了,宋人米芾的名作《蜀素帖》就是写在蜀地生产的丝织品上嘛。我是一位总在尝试书写材料的爱好者，但是，无论心态、手态，任何材料都难以与纸相比。蔡伦一个人独享了造纸的美名，在他之前，何尝没有瓮牖绳枢之子试验过呢，也许是蔡伦更为典型，还当过尚方令这样的小官，所以使他千古流芳了。

每到一处，我都会抽出一些时间访一些旧时作坊，有的已经是个遗址，青草生长起来，越发恣肆无忌，覆盖住了当年的忙碌景象，还有喧沸的声响。此时只能靠一个人的怀旧思绪来复原当时的细腻——那些水淋淋的、带有植物气味的纸浆，那么的柔软，显然经不起时日的推移，早已不知去向。纸以其柔软和单薄名世，经不起烟水的浸润，毁损它们，只在顷刻。每每经过一些纸坊时，我都会挑一些尺寸小的花笺带回家，或者是依古法制造的纸。我喜欢花笺的细腻，图案并不凸出，隐在纸的内部，在明媚的光线之下，若隐若现。花笺是便于把玩的，就像一片飞花，手触摸时要特别地轻柔，有时薄得两张贴在一起，需要细微的动作，将其分开。往往因为动作的粗糙，指间一激灵，它一下子出现几道痕，像一池春水被风吹皱，再抚平就不那么容易了，除非裱起来。我也喜欢古法制作的纸。古法承传，也许有一些烦琐的工序在时间里被忽略了，简省了,但古法还是吸引人的。纸色昏黄,幅式不大,一叠一叠堆着,像是老化的皮肤,有些褶皱和粗糙。我抚了一下,相信它是手工做出来的,有许多手感附在上边,不似机器纸那般流畅,由此更加朴实。它的乡间气息、山野气味,由于量不多,也就一年年地维持着老旧手法的真实,维持着一个作坊对于制纸的情感——不愿让它消失,也无心去扩大,就这么微量地守住它吧。

一些朋友来看我,会带一些纸来。最见气派的是一个长长的匣子,里边躺着一刀安详的纸。他们提着,很有些重量,作为一份很好的礼物——他们觉得送纸给我再合适不过,很优雅,很有文人味,犹如宝剑赠英雄那般,收礼的人也会觉得十分如意——一个人选择的礼品要做到对方喜不自禁才算智慧。既然纸是由最普通的植物制成,也应当体现这么一种品质——纯朴与洁净。那种在洁白的纸面上洒金洒银,使它从一位村姑成为一位时尚女郎的做法,我向来讨厌——它本身的清新被破坏了,变得有几分艳俗。这使我素来少用色纸,也不喜欢我的学生用色纸——一个人只有借助洁白的纸才能使自己的才情更充分地体现,还有功夫。因为黑白对比,一切都不可遮掩、粉饰,就像山野草木天生天养,素面以对天下。有色的纸在我看来糅入了许多人为的装饰,字写在上边,像坠入淡淡的暮色里,有些恍兮惚兮。我喜欢纸面上的明快氛围,天朗气清一般的白纸,此时,下笔的心油然而起。我在纸坊徘徊,想买一些回去。我不像别人要动手,试试纸上的涩滑倾向、润燥程度,只是用拇指和食指抚一下,就能判断是否适合我用。一个人在材料的运用上越往深处走,也就越发敏感——从表面上看,各种类型的纸都是一样的,都是一个平面的展开,只有内行的人才能够弄清楚哪一种更适宜自己的手感。笔下去的时候,有如期而至的晕化和飞白,在纸的纹路里,充分展开。有的人总是会急急如律令地用一团吸水纸去吸附那些水分,阻止水的晕化扩散,除了他的功夫不足,也是对一张纸的功能不谙熟,看不到它的内部。一个人和一张纸的关系,可能是很暂时的,也可能是终生都在周旋的。那些与纸周旋不尽的人,在大量的用纸经历中,心如纸这般的柔韧起来了。

八尺的、丈二的纸,展开一个开阔的空白,像是晴明的天幕,人站着,悬肘沉吟,然后下笔。在这样的空间驰骋,储存在体内的豪情都出来了,一时汹涌。大的画面总是引人注目,决眦而入,拍案出声。那些一尺见方的花笺,好像吹弹即破。上边淡淡几抹柳条,静谧得如同太古,快写的心一时收了回来，取一杆小羊毫，找一首姜白石的词，或者周清真的词，一点一画，楷书清幽，淡淡写来。纸于人来说，就是一条缰绳，放开了就奔逸绝尘，收紧了就闲庭信步。各种各样的性情，各种各样的笔性，都可以有各种各样的纸映衬着。一般人认为一张纸就是一些植物的遗存，它的成分没有太多可以寻绎的。它由哪个纸坊所产，哪一双手所为，细究起来却见出不同。这有点和茶乡炒茶相近。一个力大气盛的青工和一位心气平和的老者，经他们的手而出来的茶韵，必有不同。人的气量、人的涵养，悠悠地在动作中丝丝缕缕地进入了。也许这么说会让人感到玄虚，但是凡手工而为，我都深信有所差异，源于每一个人对于手工活的态度。我把纸放置一些时日再用，它们身上的火气渐渐消减，笔锋在上边走，温润多了，是时间使它们平静下来，像一方刀口如新的石刻，日子久了，有一层淡淡的包浆。我不停地买纸，用纸，藏纸，在纸上打发时日，如同一刀刀纸在静默中消失。我喜欢南方的天地潮湿，它让每一个南方人的肌肤都充满了水一般的华滋。但是我喜欢的纸却是相反，它们倾向于干燥的北方，向往北方的少雨、无雨，这样，它们的寿命会延长很久。前不久，我打开一盒前些年买下的瓦当纹尺牍，南方的水汽已经悄然进入它的内部，淡淡的霉点时隐时现,已经不复当年的清新洁净了。一个不喜欢北方的人,和许多喜欢北方的纸,说起来是一种悖论,使它们回不了北方,而继续吸附南方的潮气,渐渐沧桑起来,以后,它们就更深沉了。

下　面

　　我对于地下的兴趣，是从水井开始的。老家有两眼水井。一眼在我出生前就坍塌了半边，为了安全，上边用石板覆盖着，走近窥探，井壁长满了苔藓和蕨类，青绿盈目。一个经常走动的地方，一旦少了人迹，它的荒废气味就深重起来。另一眼井则由外祖父这一支的后人们使用着，汲水浇灌菜地、洗涤衣物。井沿一直没处理好，大雨来时就会有来自外边的一些水流入其中，这也使这眼井的质量有所下降——井水质量的优劣，是从可否饮用这一点上判断的。这也使我们要到屋外的一眼公井汲水，来满足炊爨的需要。一个少年，会趁监护人不在，趴在井沿上朝下张望，看得见湛蓝的天空，还有浮移的白云，看得见自己充满新奇的目光。通过俯察，看到天上，这真是一个让人感兴趣的姿态。向下的井，带着纵深的气势，使人行走在它周围感到了危险——如果没有凸起的井沿的提醒，它就是一个不动声色的陷阱,使人坠入之后无影无踪。而更多时候它让人感到神秘:它的恒定与安稳;逢旱不干涸,逢涝又不溢出,总是持守在一个水平线上,使人轻便汲取。它的转换又是浑然无迹,冬温而夏凉,号准了节令的脉搏,使一家之主在触及时想到了一年将尽,应该置办一些祭祀的年货了。而一个少年,由此想到的却往往都是一些虚幻,如此旺盛之水,一定在地下连接着一个浩瀚之源,无竭无尽,可是没有哪一个人可以沿着一眼井里的水,进入到它深邃的内部。那个时节,每一座老房子都有一两眼井,是当时祖上建造祖厝时趁便向地下打开的空间。总是要找一些懂得地下脉络的人,进行一番考察,举行一个仪式,然后向下开掘。大人们有时会以井为话题,说起哪一家向下打了多么深,却滴水未出,一定是哪方面有问题了;或者说哪一家打到龙眼了,水势迸发,收都收不住,只好再填回去;也说哪一家井水甜,哪一家井水苦,只相差那么几步远。地下是个奥秘,不唯孩童,就是成年人也隐约觉得下面神秘恍惚。眼睛可以瞭望天际的幽远,却因为地表的泥屑、青草的遮蔽,受到绝大的挑战——我们经常说看不到,或者看不清楚,这就是人的无奈。一个少年,对于地面上的认知,比起地下要多得多。地面之物可以视,可以抚,而对于地下，它的遮蔽过于严实了，它适宜人的想象而难以让人洞穿。水井和植物是截然不同的两种维度。在植物向上生长的时候，一眼新井却在向下挖掘。当大片大片的老屋被拆，人们带走了屋里的财物，甚至把枝叶繁茂的大树也连根拔起，带走，但他们对一眼眼井却无奈之至。一个个村子空空荡荡，只留下一眼眼向下的井。井水依旧清冽，只是那些汲水的人再也不会回来了。

有多少宝藏隐于幽暗的地下呢？从来没有一个定数。不时会听到某人从地下掘出金元宝的消息——祖上有了喜人的积蓄，思来想去，藏于地下最为可靠，而且方法简单。于是趁夜深人静在自家宅院动土，挖地三尺，埋藏宝物。藏宝者守口如瓶，子孙也就浑然不知。他们生活在埋藏宝物的地面上，日子过得紧巴巴，一点弹性都没有，只能怪自己命苦。他们的智力、视力都触及不到地下，于是宝物始终在沉睡。捉迷藏是儿时不会错过的游戏。它的美感和快感体现在捕捉藏匿于暗处的那些人。捕捉是一种策略，也需要得法，于是也能有所斩获。当然，有一些隐藏者是捕捉不到的，但游戏结束后，隐藏者也会从藏身处走出，显示出自己的存在。这种地面上的游戏没有什么悬念，也不会让人有所得失，只是体验一下藏匿和寻索的乐趣。对于地下之物，如果没有一个准确的引导，寻找的人永远都是一个睁着双眼的盲人，无从起宝物于地下。藏宝者当初带有实验性的探索，多少年后使自己心事安然，却没有考量这个举动的危险性——人老了失忆，根本记不住当年有这么一桩旧事了。有失之于地下，也就有得之于地下——田中稼穑有刨出了甲骨文字的，挖井挖出兵马俑的。本意不是如此，却轻松地碰上了。相比之下，干燥的北方地下更适宜储存宝贝。汉代简牍在居延、武威埋藏那么久了，出土时依然光泽。而多水的南方，许多地下的宝贝烂得无影无踪，也让人省去一堆的牵挂。人们对地下的想象如同一场捉迷藏游戏，不同的是游戏规则改变了，每个人都成了寻找者，寻寻觅觅，忽此忽彼，有时还借助灵异，譬如从梦中获得某些暗示，或者引导，清晨沿着那个方向，居然有得。这也使中国的梦文化特别发达，有些人居然能够头头是道地解梦了。

　　十三四岁的时候，我居住的那个古城都在忙碌地挖地洞。学校里挖，工厂里挖，树阴下更是不放过。那个时节的城市忽然沟壑无数，令人越发惴惴不安。有人想仿《地道战》，把地洞连成地道，但南方潮湿，使人感到棘手的炸弹还没扔下来，自己反而让地洞给压住了。我放学后回家，会到地洞里靠一会儿，感受与地面的不同——因为有了地洞，才可能有低于地面的这种享受。地洞的气味、昏暗，让人不禁兴奋起来。挖地洞伤到了根，一些树从此一蹶不振，而地基发生下沉，墙壁开裂，又给挖地洞的人们带来现实的烦恼。但飞机一直没有来轰炸，一年年过去，地洞就荒废了。一个人百无聊赖，可能会做出些荒唐的事，但是把无聊赖的精力用来挖地洞的，则是我的邻居。那时中学关门，邻居兄弟俩便商量挖个地洞，是比较创意的那种。他们先是向下挖，挖了四五米，再水平横向挖。他们的父母正在学校接受批斗，自顾不暇，也不敢判断儿子们的所作所为是否正常——那个时节，许多成年人的思维也在遮蔽之中，战战兢兢不能明快，也就踌躇不语，由他们任意挖下去。地洞有了转折，生出一些美感，他们便请我下去参观。我足蹬手撑，下到底部，然后猫腰向前。洞挖深了，透气性差，让人无法久留。我很快上到地面，呼吸着新鲜的空气，看到蓝天和白云，内心有了莫名的庆幸。后来我问兄弟俩还怎么挖，他们有些犹豫，说想一想。再后来，我到遥远的山区插队当农民了。春风来了，跟着春雨也来了，一直下，收不住，我就想起以挖地洞为消遣的兄弟俩——以遣兴为开端，最终又把它填埋清除，这么做都是为了让时间快点过去。

高楼是坚硬的植物，不断地向上笔直生长。在这个立体空间里，许多家庭被装了进去，整座楼也因此生动起来。人处于高处，觉得云彩从窗外飘进来，地面上的动静反而看不到多少。人的正常状态是住在地面上的，心理、生理，甚至视线、皮肤都因此而适应。即便出于某些需要，人们对于地下的停留也是短暂的——我一直认为地面生活才是正常的，尽管很乏味，也要在地面展开才有道理。有消息说，一个大款在拥有地面的大空间之后不满足，于是朝下深挖，规划成娱乐场所。这是一个超常的地下迷恋者，迷恋地下空间给予他的乐趣。地下如此隐蔽，地面上的事永远都被好事者关注着，使人的生活尺度大受制约。只有向地下发展，神不知鬼不觉，才显示出个人的自由。生活的痕迹太匆忙了，没有一个人发现他的地下工程，城市弥漫着粗糙的感觉，许多事件的端倪被忽略。直到后来，街面塌了，楼房塌了，人们才如梦初醒。体验不到的永远是地下的规则，还有那不动声色的力量，在我们匆忙的行迹里，悄然地变化着。如今的气压打桩机已经可以把几十米长的水泥桩毫不费力地钉入地下，犹如一枚钉子钉在木板上。一个楼盘需要许多水泥桩子，先后进入漆黑的地下。这很像路边的树，树干粗的那一棵，总是钉满了铁钉，挂着各式的小广告牌，认为它有能力承担这种钉入的痛楚。其实，往往在一个新的高楼打桩时，周边的房屋就流露出开裂、下沉、歪斜的倾向，觉察到地下情绪的不满。往往是地下动摇了人们建立起来的地面空间——壁上一条逐渐延长的缝每日都在吸引着人的目光，不断地滋长着惊恐的情绪。这就像从地下生长起来的植物，在它们向着阳光舒展时，根部正在逐渐深入，像扇子般在地下打开。如果有哪一株植物黄了、蔫了，一定不是上面的问题，而是下面——人们看不到的那个地方，不正常了。

有一些老乡在矿井下劳作。井下世界的复杂远远超过曾经挖过的地洞。黑色是每一日都要目击的色调，黑色的空间让人迷乱。在管理不善的年月里，煤公司蜂起，刀光剑影，各占要路津，疯狂地横向、纵向开掘，黑色的煤源源不断地输送到地面，转换为财富。井下劳动就成了一些人的职业，远离地面，用手，用工具，化坚硬为松散，化浅显为深入，沿矿脉前进。如果一座山经过勘探，它的储量无比丰富，那么人们在地下的时光就会因此变得很长——只有地下勤苦的劳作，才能维持地面上的生计，同时也满足一些个人的趣好，抽烟、喝酒，都是回到地面上可以享受的快乐。长期的挖掘、输送，人老了，不适宜地下的繁重，又一批年轻人进来，继续地下的劳作，不使间断。一座山渐渐被掏空了,山、河、村子终年笼罩在黑色的迷雾里,暮色没有下来,煤矿周围已是一片迷蒙。地下出了事故,有的人就不能回到地面上来了,和一座山永远地贴在一起。他们的本意是把宝藏从地下深处运送到阳光灿烂的地面,不承想把自己留下了。地下到处都是缝隙,那是它的呼吸、吞吐、纵敛,只是肉眼看不到它的变化,以为毫无生机。地下都是曲里拐弯的巷道,一座完整结实的山,它的内部被交错地分割着,千疮百孔,扭曲了一座山本来的运动节律,变得郁积和零乱。就像一棵大树,本来应该这般伸长,却让人的刀斧改变了走向,往另一个地方突兀而起,失去树的自然本性了。《庄子》讲了一个让人琢磨的故事:倏和忽为了报答混沌的款待之情,每日在他脸上凿一个孔,结果到了第七天,七窍已成,混沌却死了。地下就如同混沌这般,是囫囵一团的。开凿无休,焉能平安无事?!

　　在一个古都我见到了洛阳铲。有人对我说这种灵便的工具是盗墓贼发明的,算得上民间的一大智慧。盗墓当然是很不道德的事,有人专攻此道,作为一种职业,也就越发精到。他们白日踩点,从墓碑文字里获得信息,或者从墓葬形制入手,判断其分量——尽管时日久远、风霜磨洗,总还是有一些前尘可以寻绎。洛阳铲是叩问地下的利器,打破皮表进入,到了一定的位置,抽出,辨识,从带出来的土层的成分、色调,搓一搓,嗅一嗅,就能判断地下的动静。在没有探测仪器的时代,洛阳铲可谓先进,管中窥豹般的洞悉了地下。在一些大墓里,长眠着王侯将相,连同大量的殉葬珍宝。一个墓室的营造不仅时日漫长,且在细节上严丝合缝,不容稍懈。千百年过去,地表的植物肆意滋蔓,地形发生了变化,后人全然不知脚下气象。从轻巧的洛阳铲打探到了惊天的秘密,墓室的厄运就到来了。十墓九空——这个词太令人惊骇了。殉葬品一扫而光,甚至同一个墓葬被不同时代的盗墓贼一次次光顾——从不同的角度进入,各有巧妙不同,但目的都只有一个。他们都是一些精通地下信息的人,如同熟悉自己掌上的纹路。如今,在一些旅游景点,旧日的墓室也敞开着迎接客人,依然可以看到旧时代一个王侯对于死亡的重视。石刻、壁画精工细琢,透露出当年细细打磨的耐心——一个典型的墓葬可以算得上一件艺术品,从构思到完成,竭尽工匠心力。当时是由卒吏们把无数珍宝抬到地下来,按规矩摆好,并设置了致命的机关,而后被地上的人破解,许多珍宝又回到了地面上,星散四处。空巢——我们对于地下的许多空间,也完全可以如此表达。

由九龙山的山阳由东往西排列了5座西汉墓葬，我走了进去，里面空空荡荡。秋日的阳光照耀不到，里边就有些阴冷。头顶石块相互咬着，似坠非坠。我退了出来，想在墓葬口照一张相，对风俗有研究的朋友不肯，拉了我就走。我们走到夕阳下，看四野莽莽，紫气氤氲，正是一年最好的时光。这些夕阳下的人、庄稼、草木，被迅疾的秋风吹拂着，衣袂飘飘，枝条摇曳。正是站在坚实的地面上，更显得安然和自在了。

开合之间

农历六七月，时晴时雨，出门先看看天，还是看不清楚。这个时段没有规律可循，往往太阳当空，忽然没了，大雨瓢泼而来，一身湿地回家。下次出去，便取一把伞，握在手中，走了一个上午，无一滴雨。有时想在空旷地晨跑时安心一点，便握一把伞出去，雨来了，撑着伞跑，滴滴答答作响，远处的人看我，犹如一朵黑蘑菇在移动。这样跑起来的效果会更好，来自风雨的阻力，使人付出的力量更大，既要努力向前，又要保持平衡，更有一种因风雨而生的豪情。

人在伞下有一种安全感。薄薄的一层伞布，或者伞纸，可以使人一身干爽，更使人一身从容，像个斯文人了。

我从山区回到城市来，有人送了一把伞。十年来都是戴斗笠，我认为斗笠的编制是仿荷叶而生的——有人采了荷叶，罩在头上，成了斗笠的前身。斗笠简洁结实，人头正好顶在正中凹处，如榫入卯，然后以带子系紧于下巴。插秧时节田间会有许多移动的斗笠，时而立起，时而俯身，动感生焉。那时清贫，爱美之心尚有，便有人拿了红油漆来，让我画个五角星，再题上某某人的名姓，美观之余又可以防盗。后来有个朋友偷农民的鸭子，并在河边僻静处烧烤，饱食之后抹抹嘴就走，结果被农民发现，他的斗笠与鸭骨头在一起，上面有我为他写的名字，结果无话可说。一个人戴上斗笠后变得质朴，几分土气，只有干部才穿戴整齐撑着伞，到这里来检查工作，或者到公社开会。撑着一把伞就是一种身份，像是穿长衫的人，而非一身短打，冒冒失失。一个人有一把伞了，就想着，怎么还不下雨，最好天天下雨，撑着伞到村头村尾走几趟。可是伞的主人也有隐忧，总是有人来借伞，借呢？还是不借呢？借的人也是理由充足的，去相亲，去参加婚礼，都是比较隆重的礼节。有一段很长的时间，许多邻里关系都是借的关系，借钱，借粮票，借肉票，或者干脆借米，借油，借肥皂。但伞借给别人却是另一种心情——时髦之物总是脆弱，也许还回来已经破了两个洞，或者一条伞骨折了。那时的油纸伞纯手工制作，丽质而单薄。记得我家那把油纸伞用完，必须撑开晾干，然后像侍候小儿那般在油纸面上扑点粉，使它们不至黏成一团。可是下次使用时还是粘住了,撑开时小心翼翼,撑开一点,再合起来;再撑开一点,逐渐扩大,有的地方粘得紧了,还是咬下一层皮,只好送到专门作坊去治疗。一个家庭会关注一把伞,爱使用一把伞,因为它的稀罕。有的孩童撑伞上学,相互打伞仗;有的孩童撑着伞从墙头上跳,想体验空降的乐趣;最终因为伞的开裂,换来了挨打的哭声。

很快,斗笠隐退,满城市的雨天都是伞了。要在一个城市找到一个斗笠并非易事。有人到山区收集一些用过的斗笠,钉于墙上,怀旧的味道就出来了。它们不再实用,成了一种记忆。这种变化,先是人的变化、命运的变化,才延及器物的变化。斗笠不做了,制伞的能力就得到极大的提升,不仅量多而且技高——只要轻轻按动按钮,砰的一声,蘑菇云打开,使人有掌握一门技能般的快感。收起后一拍,宛如孙猴子的金箍棒,一下子缩回一半,收入包里。每一家的伞多了,有朋友来,临走时下雨,便可以很慷慨地送他一把,说,不必还啊。人们对伞的爱心不及以前——如果说以往的手工油纸伞还有收藏的价值,那么多的机制伞,却只有使用的份儿,不能使用了就随手丢弃——谁会费时费神去找修理的作坊?人们对身边之物的态度往往实用,这样也加快了物的更新与流通。昔日持守的新三年、旧三年、缝缝补补又三年的朴素作风，是因为经济一潭死水——新的出不来，只好一直在旧物上下功夫，如老僧碎补衲衣，医士合成汤药，凑泊割剥以为美德，而不是想着如何提高生产能力。修补是人类旧日生活的方式之一，就像摔了一个碗，先把孩子打一顿，再找个懂行的人把它锔起来——这样，你会看到家中都是被修补过的痕迹，有一种时光停顿的陈腐气，如果有一件新的置于其中，恍如天外来客。一个时段有自己对于物的态度，也会为此寻找许多理由来证明美好无误。现在，一年生产的伞就是天数，任你撑着行于雨天，行于盛夏。

　　到学校上课，见到每位学生都撑着一把自己喜欢的颜色的伞。如果比较固定，可以凭着伞的颜色在人群中找到他。两个人撑一把伞，于伞下便于言说、亲近，也足以见出两个人的关系——这时，另一把伞就成了多余，而个子高的那个人往往承担撑伞的任务。当然例外的也有，矮个子男生为了使高个子女生在伞下舒畅一些，撑伞的手臂几乎是向上伸直的，开始有些酸痛，后来渐渐习惯，亲密的交流化解了手臂的辛劳，在这个漫长的雨季过尽，他已谙熟了这个动作。不过两个人最终还是分开，只有这个动作保留下来，成为一种肌肉的记忆。一个人能把伞带出去又完好地带回来也算是好记性了。常常是冒雨出去办事，伞放在一边，事情办完，天已大晴，便空手回来。发现伞忘了当然是后来的事，想着没必要跑一趟，跑也白跑，便再买一把。这种事几次发生在一个人身上，伞就是可有可无之物，有时很有用，有时一点儿用也没有，这是人对它的态度。我参加学生论文答辩后，空着手走了。肚子饿得要命。饱食之后才想起伞，应该忘在答辩现场，便打电话让学生去找，在一个角落找到了。这把伞没有什么纪念意义，只是特制的，特别大，超乎寻常且坚固，伞下可站三个人。正是这个原因才使我动了寻找之心——看来，我也是一个实用主义者，在一把伞上验证出来了。我承认，自己对待一把伞和一杆笔的态度相距很远。一杆羊毫用秃了，我还是会把它插回笔筒，而一把伞出了毛病，我就把它丢弃——我想，这可能是精神生活和物质生活的差异。毛笔是前者，是可以回味的；而一把伞无从说起，就像千百年后人们欣赏《兰亭序》，一定会特别说明这是用鼠须笔写的，尽管它已为尘泥。

影视剧中不时有墓地告别的情节——一个人故去，一群人告别，皆一身黑，手上还有撑开的一把黑伞。黑色使墓地的气氛更为阴晦、紧张。一把黑伞可能没什么效果，但许多黑伞聚于一处，就显得凝重。那么，下边的戏就更好展开了。黑色之物总是给人沉重感——一部急驰的黑色小车、一副遮蔽了双眼的墨镜、一个内装秘密的黑匣子、一座在暮色里的漆黑无声的老房子——都会给人一种指向、一种暗示。伞的生产以黑色居多——这是我从雨中观察到的，只是在不同的机构才显示出差异。譬如我教书的学校，雨天的走廊中，伞色大都是淡的、花的。如果是讲究的女生，她的伞应该和她的服饰协调，这样在雨中漫步会有一种优柔的美感，而不是冒冒失失地使用一把黑伞，使自己在伞下老成了几分。奇怪的是，有一天我遇见一个撑伞的人，他远远地看到我了，就把伞往下斜，遮住了他大半个身子，尤其是那张莫测的脸。此时神仙也没有办法，不知道他是谁，但能判断他必定是我熟识的，为了不至于见面尴尬，他就充分地发挥了伞在障眼上的功能，可谓善用伞者。

在高原的时候女士们先是抹了防晒霜，遍及裸露的部位，然后全身隐于伞内——所谓的保护就是如此。一席薄薄的材料，把阳光挡住，心理上就十分坦然。人们对肤色的要求倾向于白皙。如果有个人冒冒失失地对一位小姐说："天哪，你怎么这么黑？"估计下边的谈话就不太好进行了。如果赞美一个人，从肤色的白皙开始，可以是一个不错的开端。出门防晒，应该没有比用伞更有效和方便的了。一把伞保护了人的肤色，更重要的是人的心理，已经超越了伞作为物的价值。这也使伞商心思挖空，在伞的功能上大下功夫，说一伞在手可以防守多少不良射线。而今的一把伞比过去贵了许多，它的作用被夸大之后，必然如此。读庄子《逍遥游》时，"鹏之背，不知其几千里也；怒而飞，其翼若垂天之云"，使我震惊于这样的想象与描写。一切都展开了，笼罩了，不可挣脱。伞与散如此音近，待到伞散了，人也散了，阳光照射进来。新疆的导游说新疆的冷杉、云杉、水杉很容易分辨，因为它们的枝叶很像伞的状态———一种如收束起来的伞，一种如撑开一半的伞，一种如全然撑开的伞。这是我在新疆听到的最形象的比喻。

一把伞撑开来有一股大气，收起来又有一缕落寞。开开合合，无有定时，就像一个人，人生无多变数多。

花非花，雾非雾

有朋友来，看到院子里那棵枝繁叶茂的柚子树还挂着十几个黄澄澄的柚子，不由得啧啧称奇——时节已经走过大雪了，其他柚子也已经掉光了，可是这棵树上的柚子依旧没有落下的样子，使人清晰无误地看到了它们的饱满圆润，在这个仲冬阳光灿烂的午后。有时我也剪下一个柚子，橙黄中带着几片新鲜的绿叶，让客人拿回家中，摆在案头上。它的敦厚、拙朴，很有一种重器的美感。记得刚搬进来时，它的主干已有一半为虫害所侵，叶片发黄。树的周围土壤贫瘠干裂。于是除虫、施肥，逐渐改善。草木都是有知的，在不知不觉的时光里，枝条舒展，叶片肥大。暮春三月，柚子花开时，香透邻里，氤氲不散。而后，风来雨往，一些缺乏定力的果实在飘摇中委地成尘，余下的与枝条紧密勾连，继续行走在成长的里程中，大如海碗，又悄悄由绿转黄。这些日子，我对流逝有了比较感性的认识，在它们逐渐的长大里，看到了由细微到显著。有时外出几天，回来就更为明显了——一棵根植于沃土中的树，根部不动声色地汲取养分，却在顶上有了不断的惊喜。它们渐渐沉重了起来，垂了下来，接近功德圆满了。天下没有两棵树是一样的，连同果实的气味、色调，还有数量——它们参差错落地悬挂着，我数了好几次才大抵确定。来客仰望晴空中橙黄的光泽，连同在日照中稍带粗糙瘢痕的沧桑，这个冬日的午后就有些许诗性了。当然，也有人问滋味如何，这就不是探讨美感而是口感了，我通常呵呵呵，一以带过。一个人在目睹中觉察到的美还不够吗？美感当然是很虚的，不能落实在口舌之需的实用上，和实用的市井日子毫无相似，但一些人乐意凌空蹈虚，从而生出一些情调来。

水土的作用我向来留意。如果没有偏安江南，谢安、王羲之这些人的笔下也不会这般风流优雅。行走的时候也不会玉树临风，腰佩美玉以示气节清高。至于坐下来清谈，麈尾拂动助长谈锋，马背上征战的北方人总是觉得虚得很，不如大口吃肉，大碗饮酒。虚的方面增长了，一些举止就异于常人。王徽之暂居他人房舍，还执意让手下的人去弄些竹子来种种，希望早晨睁眼就能看到挺拔之姿。他想老朋友戴逵了，雪夜乘船一宿去见他，到家门口却不进去，觉得兴已终了。释支遁养数匹油光水亮的骏马，不骑射也不远行，只是想看到它们轩昂的神情。说起来都是无实之功。实用的人是不愿为之的，也难以理解——时间被浪费了，人工被浪费了，没有得到什么实在的回报。我有时出门访碑，耗精力在荒山野岭上摸索，空山荒寒又有荆榛蒺藜牵绊，好久才看到若隐若现的那方摩崖石刻，已经风化得十分厉害了。我坐在它身边喘喘气，用手摸它几把，手指抵达它的刻痕。如果说乘飞机又转车这么远来，看看、摸摸有何实在收获，真难以说出口，所以也不强说与人听。

情调的产生是自己的事。对于外界，一个人只能把自己实在的成果摆出来，对方才能承认。在中国，一个人的一生要通过许多的评审方能走向名位的高地——几篇规格很高的论文、几本正式出版的著作，这些板上钉钉的指标，达到了再说，否则你在微信里发表万千遣兴之作，也都毫无用处。《心经》被越来越多人喜欢，其中的"真实不虚"可以印证世俗的生活。像民国期间那样把一个学历不高的人推向大学当教授，现在只能视为奇谈，觉得很有情趣，是不是搞笑？如果是今日，悖于考试的实在，一定要群起而攻之。就像我招研究生，有的人确是奇才，年纪小小下笔不凡，且文学素质也好，但我不能说你进来吧。我说你考考吧。一考下来,有两门没考好,而这两门和书法没有什么关系。最后,我收下的可能就是一位笔调平平,但各科成绩都踩在线上的考生。我没有理由不收他,因为他都达到要求了。实在的考试让人没有话说,因为分数在那里摆着,公正到让人无话可说。当院子里的桂花累累绽放时,我剪了几枝放在鞋盒里寄给远方的一个人。寄花早已不是先例。1930年春,年轻的储安平就在西湖边上装了一袋桃花寄给北平的徐志摩。我只是想,像这样的事,我自己就可以做主。

常有进入博物馆欣赏宝藏的机会。隔着柜子看看这些沉实的钟鼎和亮丽的青花,琢磨它们的器形和韵致,人的思绪就走入深处,变得纯粹一些。这些前人之物,而今成了公器,使人欣赏时有一种寻常心事。有时也到私人收藏家那里,听主人说藏品背后的故事。从人的心性来说,捡漏的经历最具有吸引力,神奇、偶然,仿佛上天注定。当人们关注这尊捡漏的宝贝时,必有人问当时何许价,今日价何许。主人连脑子都不用动就脱口说出前后的两个价格,一时啧啧有声。这个场景主人是再熟悉不过了,因为价格的巨大差异让人振奋不已。接下来的言说就渐渐离题,不是初始要探讨的神采、风骨这一类的问题,而是其他。这有点像弹琴,每一个琴手都蓄一张琴,觉得是必备的器具，自己弹惯了。唯陶渊明的弹琴是写意，面对所谓的琴，没有弦，出不了声，却会在弹兴起时，旁若无人，身姿从容自在，指法细致讲究。在毫无声响中，一曲终了，陶然以醉。究竟陶渊明会不会弹琴，这也是后来的好事者说到的一个话题。按常规，弹琴必有声，听者以声判断浅深。我想陶渊明是天下最好的琴手了，由于无声而幽深无际。

　　往往人们会在下笔写一幅字、一篇文之前忐忑不安，游移于时日里，试想着下第一笔时的动作。有时笔已濡墨，却迟迟未能落下。写一篇文章，虚想很多，甚至一些离题万里的念头都跑了出来，堆积一起。这样，每日都有一些不着边际之思，使人头绪纷繁，心有惴惴。有一日终于下笔了，笔走在实在的纸面上，一个个汉字鱼贯而出，那些纷乱有如晨雾逐渐飘散，思路明朗起来。当一篇实在的文字出现在面前，很有一种效益感，却又若有所失，那些朦胧的缥缈的状态没有了，当时它们是那么游移不定，难以确认。文字的固定成为一个实在之物，是长文，还是短章，都被文字固定，甚至算出了准确的字数。接下来是文章发表了，有人见了就说，啊，看到了，写得不错。他没有办法看到文章外那些沉浮之念，更不知这篇文章下笔一半的时候我到北方去了一趟，那是一个苦寒之地，见了一些陌生人，听了一些陌生事，那里犀利如针的风把我刺痛，回来之后整个思路都被扭转，成了现在这个样子。我平素绝少与人交流书写的经验，经验是自己的，私有得很，没有与人分享的必要。同样，我也不窥探别人如何写，有何秘诀。我时常让一团迷雾包裹着，混沌不开。我觉得这就是一个人的丰富之处。

我站在画室讲台上的时候，也就是我该说话的时候。以前有位老先生曾说书法艺术是"不可说"之物，可我一说就这么多年过去了——如果不可说又如何施教？这使我在课堂费了不少口舌，不仅说史而且还要说论，弄得满黑板都是笔迹。问题是后来慢慢觉察到的——一个人把字写得中规中矩，却不古雅，还变得俗气了；或者笔下形迹美妙，笔力却浮薄如风中之茅草顷刻吹伏。我的无能为力此时就出现了，觉得无从以语言告知——我能说的都是一些面上的问题，笔画之短长、结体之欹正、墨法之润燥，可以比较与分析，甚至自己动手写出来，说，喏，应该这样。而言说内在，如何写得气象浑穆、骨气洞达，往往无语。只能说，你们各自体验、感悟、深味，物外神游，搜微抉妙，即便夜半醒来也要思与古契。天性生而各殊，有敏感者深于托寄洞烛物情，年少即乘奔御风行于远大。有的终老仍俯首绳墨，不能有得，也很自然。我是后来才明白清人章学诚说的："可授者规矩方圆，其不可授者，心营意造。"我想，这就是天道。在明示和隐秘的两个部分，后者超越了人所能言说的尺度，注定让人越说越觉徒劳。

一个人越往后，言说的兴致越少——这是我从陶渊明的生活场景得出的。他当小官的时候，每天都要开口处理公务；后来就不说了，归园田隐居躬耕。"采菊东篱下，悠然见南山。"此时他静静地采着菊花，静静地眺望南山，只有秋风过耳，还有归巢的鸟雀的叽喳。因为他不说，境界就出来了。

洗 手

每一次要摊开这些汉画像拓片阅读时，我都要认真地洗洗手，再擦拭干净。其实指掌间已经很干净了，但还是要自觉地进入这么一个程序，算是从内心对前人作品敬畏，还有崇仰。如果一天里要分几次阅读，那就要洗上几次手，使手在触及拓片时更有感觉。这些拓片有的很大，摊开时可以充满整个大厅，卷起来又如一大捆被子，一开一合，要费不少工夫——宣纸是最为脆弱的，总是要小心翼翼，"侍儿扶起娇无力"啊。再小心也会有磨损，有一些纸屑落下，有一些丝缕脱离。尽管手的动作已经轻柔之至，心里还是不敢松懈。那种隔着手套工作的做法，我一直不能适应。我执着地以裸露的手对待这些旧时代的宝贝，生怕弄疼了它们。

这种习惯逐渐形成，对待古旧之物，大都如此。这些旧物是不可复制的。如果有人来，手上都是汗，或者手不安分，我就没有兴致拿出来分享。每一件古旧之物都是有自己的气息的，冷清的、平和的、朴拙的，却不会有时下的这么些气味。充满欲望的手一天到晚都在触摸着种种物质的皮表，要静下来阅读古帖古碑，慢慢地把玩一遍，还是需要洗一洗手，让手的温度冷却一些——这很像一个长长的过门，很郑重，很有必要。一个人在心理上做好了准备，接下来由手展开的动作就会把分寸掌握得很好，至少不会失手。

精神洁癖——让澄澈的水来过手，通常以此开始。生活习惯中对洗手的要求，是在进食之前。要吃饭了，把手洗净，以免不洁的细菌随着指尖进入腹中——再草率地洗也比不洗要清洁，一个人的心理往往如此。这使得饭前洗手成为一种惯常，很自然地延续下来。一位农妇在不缺水的条件下让孩子们洗手，可能没有想到这是对自己劳动成果的一种尊重——一年到头的栉风沐雨，终于修成了黄澄澄的果实，进入了牢固的仓廪。有的时候，我在淘洗时，会有几粒金黄的小米跳到地上，我一定会俯下身来捡拾。很奇怪的是，如果白花花的大米掉落几粒，我还不会这么地迫切。我被小米的颜色所吸引。它们让我看了心动，那么微小，又那么灿烂，上苍给了它们这样的容颜，让人不忽略它们的存在。它们在等待收割的时候，一阵风来，随时会落入泥土的缝隙中，再也回不到谷仓里——还好，农夫手脚麻利，把它们从田野带了回来。无数的金黄颗粒，让人感到晕眩，把它们堆成金黄色的塔。高处的小米会扑簌簌地流动起来，像一道金黄色的河流。现在，它们从千里之外来到我的面前，每一粒都可以见出远大，岂能轻慢它们？一个人把手洗净了，坐在餐桌前，显然是沉稳的、端庄的。对劳动的果实抱有认真的情绪，缓慢地品咂，神色中越发爽朗。狼吞虎咽、风卷残云也是一种态度，只是劳动果实的滋味未能被细致地感受，不免有些粗率。大凡有洗手这个程序，整个行为都会克制一些、徐缓一些，以至进程更为细腻、雅致。所谓斯文，洗手的动作也算一个吧。

很久以前，我和农民兄弟从田里干活回来，队里的妇女已经把饭做好，是少有的白米饭。那时候偶尔有这样的运气，生产队长觉得夏时盛热，收割与插秧并举，实在辛苦，便会拿出队里的粮食，让大家吃一次免费的晚餐。每个人把农具一扔，围着装米饭的大木桶，那支木饭勺从一只手急切地转到另一只手上。动作迅疾，使人处在一种期待之中——吃得饱是非常美好的。一切美丽之物都是吝啬的、有限的。很快，一桶白米饭就见底了。我相信，还未吃饱的人端着碗走近木桶时，一定会有些绝望，因为他未曾料到如此短暂白米饭就消失了，把再吃一碗的热情企盼变成一片支离破碎——这一餐已经结束了。每个人的动作都很急，一下接着一下，赶路一般。这些动作的背后是忧郁的，无形的饥饿很快又会追了上来。这是一个来不及洗手的年代，手上都是泥屑，或者农家肥的气味——在田里干了整整一天，一个人的一双手触及的物体有多少，可是，来不及洗手了。谁都知道，埋头把手洗得干净了，白米饭可能就吃不上了。孰轻孰重，一个肚里空空荡荡的人还是能分辨得清楚的。这里的人少有洗手的习惯。双手由于长期与泥土、农具摩擦，变得十分粗糙，手心手背的纹路就像旱地里的裂缝，尘泥嵌入其中，即便费力洗刷也无济于事，分不清哪一部分是皮肤，哪一部分是皮肤的附着物。只有到了夜晚，他们才进行大规模洗涤。烧一锅临近沸腾的水——这样的温度让我十分吃惊，它显然超过了皮肤接受的限度。他们在简陋的澡房里，就用这样的水，细致而缓慢地搓动着，全体通红。这是一个农家劳力最舒心的时刻，也是他们最清洁的时刻，此时，动作非常之慢了。这是一个自我陶醉的时候，它和白日的辛劳形成了对比，日子正是在比较中逐渐推进的。

从农村回到城市，我又渐渐恢复了洗手的习惯。我知道自己又要开始一些文人细腻的动作了，它们大部分是在纸面上进行的，洗手成为必然。

回老家时，面对晚年的母亲，我会给她剪剪指甲，手指甲、脚指甲。人老了，指甲也变了形态，如乱石铺街，凹凸不平，连坚硬的指甲剪都有些吃不消了。可是我别的做不了什么，就从指甲这等小事入手。剪完后，母亲总会催促我去洗手，顺便把指甲剪也给洗了。在母亲看来，一件事和一件事之间的过渡，应该用洗手来区别，以示结束和即将开始。这样会使人在做一件事之前，有一些心理的、生理的准备。一个南方人的身体里附着了南方天地间大量的湿气，身体与北方人相比，可以挤出更多的水。下垂的双手，使身体的许多水气往下端移动，最后储存在掌心和十指里。一个长辈注意了洗手这个细节，会潜移默化地影响到下一代、再下一代。母亲总是把许多事情划分得十分清楚，她是一个善于细化的人。炊爨、漱洗是一种动作，快，麻利。接下来把手洗净，在狭窄的书桌前端坐，开始批改作业。一位农村的小学老师，面对的都是懵懵懂懂的少年，对作业的批改也尤其缓慢。煤油灯的火舌随着风的流动，闪烁着不定的光。清洁的手在作业本上移动，边改边把那些卷起来的边角抚平。对那些顽固翘起来的部分，母亲会在改完之后用一本厚厚的书把它们压住，放到第二天早晨，已是平整之至了。勤洗手是内心的需要，会更细腻一些，少一些粗率。在那些越来越热的夏天，少年的我有很多时间都在田园里奔跑，掀动墙边屋角的瓦砾，追扑蛐蛐，或者爬墙上树，弹鸟捕蝉，弄得灰头土脸。好在家中有两口老井，水量充沛，随时可以用清洌的井水冲洗。当一双手深入水桶的一刹那，脑袋清醒起来——不能老是这样子啊，应该要有一个新的走向了。

水依然这么清澈，喜欢洗手的母亲后来洗不动，只能由别人用湿毛巾给她擦拭，由掌及指，再也不能体验亲自洗手的快感了。

我的计算得益于余先生的指导，好几年，他帮助我用数字和公式建立了一个抽象王国的秩序，使我从算术层次进入数学境界。日常生活根本不需要如此复杂的逻辑、推理，小学阶段对于计算的掌握已经足够应对日常。只是我自己怀有进取的热情，拜他为师。我擅长文采，兴到偶然，管下春风，这方面长了，也就于数的算计过于愚钝，一题下来，离真相的答案总是很远。余先生则游刃有余，并以游刃于数字为快慰。不过他的日常生活却是混沌一团，浸泡在荫翳之中——袖口总是油腻的，头发总是乱蓬蓬的，而手也是很少洗涤的。我一直认为他是以这种行为表达一种怀才不遇的情绪——在他的言说中，他认为自己的一生已经被毁掉了。我把解不开的题指给他看，他常常是这样：用手抓着食物吞咽，同时接过我的书、我的计算本，边吃边为我解题。他和他的太太似乎对咸带鱼很有兴趣，很多次他是手抓咸带鱼进行指导的。带鱼的气味渗入了公式里、数字里，一本书渐渐成了气味的集合地，让人闻到气味，想起他强调指出的部分。他认为书是用来学习的，不是摆设，脏点破点无甚关系。余先生是典型的实用主义者。我曾经对他的几本书进行修复，他认为毫无必要，他卷着书看，卷久了，成了环抱状再也舒展不开。由于他的不洗手，他看过的书都是不清洁的。他是不应该只成为一个普通的施工员，管理我们几十号民工，他应该是工程师那个级别的，儒雅斯文，运筹帷幄，手下一批精英在他的调度下合力攻克着某一个难题。那个时候，他一定是坐在敞亮的办公室里，衣着新鲜，指腕清洁，有一种庖丁解牛后的得意。

洗手，也是需要情绪的。

庸常日子里的忙乱双手，每一日都在大量的抚摸之中。每一个被抚摸的对象都是有温度的，冰冷的、热烈的、粗糙的、细腻的，感受着它们在节气推移下的变化。如果没有什么禁忌，面对物体，每个人都会发出许多抚摸的欲望，抚摸使内心有了把握，判断也随之准确。在我举办书法作品展览期间，就有不少人伸出手来，或轻或重地抚摸那些汉画像拓片——他们的双眼茫然，只好用手来感受。这使我生出许多不安。他们不想通过学习来提高自己的识见，而是直接动手，似乎手能解决所有的疑窦。手的热爱抚摸，加上洗涤，渐渐粗糙起来，每个人都会察觉夏日与冬日皮肤层面上的细微之变。手套应时而出，像极了人的手形，或大或小，适宜人类所有的手。上课的时候，我见到几位女生戴着手套，执笔书写。我让她们都扯下来，让赤裸的手直接和一支笔产生联系，让那些隐藏在指掌间的敏感，重新回来。我不知道一个人戴着手套，怎么可能感受毫端在宣纸上提按、快慢的回馈，一切行为还是略去一些装饰才能存储优雅。一个想亲近古贤人的少年，吝惜自己的手，担心墨汁弄黑了手，担心冬日里的水过于寒冷，以为隔着薄薄的手套追寻古人并无不妥，实则是太自以为是了。一群人在看旧日字画，一律戴上了手套。目光尽可以随意，对一双手却提出了要求——必须隐藏在手套内部，以保证抚摸时的安全。这些手套百人戴千人戴，内部外部早已不洁，可是没有办法，规定如此死板。如果一个人洗净了手，开合卷轴时，会对纸本的轻重、顺逆分寸把握得默契一些，周全一些。净手的低调而柔和的抚摸，被旧日的纸上纹路牵引着，进入内心最隐秘的深处。手套对于手来说，就是一层蒙翳，捂在里边久了，蔫了，不活络了，把它抽出来，洗洗，就生动起来。

又一个夜晚到来。我先是洗了一次手，坐下来整理一篇文稿。然后又洗了一次手，站着临写《杨淮表记》里的几个字。洁净的手指灵动地引导着柔韧的羊毫，点线简劲而出。我一直认为学书者不可不知汉隶，它是一个人笔下的筋骨，让一个人行笔时有了底气。接着，我又洗了一次手，意味着今夜的临写结束。

每一次洗手都是很有意义的——一个片段的开始，或者一个片段的结束，可能有递进的关系，也可能毫不相干，却都由于洗手的进行变得郑重起来。

秘　境

在电视剧《暗算》中，有一个小孩把701研究所关于密码演算的纸片偷出来折纸飞机玩——当然，是他的父亲违反了单位纪律把这些纸片带回家里的。于是动用了许多人手，满山遍野地找，有的被风吹到树杈上了，有的则落入荆莽中，最后还是有两架纸飞机不明去向。作为院长的安在天担心死了，只能祈盼一场大雨，或者一起山火，使这两架纸飞机化为乌有。

有了飞行器、潜水器，又有了人造卫星、宇宙飞船，但人们对于空间还是很无奈，空间无限广大。有些物质遗落其间就难以寻觅。他们都是一些无方向感的人，不知如何回到熟悉的家园，于是寻找的工作就开始了。如同策划一场活动，有步骤，有秩序地展开，一直到绝望方才谢幕。旧时代的寻人启事上那个"人"字是倒着写的，如同一个人倒栽葱，脑袋已落入黑暗里，处于非常危急时刻，使阅读者顿生怜悯之心，萌生帮他寻人的责任。相信每一个人在日常生活中，总是有些时间用来寻人寻物的，失落的也许只是一个人、一个物品，可寻找的却是一个大的数字。丢失总是让人紧张。丢失是无意的、偶然的，而寻找则是有意的、必然的，这就构成一种不对称的关系——丢是不动声色的，而寻找却动静大得很。譬如丢了一个包，里面各种证件、各种卡、几部手机，主人五内俱焚，失魂落魄地找，又登悬赏，还是无功而返。接下来就有一段时间要为自己的疏忽付出烦恼的代价了。物质在空间里，短期内肯定不会变动的，如果没有外力的话，甚至一粒遗失的种子都会扎下根，生出芽梢来。如果这样，失物者往往可以宽心。道不拾遗——韩非子如此说，也就是不动遗失之物，它与自己是无干的。可是想动它的人多了，也就改变了它的落脚点，把它带到不明之处，使它再也回不到主人身边。寻找的心态永远是急如星火的，面对的是损失，精神的、物质的，但空间之大，在人和失物之间横着许多不测。由此，我们经常会看到失主一脸无奈，摊开双手说，天啊，找不到。

很早就有失物的记载。有人丢了一把斧子，疑心邻居所盗，邻居的眉目神情太像贼坏子了。后来找到了，再看邻居，又决然是忠厚老实之人。失物使人生出变化，苦恼、惋惜、自责，已非平常心态，想法多了起来。在《诗经》里我们看到满屋子的农具，还有为数不多的羊牛，日子粗糙而简单。越往后日子越发精致。精致使人关注任何细节，任何一个部分都不与粗糙为伍，细细打磨，镂金错彩，就是对待一枚指甲，也有美化的义务。细软，顾名思义就是小巧，经不起碰撞、挤压之物。精密的时代，许多物品由大而小，由粗而细，这也造成了遗失率提高。一个座机电话，在案台上，丢失的可能性是很小的。一部手机，那么扁平光泽，悄悄地就从裤兜里溜了出来，离主人而去。而那些金银珠宝饰品，在拥挤的人流中，是如何脱离自己的脖颈、指腕的，无从得知。如此说，古人的遗失完全是一个可以忽略之数。每个人都有找到的喜悦和找不到的沮丧，结果如此不同，只能说有的人与失物真的是缘分尽了。

　　3年前，一架载着239名乘客的航班，消失在沉沉的夜色里。许多国家都参与了搜寻，许多空间被进入。只能说比人的力量更强大的是空间的无边无际，把人的力量轻易消解，尽管搜寻的手段、设备如此非常。如今，这种寻找已经更多地转化为情感上的寻找。对于空间，尤其是幽深浩渺的海域，不是一个失踪者的家属所能深入的。一个重大的丢失事件，和一个重大的寻找过程，时空和空间都交叉于一时，还是找不到。有时海面上会漂来一些机体残骸，使人觉得离失踪者未远，应该继续寻找。事实上，投放在这方面的力度越来越弱，已经不具备所谓的寻找意义了。人群丢失的事在秦时就有，徐福带了几千人去寻长生不老药，走水路，没有回来交差。谁也不愿意说他们死了，只能根据物质不灭的定理，认为他们在我们未知的空间，由于空间不同，维度不一，无从讯问往来而已。让人回味的是临行前有6位乘客更变了行程，上了另一架飞机，他们平安地着陆了。他们又回到熟悉的空间，沿着自己熟悉的辙迹展开以后的日子，真是值得庆幸——每个人还是乐意在这个空间里，我们所运用的失联、失踪、人间蒸发这些词汇，都意味着他们在一个未知的空间，我们难以跨越。

明人吴宽有一段话我一直很欣赏，每每诵读之："盖隐者忘情于朝市之上，甘心于林泉之下，日以耕钓为生，琴书为务，陶然以醉，翛然以游，不知冠冕为何制，钟鼎为何物，且有浮云富贵之意，又何穷云？"隐者有真伪之别：真隐，则人在江湖山野心远魏阙；伪隐，则不时弄出点动静来，让人注意，最好请他出山。诸葛亮自称卧龙岗上散淡的人，也经不起刘玄德三顾，不能持守，成为御用。三国鼎立，孰是孰非无所定，看得见的就是滥打滥杀。由隐者成为一个指挥杀戮的显者,气味全然改变。隐者意味着自愿藏敛,以此为乐。即便大才,也如石中玉、蚌中珠,不显于外,不贪恋大羹玄酒廊庙声色,嗜于蔬笋气蕨味香,渐渐在人的视界之外了。《太古正音琴谱》载:"青山绿水也足盘桓,人情几变翻,好似梦里那邯郸。樵山呵,渔水呵,乐事更多般。醒眼看,将相王侯,那里肯换。"没有人知道隐者的名姓,只知人在云深处,与草木融在一块,更无须寻找。偏偏是那些伪隐者,费了心机让人去寻他。寻一次还不行,再寻,三寻,扭捏一番,心中暗喜——京华近了,呵呵。真隐者在我们的经验之外,有如一茎草,一抹雪,无声响地生,无声响地行。

我参加第一次寻人是16岁。有个知青送来一张纸条,上头写道:"同志们,永别了。"这是一个叫邱尧坤的人写的。在这个沉沉的夜色里,他去了哪里?村子里山高林密,地气阴沉,本地人也曾走失过,于是全村人都去找,山涧崖谷寻不遇,便回来请高人指路。高人踏罡布斗,指了一个方向,众人便循此行,果然见到这个不回家的人。我们不信此道,很快集合起来,冒着刺骨寒风分头去找,水塘、废弃房舍,惊飞宿鸟。天色幽暗,每个人跌跌撞撞,呼唤着他的名字,一直走到十里外的公社所在地。公社干部一脸诧异,说邱此时在招待所里呼呼大睡呢。兴许好玩，邱又如此炮制了几回，大家听说他要永别了，就都笑了，埋头做自己的事。寻找是一件力气活儿，花费精神且奋力行走，它是本着对生命的敬畏才如此为的，同时还有对自己道德品质的考量，才可能从温暖的床上起来，让肌肤去应对旷野上的冰冷黑暗。这个过程充满焦虑，还有许多不测的念头闪过。还好抱团而寻，力量聚于其中，就像集体祷告会更有力量产生出来，传达出去。如邱尧坤这样的人，一会儿失踪了，一会儿又出现了，人们渐渐觉得那个夜晚的热情纯属多余。许多方面可以进行试验，通过试验推进成功的进程，唯情感经不起试验，像一枚青花磕碰不得。后来，知青点的人再也没有见到邱尧坤，直到如今。

我新近居住在一个叫淮安的小区里。此前是古郡怀安，我一直觉得"怀安"二字远远优于"淮安"，何人不怀安呢？春日来了，怀安滋润，无数的燕子从遥远处来溯旧踪，居然能找到已经被风雨摧残的旧巢，又一次衔泥加工，闪电般的俯冲和掠起。研究者说，北京雨燕不足一两重，却能穿越18个国家，从非洲南部起飞，飞3个多月，凭借边飞边睡的能力，到达古都颐和园的建筑群上。总是那个熟悉的空间使人心事安妥。就像磨墨，人磨墨，墨磨人，彼此辛苦，就得给墨条做一张精致的墨床，让墨安睡其内。那些非常态丢失的人、物，都使人牵挂不已，用"找"这个动作弥补。《一代宗师》中展示着晚间的情调。叶问没有回来时，太太一定要点亮门口的灯，照亮前面的路，坐着等他。旧日家庭里，最后一个人回来，母亲才真正合上两扇咿咿呀呀的木门，插闩，觉得这个空间齐全了，不缺啥了。每一个人都不是孤立存在的，是一张大网里万千孔眼里的一个眼，靠近他周围的孔眼们关系会紧密一些，彼此更有勾连，就像一个人失踪了，远近亲疏的关系也使人感觉不一，很紧张的、无动于衷的、看热闹的。寻找常常是没有定论的，而每个人对于失踪的缘由、方法却大可猜度，放开自己的想象、联想之翅，任意无端。寻找是对空间的挑战，在挑战的过程中，我们看到了人类无力触及的那些部分。

周　围

　　东面是一排高大的木棉树，乌云翻滚的时候，树尖几乎触着了。我觉得许多植物是有亲和力的，柔软、光洁、和顺，手掌在上边抚，有一种舒适感。譬如悬铃木，老树皮脱下后，新的树皮细腻湿润，宛如人的皮肤。没有一个人会靠在、摸着木棉树干，这种树对外界充满着戒备，树干长满锋利之刃，有一种拒人千里之外的冰冷。几只很华丽的风筝因为风向的突然改变，先后挂在了枝条上。善于上树的我走过来，以为没有什么难度，但看看满树"钉子"，还是摇摇头走开了——谁愿意以柔软的肉体去面对锋刃？这也使这些风筝一直下不来，在枝头上由绚烂转为残破，最后剩下一个个骨架。暮春时节，南方雨足，硕大的木棉花不时从树顶直线坠落，溅起一摊摊水花，这使我跑步时分外警惕，不由得加快了速度——并不是所有的花都灿若云霞，飘逸盈动。一个人生怕被一朵花砸中，可以想见的厚实分量，它是这个城市最沉重的花朵。

满树的花掉尽后，叶片疯长起来，果实在暗中长大，像一个个吊着的香囊。果实的生长期很长，经过骄阳暴晒，汁尽壳干，忽一日于顶上爆开，白絮奔腾而出，御风悠悠而走。它如此之轻，还没有一粒芝麻大小，却铺张开万千翅羽，细微之风就可以托起，送到这个城市的许多角落。那种依凭种子落地生根的古老繁衍法则，而今见不到了，因此也看不到这无数种子的未来。再说，管理者也不能忍受种子的自主状态——每一条街巷的树都是要纳入规划的，如同木棉飞絮这种无组织的播种，是注定没有结果的。闲来无事的老妇人拎着一个袋子，在矮城下、草丛旁，把一捧捧的飞絮装入其中，积累多了，准备做个枕头，好进入黑甜乡。但不知一个人枕着万千种子入睡时，耳畔是否会有万千生命窸窸窣窣的声响。

转一个弯是植物市场。现在看来，好像多肉植物更让人迷醉。饱满丰润，许多的汁液包裹在里面，像许多厚厚的双唇嘟嘟着，让人想起许多。有人就偷偷地拧一下，检验里边是否充满了生命之水。它们比薄如蝉翼的花瓣更让人有实在感，有一种俗世生活的安稳，于是掏钱，买上几盆。这个靠江的边上，人和物的湿气太重了，苔藓到处可见。它们附着在朽烂的木头上,堆垛在老砖上,平摊在风雨侵蚀的墙头上。人间四月天,渐一番日出渐一场雨,在湿热交替中,毛茸茸地高出了一层。苔藓是自然界的化妆师,在它生长起来的地方,眼前就是南朝,或者是晚明,文士们穿着白绢纺裤,腰间美玉,诗酒年华,以示清洁。有苔藓的地方总是会有一种老旧气味,以手抚之,往日的陈腐沾染在指尖,想到了可以利用陈腐来发点小财。有人做了形制古拙的架子,把满是苔藓的半截砖放入其中,正好。接下来就是等着客人来讨价还价。有的分明是从溪边捡来的卵石,时日久了,苔藓包围了全身,宛如一枚枚巨大的翡翠。可惜的是,被买走之后,来到豪华的高楼上,很快就变色了。卑微之物、卑微之地,它们是交融在一起的,再卑微之物总是有一个被视为故乡的地方,在那里悄然生存,再合适不过。这就像30年前核电站爆炸的切尔诺贝利,有人认为核辐射、污染要三千年或两万年以后才能散尽。但是现在,有些人已经重新搬回切尔诺贝利附近的地区居住了,他们觉得,故乡近了,可以眺望了,内心渐渐温暖。

北边的创意园,牌子挂出来的时候着实让我兴奋了一阵子。创意,多少智慧集于这二字之内啊,好像里边都生活着牛顿、瓦特、爱迪生的后人。一家家公司都搬了进来,名字洋气,可见是费一番心思想出来的,门面也相应地新潮。工作室也多了起来。以前在书斋工作,而今特地租一个空间,最好离家有一段路程,开着车过来工作。一些工作室还真花了一些功夫装饰,弄一个巨大的老树头,辟为茶桌,每日接待来往工作室的朋友。这很像林徽因那个太太的客厅。只要她在,金岳霖和一班文化人就会在这里听她伶牙俐齿地高谈阔论,表示钦佩。时日久了,这个客厅就成为中国现代最著名的客厅。有人问我有没有建立工作室,我就惭愧,让人觉得好像一个人没有一个正经单位一样。南方多雨,一会儿又下了,真要冒雨到工作室工作,还是有些辛苦,也就在家辟一隅,看看书,临几行古帖,隔着玻璃看外边风雨交加,心里还是很坦然的。工作室和工作其实没有太多的关联,就看自己怎么理解。我还是倾向螺蛳壳里做道场这种空间感,觉得会实在一些。

后来,一些工作室安静下来了,再后来成为餐馆。去品赏了几次,觉得有创意——尤其是柠檬在菜肴上的运用,柔和的、轻盈的、浮动不居的酸味,使人口舌新鲜,想着下次再来,点几个新菜。

隔一条街是一个雅致的别墅区,50年前达到鼎盛。那些从南洋携妻带子来此筑巢的华侨,把这一片草莽之地变成乐园。

别墅精美敞亮,尤其是独立庭院里绿树婆娑,秋千微动,一个用人正把清亮的水从井里提了上来。有个老人穿着白色吊带裤,叼着烟斗从屋里走出,坐在摇椅上,用人递上一杯牛奶。他看到了偷窥的我,笑笑。许多华侨子弟成了我的同学,我是从他们那里知道燕窝、西洋参和虎标万金油的。他们从来不穿打补丁的衣服,往往色泽鲜艳,或者带着花格子,更显得一位少年的英俊可爱。这条街另一边的我们,土墙内的老房子,一阵风过,总是有一些尘屑被带走,围墙越来越短,脚力好的人一跃就过来了。接下来,我发现他们是不必倒马桶的。在我们这边,睡觉的房间里都有一个马桶,清洁车过来,便提着去倒,大家如此,便一时臭气嚣张。可是没有办法,也想不通别墅里的主人是如何在里边化解污秽的,便觉十分惊奇。只是身份相差太多,再要好的同学,也没有进入别墅一探究竟。

有时,华侨子弟也会与平民子弟为一点鸡毛蒜皮的小事打成一团。更多的时候则分开来,要不踢一场足球吧。这一带太空旷了,足以让这些生活水准差异很大的少年纵横驰骋。不过,读书还是平民子弟好——他们不好好读书就再也无路可走了。这样,在同桌中,平民子弟往往充当小老师的角色,给在难题面前一筹莫展的他们指点一二。校运会到来的时候,有华侨子弟给我两片人参,说是比赛前含上,可提气力。这次跳高我因此得了个第二名——我至今还归结为人参给我的力量。

后来,算起来是10年之后,别墅的人烟渐渐"稀"了——他们又陆续回到南洋,继承他们父兄的事业,别墅成了空巢。我总是晚间在别墅间的小路上散步,面对乌黑的花窗和秋风掠过庭院的声响。那些曾经的少年,从里边传来跳荡的钢琴声,还有我听不懂的拉长了的南洋曲调。对于他们来说,只是这个土地上的匆匆过客。对我来说,他们的出现给了我一种比照,是教科书中没有的。我看到了生活还可以以另一种形式出现,安逸、富足而且精致——尽管当时口不能言,却心向往之。

总是会被周围的景致包围着,坚硬的、柔软的、新潮的、老旧的、存在的、逝去的,不断地转换着。日子草草而过。既然草草,寻常就是最好了。

存在的消失的

在这个陌生的城市里，可以从飞驰的车窗看到街市、乡野不时闪过的大秦、大汉的字迹，使人想到这个地方曾经如此久远，现在的人还在消费着大秦、大汉的福利。在我生活的城市，不用说看到大秦大汉，连大唐大宋都未曾有。有秦、汉意味的城市总会有许多让人不忘的人事、器物，尽管这些事物和我没有什么关系——我来这个城市是为另一件事的。作为一个过客，连抽空多看几个景点都缺乏时间，但见到大秦、大汉的字迹，有的还写得重心不稳，犹如一个人前倾，可我还是觉得这就是让人心动的景点，是一个城市的魂魄——我不知道这么认为是不是会让人觉得夸张了。

在临摹秦汉文字时，我从来都不是从第一列的第一个字下手，我都是跳跃着学，把自己最喜欢的，认为最有美感的字挑出来，细细琢磨把玩，然后点画不爽地反复临摹。对于学生的临摹我也如此明示——在常用的三四千个汉字里，莫有同者，却可以从其中寻找到自己喜爱的那种形态，或者说是它们跳出来被我的眼力捕捉了。这些字或修长或宽博，或简明或繁复，和学习它们的人或近或远。倘若说远是公正的，或秦或汉谁说未远；说近则是心理上的，见到了，恍如故人。

　　我对于繁体字的热情，缘于它们构造材料之多——尽管我常认为处世待人以简洁为上，但对于字迹，则乐意繁杂。笔画如此多，好似建筑材料的品类之盛，结构又如此有序，宛如一座宫殿严密的步骤，末了是神采气度出来了，古意盎然。后来，这些繁体字被大刀阔斧地删减，像是深秋之后的山林豁然透亮。写一个繁体字的时间，可以写好几个简体字。简体字是为速度而设置的，好像速度快了笔下就可以生出许多锦绣，只是考虑速度就顾不上考虑人的感受。但民俗风情还是沿老式来做，为老人做寿，大厅正中那个寿字必定是繁体的，显示出年头的悠长，生存的有味，没有人会去用那个简体字。我们常说的距离，往往就是心理距离，这时显示出了亲密和疏远。世道肯定是快起来的，什么都面临着快，风风火火，心急火燎，如果一个人还像古人那般坐着慢悠悠地执羊毫写有着几十个笔画的繁体字，而全然不理会时间多花费了许多，这个人就是一个对旧事物有情绪的人。或者,他就是一个书法家——书法家从内心不乐意用简体字来表现,即使表现了也达不到水准,自己这一关首先就过不了。这样长久下来,这些人比起其他人多了一套识别系统。平素埋头自己书写,因为不合时宜,也就闷声不响,不想引起他人的注意,这纯粹是自己的事。

小时候,老师带大家来开元寺长知识,大雄宝殿上方有"法界桑莲"四个黑沉沉的大字。其中的"法"和"桑"都写成了异体字,谁也读不出来,老师也无可奈何。过几年,另一个老师带大家来,也还是如此。我自己弄清楚时已经是中文系的学生了,对不认识的字有一种解密的积极,往往是到了一些古旧处,落满尘泥的匾额、附着苔藓的牌坊楹联,一群人都不能通读,正在相互不服的争论中,有一个人才平和地开口,把它们一字不误地念出来,如果闲得无事,再说说出处,也就更让人惊讶了。繁体字写多了,也就写得越来越美观。众多的笔画或交错穿插,或翩然若飞。此时要用简体字抄好一篇文、一首词,都没有达到用繁体字的把握。有一些人的喜爱是逆大众而行的,在汹汹而来的潮水里,坚持抓住一点小情调,舒展开来。有人告诉我,有些有脸面的人物,提出要恢复繁体字的学习,认为意义有很多。我听罢只是笑笑,书写是自己的事,开心就写，不开心也写，和外来的变化没什么关系。想想从小到大，书写不就是再私有不过的事吗？一个孩童长于物质匮乏时期，断粮了，吃了一天的白水煮菜，吃完仍会自觉地去写字；孩童成了少年，就关起门来书写；后来在一个小山村当农民，既饥且寒，为了解脱还是坐下来书写；再后来上了大学，还成了专业的书写教师，那更是书写无歇了。一个人之于时势能做什么，只能在时势的推搡中有自己的一些小欢喜、小开心、小得意，而这些都源于自己一贯的小追求。至于恢复不恢复繁体字，于我何干？恢复了我是这样写，不恢复我也是这样写。

城市积累的时间长了，也就见出深沉厚重。特别是能够作为大秦、大汉都城的场域，它在各方面肯定有着比其他城市更值得作为都城的条件。很多年下来，地下的地面的器物也就特别多，宫廷的、民间的、完好的、残破的。尤其是民间之物，寻常得要命，粗糙的陶罐、粗涩的瓦甓，静静让时间从身上流过，现在离开地下来到地面，都被人珍爱。它们现在已经不实用了。谁也不会拿一方刻有年号的汉砖去砌墙，甚至惋惜它缺了一个小角，品相不够完美。至于那些属于精美者，欣赏时必戴手套，案上放置厚厚的毡子，以防失手掉落。藏家会有不少资料说明自己的藏品，喜滋滋地说道，还固执地认为当年某位权贵曾经用过——物件由于老旧,就会生出许多新的联想,织成一张瑰奇的大网,网住虚无缥缈。实在的就是这个物件,实在倒没什么可说。作为一个久远的存在物,它们的无声反而激发了今人的有声,虚无的、编造的,到处飞扬。故事是讲给外行人听的,那些聚精会神的听者,不时还和主人互动,主人暗喜觉得他们入彀了。懂行的人只是细看,或肯定或狐疑,心里已经有了判断。很多时间在看中过去,到底看出什么,会看的人也不言说,只是笑笑。人和物在时间上相跨那么远,却能相通,这是对真实最敏感的体现。至于赝品,时日虽近多了,却难以泛起一点涟漪,有时人欲说还休,也是觉得不说更好。一个人在陌生的城市里,感到有一种故交情调,想一想,是从这些老旧物件里滋长起来,连缀在一起的。

那些秦汉瓦当、陶罐、竹简木牍,此时看来粗糙,好像没有好好地制作。我是从一些民间用品的感觉上来表达这个看法的。即便要修饰,也说不上细腻精工——也许用具素来就是为了过日子而服务的,顺手、好用就可以。有这样的想法的匠人手下也就质朴得多。质朴也可以构成一种美。那些不事雕琢,用意而多信手、随意的动作,和这方土地的古朴沉实往往匹配,甚至也合于日常三餐,大粗瓷碗,分量充足,形制硕大,筋道坚韧，而不做点缀装饰。这也使外地人觉得实在有料，不必担心欺生。很有内蕴的物体，一圈城墙、一条巷子、一户老宅，只要不坍塌，维持原状，不论白天黑夜，光线强弱，它们散发出来的气味就永远是同一种，像宋人姜白石说的，像是旧时月色。好新异的人埋怨自己生长的这个城市，说它缓慢，没有地标式的建筑，天际线也过于单调和低垂，这么多年了格局也毫无拓展。隔壁的城市早已旧貌不存。大楼摩天，街市鲜亮。所谓的发展迅速，不论物质或精神，通常就是以破旧立新来认定的。有的城市三日不见必须刮目；有的城市三年不见还是满城的老旧气味。

老城地下地面的器物，可观者越发可观，它们的真实，经得起任何的细看，因为它们就是那个时代的产儿，秦代的、汉代的，没有丝毫的破绽。随着这些真实器物的存在，也相应地有一批仿真的艺人诞生。他们的本领就是把新的仿成旧的，贴近他们所需要的那个时代。和任何一种学习一样，仿真也需要承传，父子承传，师徒承传，记住那些模仿的秘诀，同时在实践上力求极致，尤其是细节，值得倾尽智慧。新作要回到旧日的时代，从常识上来说是行不通的，就像有的人想成为一位东晋名士，拂尘玄谈，比潇洒，比风流，也只能在家中自己表演一下，时间是回不去的。想让器物在时空上回溯，真比游丝之缥飞英都难。这也使仿真的人常年实验，反复比较，不断消解让人疑心的某些瑕疵。当一件仿真器物被当作真的，甚至专家们也对此争论无休，那么，就是对仿真高手的最高奖赏。《吕氏春秋》认为，物的相似是最令人头痛的，就像和璧和琎玞，能识别的人非常少。这也怂恿这么一些人在仿真路上越走越远，越走越精。《雾里看花》中有个朱伯勤。朱仿青花鬼神不及，后来还是他那位善于鉴定、敢于打假的儿子发现的——在真与伪这个对立的舞台上，往往上演魔高一尺道高一丈的好戏，由此使我们滋长疑心，无论是对物质生活，还是对精神生活，我们一直在努力地分辨着真与伪。

终于看到了石门十三品。前几年有位研究生的毕业论文就是写的石门十三品，那时我没太在意其中的整体性，只知道他并未到实地就找资料写了。这次才从十三品中看到它宏大的背景。在让人胆寒的危崖峭壁上，曾经有过如此多的刻石。据说是一百余品，也有的说更多，对于久远之物，今人所言，往往是一个约数。尽管当时是一条过往的通道，山景奇秀，却不能持续到今日。倘若没有后来的修建水库，好古的人们来此就大有眼福了——很多人外出，想到远方，甚至想到言语不通、风俗大异的地方去，也就是想看到这个世界陌生的一面，那些可以思议的，不可思议的，都是我们目睹之后的感受。这十三方沉重无比的摩崖刻石被凿取下来，千辛万苦地挪移，运输，成为这个小小博物馆最有价值的宝藏，而其他的都沉入水下。尽管那么多，也很有价值，却没有被列入被抢救的名单里。现在，要说淹没的那些大多数刻石，让人茫然无措，不知其名，更不知以何种书体为之。存在与消失也是有命数的，这些像神灵一样被供奉在巨大玻璃框里的十三品，每日接受着过往人们的礼拜。这些人带着深情，有的还带着纸笔，一笔一画地模仿。至于以它来作文章的更是常见，因为它们存在了，而其他却已消失。世间很多遭遇大都如此，开始都差不多，后来由于人为的原因，生出巨大的变化，显赫的、卑微的、安好的、灾难的，没有理由可言。物每每是不由自主的，如果物有灵，也会祈求安好地存在。尽管物质不灭是一个定理，但物质分化到最后，有如粉尘，对于眼力再好的人也视有若无。也许，当年更着重于人的生计温饱，能凿取这十三品巨大刻石已经可以有个交代了。当年山东邹县民工开山采石，不是尽毁尖山的摩崖刻石吗？现在，这风雨无忧的十三品何其珍贵，它们是有身份的，是高贵的，让人难以近前抚摸的。更多没有身份的不在我们视野之内,犹如幽魂野鬼,被冰冷液体深深浸泡着。

在陌生的城市待几天,会听到这个城市钟摆的声响。不同的齿轮、发条,不同的精度、密度,咬合的松紧,节奏是快了,还是慢了,隐约传递到一个外来客的内心。这和潜藏在城市深处的那些人、那些物有关,它们散发出来的气息,被人称为古风古意,依然或显或隐地影响着这个城市。

听 风

又是一年暮春之初，没想到长安已如此温暖，是杜子美说的"三月三日天气新，长安水边多丽人"的景致了。如果不是来看秦砖汉瓦，就不会到上林苑，想不起司马相如汪洋一般的赋。上林苑里都是树，汉时的老树都不见了，代之以新枝，虽挺拔向上，抽枝散叶，却不能当风有声，一切都安静下来。汉宣帝的陵墓依然是一个高耸的土堆，有人在上面踩出一条路，从他朽成尘泥的身上走过，到土堆的另一面去。这个可以使人放纵身上野性的皇家苑囿，天子当年在此策马狩猎，气势恢宏，那些护卫们紧紧跟随，每每为主子的好箭法高声喝彩。往往是在这里，才一扫殿堂泥胎一般的形象，还有森严和沉闷的气息，呼吸到林野上淡淡的清香。马上的人必无多，而迈开双足奔跑的往往是大多数。他们身份低下，跟在马后不敢松懈，以自身的力量努力向前踩踏，在春日湿润的土地上。应该在如此广大的上林苑快意地奔跑一阵。李花盛开了,桃花盛开了,梨花也盛开,淡白中夹杂着粉红,会在奔跑的振动中,洒落一地。经常会在一些厚重古都的大地上领教辽远和开阔,想见当年的纵横豪气,让人觉得车上要随时有一双跑鞋,此时套上,在春风里奔跑,不要停下。如果说今人身上少了一点什么,那就是少了一些动物性的冲动,不会纵情地追逐,也不愿使自己大汗淋漓。

从汉画像里可以看出,马车上的人终究是少,而荷戟徒步的人必多。马车里的人显得轻快怡然;徒步者由于负重,则显示出辛苦。一个人总是先徒步奔跑一个时段,才有可能成为马车里的角色——就像孟尝君的食客冯谖,会为自己吃不上鱼、坐不上车而大发牢骚,连剑都拔出来敲击,以示不满——太多的人想坐在车上以显身份的不同寻常了,以至于冯谖这种露骨的行为,终被历史记载。当然,有的人一辈子可能都是奔跑,坐不到车子里去,尤其坐不上那种四马驾驭的轩车。在汉代的纪行赋里,主题就是行。班昭在《东征赋》写下了她自洛阳到阵留的经历——没有哪一个女人在兵荒马乱的时节慢悠悠地行走,尤其是相貌姣好者,她们的奔跑水平会高出很多,只有这样,她们才能更少地受到伤害。在不能借助车马的时光里,是惊恐训练了她们的脚力——一个美女仓皇奔走一定是不那么风雅的，但是风雅不及安身要紧。

葛洪说："疾行无善迹。"我总是把他当成一个行迹的审美者，对于疾行提出了美观的要求。

有一段时间，李枝钢的业余时间都在跑场上，因为他的职业需要速度。他特地请了一个教练来教长跑。除了姿势、呼吸，其中还包含了奔跑中的生理、心理一堆问题。他让我有空也去训练，可是我在写字、写文、跑步方面素来都是民间路子，已经不习惯于被科学训练；再说，也过了飞速奔跑与人竞技的时段，现在大多是慢跑了。后来我看到他，身材明显修长起来，而且跑得又快又好看，据说一气可跑十几公里，便暗暗感叹专业的力量——各行当都是要守其规矩的，倘若下棋不看棋谱，弹琴不看琴谱，终究是盲人骑瞎马。就像有人不学碑，不学帖，大着胆儿抹涂，说这是书法，那就笑话了。一个在职业之路上需要具备快跑力量的人，当他掌握了这个本领，速度带动激情，激情提升速度，必定如离弦之括，带着呼啸，无可阻遏。这个世界上不免有一些天资过人且经过严格训练的好手，在极速中放纵，有如闪电。这极少数带有神行特长的人，在面对同一个目标时，总是遥遥领先获得猎物，而其他人落在后头,叹为观止。当一个人把快跑当成一种职业,他对于目的的捕捉就是直截了当的,不必婉曲迂回。

每一个奔跑的人都可以听到风的歌唱,或者说是自己的速度带动了激荡的风。一个四季过去,他就可以比较了——在春日里奔跑显然与秋日不同,如果在苑囿园林,往往华滋润泽,暗香浮动;如果在江边泽畔,则跃动的步调会时时惊起一滩鸥鹭——每一个奔跑的人都有自己的路径,设置大致的里程,路径有别,所见不同。我认为奔跑的首要就是心情的自由,兴起而跑,兴尽而止,有点像王子猷夜访戴安道,乐趣都在于随意。那种带着计步器,精确地算计多一步少一步,是有碍自由度的伸张的。非专业的奔跑有非专业的乐趣,心境决定了步调的缓急,往往远离正规的塑胶跑道,恣情任性,有路无路,皆可拔腿向前,并不担心崴了脚。至于奔跑的行头,尤其是跑鞋,合脚即可。有时我会看准前面的空间,四处无人时,闭上双眼跑上一段。眼睛的作用被遮蔽了,看不到这个世界和世界上的路,其他器官就敏感起来,引导着前面的方向。如果奔跑被人制约了,快乐就到了尽头。单干时的戴宗多么快乐啊,系上甲马,四处奔跑,朝着自己向往的前方。后来,他到了梁山,就像快马套上鞍辔,听命于军师吴用。他成了一个器,要按规定的路径去完成任务，奔跑就成了一种负担，再也不是逍遥之游。所谓的神行，就是任我行——一定是到了梁山解体，各奔西东，戴宗才又快乐起来。

每一个人都有自己的奔跑史，都有个人对于奔跑的体验。他们都是一些自由主义者。我奔跑，故我在。在风声里，一晃而过。

陌 生

　　夕阳渐渐西颓，戈壁荒寒萧索的气味就越发浓厚起来了。

　　出租车司机站在驾驶座上，伸长脑袋眺望四周，自言自语了几句。这个本地司机已觉察到想抄这条近道几经全然没有把握了。戈壁上到处是路，也就到处都没有路——没有任何方向的标志，也没有可以提供判断的哪怕一点点依据。可以看到许多交错的车辙，显示出了迷乱时的仓皇。极目四围，悄然无声，天际有一行急匆匆赶路的秋雁。如果平日，我一定会目送它们到消失处。只是此时，暮色下来，寒意上升，使这位带有探索倾向的司机不再坚持了，把车倒回，努力寻找旧辙，终于在开了一段时间后，回到了来时的路上。此时两个人都松了一口气，尽管路途遥远，却因方向正确，逐渐离开了无边的戈壁——一个人面对荒凉辽远，还是没有心理准备的。辽远挑战了人的视力；而荒凉挑战了人的心理，渺小、无助，有如衰草那般被风吹干了汁水,飘忽得无足轻重,像潦潦草草过去的一生。

远远见到瓜州县城的灯火。此时,有和司机有一句没一句地搭腔的心情了。

我是上午乘这辆出租车出去的。目标很明确,一个是锁阳城的故址;另一个是榆林窟。车开动不久,才知道路途超过计算——原先的路在修,只能走一条崚嶒之路。千年过去,锁阳故城已锁不住当年的阳气,当年的城址、寺院、墓群,都成了一堆堆土丘,风过,黄土飞扬。时光摧毁了所有的细节,只留下纯朴、浑厚、粗率的大致,让人恣肆地还原当年的气象。接下来又是漫长的里程,见到山谷中开凿的榆林窟。榆林窟是莫高窟的姐妹窟,相比于莫高窟的摩肩接踵、人声鼎沸,榆林窟就只能以门庭清冷来言说了。一个人到敦煌游览了莫高窟,不可能再跑几百里到这里来,犹如一个人到曲阜去拜见了孔夫子,就不一定要到邹城来见孟子了。只是如我这般心思不开的人,认为大有大的特色,小有小的妙处,情愿让车子载着满戈壁狂奔,到达这里。

在两个景点停留的时间都不长。锁阳城按规定坐电瓶车绕一圈,中间下来两次拍照;而榆林窟按规定,只能看7个窟,还没有细看，已经被带了出来。我回来后细细回味，也没有太深的印象。就如榆林窟，就是满窟的绚丽色调、人物，出来后就模糊一片。

一个人印象最深的就是他自己从事的那个专业，他能有底气地说道，有底气地与人争辩。而对自己毫无涉猎的部分，一次过眼，也难以让自己记住多少。回来后我只给人说，释迦牟尼的弟子阿难真是个贵胄美少年的模样啊，无人可比；而伽叶这个苦行僧瘦骨嶙峋，脸上写满了忧郁，看来两个人的生活态度相差太远。对一个地方不能从容地把玩，匆匆来，匆匆走，都在路上，所得到的就只是皮毛琐屑了，像是戈壁上的雨点，地皮未湿，雨已经停了。这也使我回来后缄默很久。锁阳古城的历史恐怕早被人忘光了，可是锁阳，由于薛仁贵征西时，以它来做强身健体的补药，现在往这方面宣传的反而更多，让你看得到，买得到，这味药材反而让我对其更有感性的认识了。

现在，让我能更多联想的是戈壁中的人们，持守一个景点，给不多的游客引导、讲解。晚间越显幽静空寂，有月的晚间走出来，看看四野，已是满肩的凄清。空间如此之大、之久，风大、雨少，连草都没能力长好。风的强弱就是这个空间变动的声响，如果没有风，耳朵只是一个摆设——每一个器官都在行使职责，眼睛看不到远处，耳朵听不到声响，人的不安由此而起。唐子西说："山深似太古，日长如小年。"那不是正常人的生活，是神仙的生活——人间是需要嘈杂的，譬如市声的不绝于耳，显示了人世生活的庸常，那一声低一声高的吆喝，就是生存的正常态。人们在市声中觉得温暖，就像洗麻将发出的声响，不啻于最悦耳。许多人终日抱怨自己在如此拥挤的城市中生活，都是说说而已，因为这些因拥挤而发出的声响，正是人们不舍离开的原因。

这个在戈壁上发展起来的城市，至今还是可以以地广人稀来形容。两条大道贯串全城，一条是瓜州大道，另一条是玄奘大道——当年玄奘从长安出发经此，在此地收了一位模样酷似孙悟空的徒弟，然后夜渡葫芦河，偷越玉门关，冒死深入八百里莫贺延碛大沙漠，又翻越茫茫大雪山，向死而生，取得真经。这个门徒模样像孙悟空，却全然没有降妖捉怪的本领，于是师徒二人所受苦难过于《西游记》。对抱着西行向死的玄奘来说，一切苦难都是寻常。这不免使人质疑吴承恩的笔法，有孙悟空开道，猪八戒挑担，沙和尚牵马，恣意添加玄幻、娱乐色彩，不免有意降低取经的难度。如今的两条大道皆以六车道展开，我认为煞有介事，大而无当。许多人远道而来，参加一个盛会，连同本地能来的人，还是抵挡不了周遭寥廓的气味。而盛会结束，广场空旷，荒凉气味就适时疯长起来。有的城市不断地涌入外人，渴望定居；而有的城市却是永远的人丁有限——一定有许多外人来到此，看上几眼，就判断此处不是谋生之地，转头就走。就像和我一同参加活动的人，活动结束，午饭吃过，蜜瓜吃过，就赶着去敦煌乘飞机，回到自己拥挤的那个城市。

才是仲秋，晚间就清寒阵阵。街上的静谧，使人觉得城已早早入睡。一个不热衷于夜生活的城市，不出门买醉，不做夜间生意，不通宵于娱乐场所，那就是在自己不大的单元房里，关上门。人太多的城市，转身都会磕绊，由于空间逼仄，让人考量空间的关系，如何给自己多预留一些。人在瓜州，这种感觉弱化和消失得如此疾迅。当一个人在戈壁中，空间之大，反倒使人急切想见到一个村镇、一大群人，或者一大群牛羊，蜂拥而来。戈壁的气味使人徐缓，慵懒的动作多了起来。每一个小饭店都是昏暗的，主人不像南方的生意人，绝无伶牙俐齿的迎客和推介菜谱，只是让人坐着，看看菜单。菜并不多，来的人大都吃面，做面师傅慢慢地揉面、擀面、切面，一碗一碗地煮，按顺序一个个来，一个小时过去，面才端到跟前。有人始终无语，默默等待；有人在闲聊，已不在乎快慢。没有一个人催促，是不是仲秋时节手头上闲了，还是长久以来形成的习惯。我以为是这样的空间培养了这样的心态，或者说这样的心态适宜了这样的空间，如符契相合无缝——当一架机器以慢速度运行时，和这架机器有关的部分，不论巨细，也当如此。

　　大片大片的戈壁荒在那儿——天下有许多地方只宜如此，天荒地老，无从改变。而千百年前会有人在山谷崖壁间开凿洞窟，他们所吃的苦难，今人难以感受。接着是张大千，他带着夫人、学生来——一个人要成就一番事业真的要学会吃苦，才能不浪得虚名。这么一些人，在壁上绘佛教人物，巨细无遗，毫不苟且，而后来的人来此临摹，更是心怀敬畏、虔诚，都是舍得与荒凉、饥寒做伴的。总是要有超脱这种苦难的情怀，才能使一个人来到这里，不是马上走，而是待下来，开始动笔。每个人都是天地之过客，有的过客是来世间吃苦的，把青年的气血活力交与洞窟，在敲凿中故去，埋于戈壁。我不知道他们中有没有江南人，如果有，那就更令人钦佩——从滋润柔和、富庶安逸的南方来到风沙漫天、枯索苍凉的塞北，为了一个个洞窟，回不到舒适的江南了。那洞窟中绚丽的人物，如阿难这样眉目清秀的形象，是画工取自某一个江南少年吧。

一个南方人，常居在密集的高楼和人群里，来到塞北的荒野，看旷野上一切自生自灭，就连补救过的壁画，也在悄然地改变着容颜。让人参观的洞窟就是那么几个，其余锁着，不见天日，不见众生，这也使远道而来的人们感到不满，觉得物不能尽其用，终归还是要化为尘泥。我的渴望是能够让我独自细看，慢看，免去讲解员的说道，即便我不懂，我也会用心体会，或许也生出一些瑰奇想象，去贴近这些缥缈间的人物。

又过了一段时间，想想这一趟的本意是观览锁阳城和榆林窟的，现在已模糊一片。由于戈壁行程的漫长，对它广大且荒凉的惊悸，现在，越发觉得可以回味了。

轻盈的浮动的

　　站在自家的院子里就可以看到徐缓的山坡上一大片的芦苇正在迎着来风。一个人对于居住的选择，有时是游移在具体的房屋之外的，面积、质量、形制这些可以测量的部分被忽略了，而感觉、视觉站出来说话——以前我买临水的房子，是由于水际一株品相周正的大榕树坚定了我的判断，它的雍容圆满体现了良好的生态。而今我看上这套山居，正是在一个蜻蜓乱飞的黄昏，与满山坡的芦苇相遇。它们在夕阳下闪动银子般的光泽，使人下定决心，不再犹豫。

　　芦花是柔软之物。一阵风起，芦花悠悠，有的就飘进了院子，落在案上，或者我的肩上。如此轻微，宛如尘屑，它们原本可以随风到更为广大的空间，在潮湿的泥土上滋长，可是风向变了，它们的生命也止步于此。没有谁可以驾驭风的力度、走向，风是最无从捉摸的，强弱不一，东西随意。运气好的时候，芦花落在适宜生长的地带，开始了新的生命里程，而更多的则不知所终。而这么多的芦苇，每年如一地扬花，开了谢，谢了开，似乎不这样就没有尽到一个生命母体的义务。宋人黄庭坚曾说兰花之香是国香生于深山里，不为人知却照样芳香。看来天下万千植物都是如此，顺天适性，和人是毫无关系的。它们与人不同的就在于自然而然，何所来何所去，尽随风来雨往。一朵芦花落在我的袖子上，不是因为它的重量，而是它的柔软——柔软往往是使人感到温暖的一种形态，毛茸茸的、蓬松的，使人放心。那些敛约的神情、优雅的姿势、朴素的色调，都在人们乐意接受之列。只是后来坚硬越发突兀，放纵恣肆，攘袖瞠目，也就离柔软渐渐远去。一个人老迈时，坚硬的牙齿全脱落光了，又以坚硬的假牙来替代，而一条柔软的舌头却完好如新——道理是可以讲得通的，可是在存在中，大多数人还是争当牙齿，以坚硬面对世界。

　　自然之力也难以摧折一丛芦苇——这是台风过后的现状，纤细之杆的韧性显露出来，在随势俯仰中成为一道委婉的弧线。有的鸟儿立于上，也只是加深了这道弧线的延伸——除非，倚仗人力。一苇可航一直被我视为一个传说。很多人看到了达摩的法力，他法力很高，却还要借助一杆细小的芦苇。由于细小，它的力量通常会被忽略，只看到达摩站立时的安然神情，却少有琢磨这一杆芦苇。它被踩于脚下，没于水中，只是作为一个工具被使用。如果是一片修篁，当风有声，挺拔清高，按照惯常的写法，一定被引来言说人的品格、境界，往往热闹得多。芦苇就是野草一般的植物，与荆榛莽葛一样，由于过于野而有贱气。人们会在院子里种一片竹子以示高洁，却不会种一丛芦苇。由于不为人所栽种，它的野性形成的内部力量越发有劲道，只是向来重外表的人浑然无知。

让芦苇入画的人当然有。这也预示着这个人要有相契合的心性，有野的一面，也有细如牛毛的一面。以工笔来再现一丛芦苇，需要几个月的时间，或者更长——人们往往用时间的长短来衡量劳作的难易，不仅是手上功夫，更是内心的承受，能否把这种植物从杆的坚韧圆劲到花的迷蒙、缥缈、灵虚都表现出来。如果不行，说明与这种植物内在缺乏一条相通的路径。那么就不要坚持了，可以改为画竹。竹的硬朗实在比芦苇的虚无、柔和更易于把握，而细微正是这个时代的人最难触及的。细而不弱，功力见矣。情不知何起，一往而深，那么，就慢慢来吧，毫厘不爽，纤缕必见，最后连画家也成了一杆芦苇。唐子西说："山深似太古，日长如小年。"为何会有度日如年之感？只缘于置身于植物之间，与植物居。植物的生长是看不到的，只能积多了时日才见出不同。那么，一个人终日可见芦苇，也会更多一些徐徐的娴雅，慢慢地做一件事，把它做好。慢的可靠性可以从慢生长态的植物中得出。由于内在储存了大量的时日，质地厚实、强大，它们成了植物中的精品。

夕阳敛约光线时，芦苇丛中都是声响，归巢的鸟掠过，又停留其间，聒噪聒噪，反而显得芦苇的静谧安详。植物与植物是不同的，静默不语的和发出声响的，共同应对着时光。杨叶皮白光洁，一阵风来哗哗作响，声怆不已，使人听其声而不安。芭蕉偌大的叶片发出的啪啪巨响，似乎要掀动屋瓦，在空旷里生出寒意来。没有人会听到芦苇的声响，这是一种不出声响的植物。是这个世界太嘈杂了，淹没了它的私语。这也使芦苇的气息素来都往下走，温和、素淡、清凉，还有些许薄薄的寂寥。永远是那般的细腻修长，像极了旧日里清瘦的文人，轻轻地来，轻轻地往，静静地翻书，静静地行文，少与人交接，而乐于自处。文人的清高也在于立身不靠曲时阿世和盘根错节的关系，而是靠一己的诗文，它们是立身的坚定之本。修长之形总是能给人怡悦的。由于修长就有了玉树临风的清洁，内含风骨，像唐人褚遂良笔下的点画细腻脱俗。我一直认为他的身条也是如此这般——尽管褚氏是一个高官，能亲近帝王说一些铁画银钩的风雅，过的是锦衣玉食的时光。只有井渫之洁的人，笔下才能有洁净感，我有时也会支持字如其人这一说法。

像水边的人终日可以看到流水，像山里的人终日可以开门见山，时日久了也就成了山水的一个部分。

坐对青山，日子悄然而缓慢，如同满山草木天生天养。如果一个人住在三环边上，可以看到千百汽车穿梭，声浪向上翻卷，进入房内，心紧了起来，动作也紧了起来。谁有当年陶渊明的淡定，心远地自偏，把繁华的喧嚣视同安宁的桃花源呢？每一种感受都是很个人的，我相信都有从坚硬过渡到柔软的一个过程，它是一个朴素的回归。它可以是一家人围在一起的一次晚餐，可以是一次安然无忧的入睡，可以是一次负暄时的陶陶然的心情。一个人在注视芦花的轻柔时，他对于寻常日子的寻常要求，也倾向于如此。

问　道

　　宋元在春节前回了一趟老家,是自己驾车走的,途中穿过了好几个省。在经过一些旅游城市时,她还停下来,从容地玩了几天,然后准确地把车停在自己家门口那块空地上。几个月后,她又驾车尝试从另一个方向走,因为有两个古镇吸引她了,住在古镇的民宿里,在老戏台前坐定,听那咿咿呀呀不知唱着什么的地方戏,几天后安然回到这个她喜欢的城市。我觉得很惊奇,这些年,因为方向感不强枉费了不少汽油,而她在如此遥远和陌生的路途能够如矢中的,显然是被准确地引导了。

　　世上路径千万,问道成了生活中向外祈求的一个举动,特别是到了岔路口。二岔路口已有百分之五十的不确定了,如果是三岔路口、四岔路口,凭感觉判断哪一条岔路是通往目的地,实在是太危险。于是问道——老人常对我说的一句话就是

"路在嘴上"。如我这般客啬口舌的人，往往不愿谦卑地问道而身陷迷途。其实，只要肯开口，配合不安的神色，大部分人还是乐于告知的。那种做恶作剧的指着相反方向的人毕竟是少数。如果不愿开口，自己寻寻觅觅，那就看运气了。常常因为场面生疏，缺乏借鉴的标志，心思慌乱，脚深脚浅，只往热闹处走，至少，使迷路时的安全感获得一些提升。手机导航出现时，告诉我问道的老人都已过世，问道是他们的生活经验之一，不问道，何以行？问道说明一个人的才能是有限的——为了避免迷路，只好向他人请教，哪怕是一个孩童。我的长辈们在一个邮票大的故乡生活都必须如此。故乡当时很简单，路无多，高楼无多，只是巷子特别多，有经验的人避免进入巷子。巷子的围墙高筑，使人看不清世界，看到的天际也只是窄窄一条。只有行于大道，敞亮开阔，得到正确引导的可能性才会更大。从在一个小地方迷路，到千里万里疾驰准确无误，只能说，世道变了，迷路的体验也就成了可以品味的往事。更多的时候，迷路是一种隐喻，多指精神生活上出了问题，要自我启蒙显然是不易的，需要有人，或者组织来驱散他眼前的荫翳，连同内在的疾患，才有可能渐渐回归到正常。这是比行走时迷路更为复杂的行为——汉语言的丰富，常使我这个喜好中文修辞的人感到莫测高深。一个字、一个词包含的暗示、象征、维度,隐隐约约,似指非指,让人琢磨不已。据说,瑞典的诗人特朗斯特罗姆是惯常写冬季的,而美国诗人格吕克是擅长写夏季的。如果有人质问,他们为什么不写春天呢?那么,这个"春天"肯定是超越了季节本身的含义。问道是为了摆脱困境寻找出路,尽早地缩短与目的地的距离。随着人手一个导航神器,即便面对生路,也无所踌躇,内心踏实。

在一个纵横有序的街市上走,会觉得这个城市的设计过于直白,是否缺少了一些婉约的人才,从而韵味无多。在一些很有韵味的小城,甚至是老镇,都有把道途婉约延展的追求,以至不那么直露,一览无余。祝家庄就是精心谋求的格局,庄上人家长久以来接受了一个鲜明的引领:见到白杨树才可转弯,得以走出庄子,进入外部空间。我一直认为白杨树是一个象征,象征着解脱,或者新生。那些在祝家庄里狼奔豕突又回到原点上的人,正是心中少了一棵挺拔的白杨树,因此内心要折腾一番。在一个古镇上我遭遇了如上所述的道途,以此作为旅途上的一个乐趣。行走中我一直思考延伸的方向,感到复杂在加深——也许,只有离开地面升到空中,才能一目了然。这么多年了,不借助飞行器,人依然不能如飞鸟凌空蹈虚。在地面上游移,脚力费了不少,还不知离出口近了远了。后来——凡事都是在后来得到解决的——每一个人都在夕阳衔山的时刻走出来了。设计者显然降低了道途的复杂性,考量过行者的智商与耐性,让他们既感受到了难度又有能力解决,不免要对自己的表现满意,还可以自夸一下。如果太复杂,没有几个人能出得来,看不见夕阳余晖,那么口口相传,来的人必然稀少——门可罗雀毕竟有违经营之道,只有让人们都在暮色合拢前完成探魅之旅,才算成功。

和人交谈,对方的专业离我太远了。我问了许多问题,他不假思索就脱口而出,看得出我的这些问题粗浅之至,可我还是听不太懂。专业就是这样,无比地专,专到同行者无多。各自探究可能性,解决复杂性,涉猎相关性,如有可能,顺便体验一下神秘性,要是有一点原创性就更有价值了。有人说,专业的理都是相通的——这纯粹是鹦鹉学舌,具体到细微的理,却是一点都不通的。我遇到的是一位密码专家。自从看了麦家的《暗算》之后,我对密码的疑团大大上升了。可是他怎么和我说呢?按《暗算》里黄依依的说法:"密码就是用数学制造出来的陷阱,玩的全是数学的游戏。所有的密码都可以演变成一道或几道超难的数学题。"天哪,这也太深奥了。我对数学一直是敬而远之,最亲近的日子已经远去,那是因为要参加高考了,不亲近还真是不行。结果也没考好,如果当时数学达到及格线,也许就在另一所高校深造了。密码使没有高等数学知识的人如听天书,只能简单而感性地认为密码就是对人的行进状态形成阻碍,看不到眼前有一堵墙横着,就是进入不了。不过,密码专家最后说的一句话着实让我吃惊,他说,既然有人设置密码,也就有人破译密码。还是你喜欢的书法艺术奇妙,它是演算不出来的。

只能说,没有哪一个专业畅通无阻。

听不少人说博尔赫斯的作品就是由迷宫意识构成的,不让读者有一眼洞穿的机会。先是作家意识里有一个迷宫,然后才形成笔下那个迷幻的世界。如果读者不与作者共频,旬月苦读,也弄不清迷宫何为。有的人说看懂了,还不断引用,实际上根本没读懂,附和而已。没看懂是真实的,说出来也没有什么羞愧——有的人的文章一览无余;有的则难以知,无从说起。有人问我个专业的问题,我还得查一下资料才有把握告知他,甚至有的问题我就没听说过,没思考过。千万不要以为一个人尽平生之心力择一业就可以进入迷宫中心,然后挥挥手,轻松地出来。在我看来,人之于世所触及的都是迷宫,寻求出路,欲行又止,远方无垠,人生有限,都有走过弯路的经历,于是读经,读典,以求秘钥。明代王艮说了一句话,我一直视为切中肯綮。他说:"百姓日用即道。"在社会底层,那些不知冠冕为何制,钟鼎为何物的人,以自己微薄之力谋生,不依庙堂,不附权贵,生存也就更为真切朴实。像《儒林外史》里的几个人——替人看坟的邹吉甫、开小香烛店的牛老儿、开小米店的卜老爹,还有修乐器的倪老爹、卖火纸筒子的王太、做一手好裁缝的荆元,在平淡无奇的日子里,自成生计之道。他们不需要教科书,不需要听谁来说教,是底层社会环境的经历,延展了肉体和精神的自由。真让我说,快乐每多屠狗辈,"那一轮红日,沉沉地傍着山头下去了",随之而起的是荆元的琴声在暮色渐深的老旧房子上空萦绕,与炊烟的袅袅合为一道了。

  在这个城市里,秋意总是突然就来了,又短暂地过去,给冬日腾出了漫长的空当。人们感受天道的运行,明显地察觉四季的短长已经拉开不少,而非对一年的平均划分。一个人在秋季里会对天时表达满意的情绪。我经常说的是,"一个最好的时光到来了"。而不会像在盛夏,见面都争着表达对炎热的不满。这个可以让人安然坐在书斋的日子,心绪安和极了,甚至生出一些愧意——要不，该动手写点文字了。秋风拂过，文章也和时节一样，总是想着简明一些，清爽一些，删去一些形容，把长句处理成短句，以应和这个时序的疏朗。从我书斋望出去，山就在面前。山居生活的敏感之处就是可以时时目击草木之变，一些树的叶子黄了，开始落下了；一些树的叶子依然翠绿，为何秋风不对它产生影响？目睹时趁便思索一下附着和掉落的区别。吕纯晖曾经说："没有哪一片叶子不掉下来。"那时我们正在说台上台下人事的差别，她说的这句话很像曾国藩的口吻。曾氏说："上场当念下场时。"吕说与此暗合。不多久，她如同一片树叶悄然落入泥土里，自然而然。农历十月十五日，也就是昨天，我听到了最后一声蝉鸣，与平素无异，接下来就是漫长的沉寂，等待下一个夏日的到来。以上这些都是可以引发我这个山居者的幽思的，但我始终写不出贾岛如此大气的"秋风吹渭水，落叶满长安"。此时应该也是渭水扬波，长安城满地黄金甲了。那么，是南方的风和水力道不足吗？还是处南方久了，笔下被阴柔濡湿了？深秋的午后往往使我紧张和警觉——天暗得太快了，好像笔下的文字没出现多少，或者问题也没想多少，外边已暮色苍茫。

山居之秋总是人的目光与色彩相逢的日子，总是让我用竹耙子耙拢飘落黄叶的日子。这座山越发空了，静了。以前我登临，而后荆莽遍地，道途封锁，就再也没有人上去过。想想很早的时候有人背着粗布行囊，一脸寡淡神情，好像诀别的时刻到来，向山里走去，好像不打算出来了。少年的我对有隐逸情怀的人生出好感，觉得脚下的路径若已看透，向前就是。

少年的想法总是单纯，直到老大才知道全然不是这样。

曾经过往的河流

　　这个大学的运动会开幕式一结束，千名被挑选出来的学生便随着激昂的乐曲从四面八方拥入运动场，按彩排得烂熟的要求列成阵势——广播操马上就开始了。主席台上出现一位身材高挑的女生，雪白的运动服，服饰两边是两条从上贯下的红线，使她一下精神起来。随着乐曲响起，她开始领操，动作洒脱利落，即便有些动作如此迅疾，在她的挥运下，也流露出阴柔的美感。四围的栏杆倚满了观操的人。他们不是看千人之操的起伏开合，而是穿过这些人，看到台上的她。毕竟，一个人能够统领，一定是有哪些过人之处，譬如容颜姣好，表情丰富，又有玉树临风的韵致。

　　有一位老妇也在静静地观看，这大概是这个微寒的早晨，来看操的唯一一位老人。她脸上没什么表情，似乎也听不到震耳欲聋的声响，心里却想着，是有许许多多日子过去了。那时，她曾在市运动会上领操，和台上这位女生一样朝气青春，也是一头乌黑的短发，跳跃起来一甩一甩的。她甚至还觉得这位女生有几个动作可以再做得干净一些。

很多年以后，她不再是台上那位英姿飞扬的领操者，她看到的是另外一个人，尽管像当时的自己。

"你站在桥上看风景，看风景的人在楼上看你。"她忽然想起这么一个句子，怪有意思的。

如果一个人年纪大起来了，再回到他年轻时的空间里，我说的是那个最难忘的空间，也许大学校园会是许多人的倾心之处。如果在校园多待一会儿，待到上午第四节课结束，就会陷入从各个教室涌出来的人流里。都那么鲜活帅气，或者清丽如花，有的个子还特别挺拔。他们在你的左边、右边快步而过，边说边笑，一定会使你有一种感动，好像自己也是他们的同学，一班的，或者四班的。

电影《芳华》中那些在西南部队服役的青年男女，军人、青春、激情、舞蹈，文工团无疑是当时最佳的去处。和他们同时的我正在一块块梯田上插秧、施肥，而后是收割、脱谷。梯田太小，地势又斜，牛进不来，只能靠人动手。县里也设文工团，其中不乏老乡，当时不在意地学艺，歌唱得好的、舞跳得溜的、擅长小提琴的、会拉二胡的,很快交上好运,从水田里拔出腿来,结束阳光暴晒的日子。县城早不是山村了,算得上一个城市。他们每天在城市里以自己的专长排戏,都是一个片段又一个片段,然后下乡给大家演出。我都不想跑十里地去观看了,同时来到这里,才一两年,处境就发生了变化——尽管老乡照顾我的失落情绪,话语里没有一点自我得意,而且还用方言与我说话,我却是无从解脱。那天晚上的戏更是被我的心情看坏了。又过了几年(总会从这几个字看到时光过去,变化到来)我到县城办事(考上大学了就想早点离开,连走路都带风了),忽然有人叫我,原来是文工团的小提琴手。她告诉我的消息不太好:文工团要解散,今后不知去处。这和《芳华》太相似了:在大醉不醒中,曾经的让人羡慕戛然而止。这些人后来做着和文艺全然不相干的生计。当年的春风意气、潇洒情怀都在实实在在的日子里挫光了。刘峰在失去一只手后又回到曾经青春的地方,我认为这是一种隐喻——当时的离去是带着心灵之伤的,而今归来是生理之伤——一个人承受了两种伤痛,依旧对这个空间充满细腻的情感。导演设计了一个让刘峰修补残破地板的情节:已是一座空楼,当年的荣誉风吹雨打去,那么多有健全双手的人,每天过来过去,看到残破地方一天天大了,却没有一个人愿意去找一块木板来修补,反而是只有一只手的人乐意动手。

只能说,这里曾经有过的爱恋,不曾散去。

在我们去过的许多地方,忘记的比记住的要多得多。分别时都会有点依依不舍,尤其是路上有难的,对救助者真是视同亲人。主人总会真诚地说,有空再来啊,飞机一飞就到了。客人也会真诚地应,会的会的,如今交通这么便利,一飞就来了。登上飞机,云里雾里,回到长居的城市,一地鸡毛,早已忘得一干二净。只能说,这些地方还是不能对自己的内心起到触动,有重返一遭的实践。真有镂心刻骨的感觉,是不会这样的。12岁的男孩古斯塔夫·福楼拜,每日总是心事重重,脸色阴沉,远远超出了他这个年龄。他执意要离开鲁昂,要到遥远的埃及去赶骆驼——天啊,一位少年有如此离奇的想法,对那个遥远的东方国度的骆驼如此倾心,大多数人都认为是少年一时兴起之说。他在父亲这一关就通不过。父亲让他从相反的方向到巴黎学法律,法律的艰涩,使他没再提骆驼的事,旁人也以为他忘怀了。转折是25岁那年,父亲去世了。福楼拜立即着手前往埃及。历经海浪的颠簸后,他看到了东方的海岸线。在给母亲的信里,他还是首先提到了骆驼:"海岸变得清晰起来,最早看见的是岸上的两只骆驼,它们的主人牵着它们……"

啊,魂牵梦萦的骆驼。

每个人的心里,都会有着不同的骆驼。

每周,我都会出现在校园里,曾经自己熟悉的校园,或者是其他陌生的校园。熟悉的面孔很少了,不熟悉的面孔无数,我在他们当中穿行,如同生客阑入。空间对于人就是这样。空间是长久存在的,楼堂盘郁,场馆雍和,几池春水,碧波青莲。如果没有什么变故,也就是这么一直下去。树长起来了,十几年时光,已是枝叶繁茂,鸦雀营巢其间。在校园里我从未遇见对我耳提面命的师长——当年多么有趣啊,每个人一个专长,各领其奥,各探其妙,各呈其才,端的是意气风发文气氤氲。现在他们都在家中颐养了。一个人在最后,结束了自己的工作之后,是否还会对这一空间心存念想?我没有向他们提过这个问题,我想还是自己来琢磨更有意思。也许我不知道,师长们有时也会让孩子们开着车到这儿来转转。下得车来,到自己曾经传道授业的这个教室,或者那个教室。印象最深的是有一个晚上,他和李教授在隔壁的教室各自开设讲座,李教授讲安娜·卡列尼娜,他讲凤姐。主人公都是女性,也就有着对于美、情爱、隐秘等的分析。两个人的讲座都十分叫座，窗外也站满了人，有的一会儿跑来听他的，一会儿跑去听李先生的，热闹得很。两个人在10点左右同时结束，走出来相视一笑，真有点意犹未尽。还是他邀请李先生在后门边的扁肉鱼丸店夜宵，然后各自打道回府。

此时无声。

就像我开头说的那位老妇，那么专注地看着领操的女生，遐思不已，如不息的河流过往。

如此甚好。

行　脚

　　从七楼的窗户望出去，开阔的钱江烟波浩渺。清晨下了一点雨，阴沉天色遥远的相接处已水天莫辨。

　　这一天是农历十月十二日，本地人掐指算算，说十点半有潮来——潮有信，千万年来如此。果然时辰一来，窗外声响越发沉重起来，犹如千万重器迤逦，漆黑江面有一线弧形的雪白翻卷，由远而近，须臾就过去了。

　　四周恢复平静。

　　一个小镇，由于面前横着一条江，为观潮者所铭记。如果只说这个小镇，未必使人有所警觉，但如果和观潮关联起来说，记忆就会豁然开朗起来，连说知道、知道。只能说，一条江成就了一个小镇，滋养了镇上的人们。

　　此时，离八月十八，观潮最好的时间已经过去快两个月了。可以想见当时摩肩接踵、张袂成荫的景致——那时的潮头也特别有力带劲,后浪浑厚深沉,尽全力推进潮头,以至撞在石壁上散出半天雪花,脚下为之震动,人声为之惊叹。如今,小镇安静极了,它的淡季已经到来,以另一种决然不同的风情出现。没有人气——我们通常这么形容寂静之处。那些挤成一团观潮的人,如今都在别处了。人气被转换,如同盛夏当时,而今初冬。只有很少数的人,反其道而行,在静寂中使自己放松下来,在遇不到人的空间走走。这个小镇本来的气味就是如此,尤其是晚间,平淡幽微,还渐渐向下消沉,随风飘散,许多地方都是如此。早先哪有旺季淡季之说,寻常时光都是一样的,规则得很,白天潮来,夜间汐往。直到后来,忽然涌来那么多外乡人,操着不同腔调的口音,以至在人数上远远超出小镇的原住民,让人怀疑这还是我们先前那个小镇吗?他们在镇上走,小餐馆都供应不了了,水果也一销而光,小本生意的货柜空空荡荡——它引起了镇上原住民的琢磨,生活的转弯从此时开始了。

  和一条奔流不息的江相比,小镇无疑是阴柔的。阴柔是生活的基本。所谓日常,就是不绝如缕地涓滴向前。而日常生活在我看来,就是以平民的日复一日展开的。这些过程多半是平淡的,又有些生动饱满,有时来点小花哨。平民咀嚼着各自的悲欢、哭笑，别人看起来是小事，自己认为比天大，只好继续寻求生存之道，使生继续下去。一个在堂皇宫殿居住的人，和在潮湿的巢穴中苟活的人有时心情会是一样的，就是觉得命当如此。所不同的是平民日子的调性是偏于低下的，不为人所注重的。由于低下也就更为真实，装饰性小，小磕绊、小爱恋、小情调、小隐私，常不虚空，更不假大，假大是生存的危险，小日子是排除假大的。湿漉漉的江南，使长期居住于此的人，少了尖锐的棱角和咄咄逼人的气势，让人觉出柔中有韧。韧为柔所包裹，即便受到碰撞，总是会有一种内在之力可以抵挡而使无恙。

有几个名人出生在小镇上。如果只是介绍小镇，客人以为寻常不过，但介绍者把小镇名人的名字念一遍，效果就都出来了。他们是小镇上的盐，让人们回味起来不会寡淡。其实这些人除了在此出生，大部分时光都是在北方，功业也是在那里建立的。那里与江南相隔遥远，少有回来，却由于在这里呱呱落地，也就全然不能分离。后人提起这些人多，提自己的父亲母亲反而少了。这些在艰辛中的父亲母亲，尽全身之力达到全家温饱，年纪不大已满脸沧桑。那些富豪之家，虽说没有钟鸣鼎食的气派，也是锦衣华馔，这里的少年子弟何曾生愁，唯宽心读书、写字。起点如此偏差，也就形成庙堂之高或江海之远。现在这些在外的名人，反而不断被小镇上的人提起，而父亲母亲，由于太近了，太熟了，又没有什么奇异的故事可以渲染，也就不说——很多现象都如此，东拉西扯的都是和自己毫无关系的人，好像不如此，话就说不下去，现在很多场面都习惯这样了。

　　有名人，也就有名人纪念馆，由或这或那的成就或者故事来支持。每到一处，纪念馆都是值得注意的。尽管我与名人从无交集，最多看过他们写的书，会背几句他们的诗，如此而已。更多的时候我是想看看他们的表情，我自认为表情可自定时代。有时我会为这个想法感到荒唐，更多的人不是如此——在馆内寻求一个名人是如何建功立业的。一个馆的行程微缩了一个人的漫长历程，一定可以从某一个节点获得启发，这样，也就不虚此行了。波德莱尔也喜欢外出观看，外边世界的码头、轮船、火车、空港这些大块头的场所很吸引他，他觉得比家中安坐舒服多了。他说："到另一个地方去永远是我满心欢喜的事情。"不同的是，我的欢喜是壁上这些人物的表情，男男女女——时日过去那么久了，现在的感觉益发鲜明了，很平静，很安和。就连主人公身边那些毫无相干的人（他们可能还不知道照相为何事,就被收入其中了)表情也都如此。这大概是那个时节人们都会有的一种公共表情。具体到每一个人的空间,都是私密空间,对于别人来说不存在了,或者进不去了,那个时节可能赋予这些人很多特有的表现,现在一眼可见的就是表情。一个人可以这样伪装那样伪装,而伪装表情则是徒劳的。从这些已经凝固的表情可以揣度他们离我有多远。要感谢照相机的诞生,使我从表情里看到一个又一个的人间,而且不必担心它们稍纵即逝。

许多小镇也临江临海,却没有如此的声名。当初这个小镇最早的一批开拓者可以追溯到遥深处,领头的人说劳顿不已,可以歇矣。由于不再走了,很多年的开垦围造,泥泽成了乐园,而潮头于此观望最为适宜,又视同天赐。天下有很多事是由偶然转为必然的,而追问又每每得不到答案,便归为上苍的安排。良好的水土益于人的长成,也更能坐实一个人、一家人的安定感。只是时日久了,周围的一切都烂熟了,不要指望有什么新鲜感溢出。就像八月潮来,没见过的人激动得要命,拼命往前挤,觉得整个心胸都被大海震动,不由大喊大叫一时失态。阿兰·德波顿早有预言:"在一个我们已经居住十年或者更长时间的地方,还能发现什么新的东西?因为我们早已习惯了一切，因而对其视若无睹。"故地对于老者养生是适合不过的了，使心如古井，不乏涟漪。真要猎奇探险，那就必须前往陌生的空间，眼陌生，耳陌生，心弦跃动，奇肆之兴生焉。

不过，一个人处于陌生之境毕竟短暂，更多的都在自己熟悉的空间，度过重复无奇的日子——我认为这是常态。八月十八潮过后，看潮的没有不离开的，还是愿意回到没有潮头可看的家中，此时心安。

就像丰盛的筵席漫长无休，赴宴者舌头品尝，连连说好，心神却不安定起来，觉得应该离去了。

后　记

　　汤显祖说："情不知所起，一往而深。"对于书法艺术和散文写作，我也是这么一种渐进渐深的情怀——起始并不托寄深情，而是和其他少年一样，喜欢而已。喜欢且能坚持，也就由情浅而至情深，不可分离了。书法艺术成了我的专业，在讲台上讲授，台下则做一些创作和研究。书法艺术之余则写点散文遣兴。日积月累，文字就渐渐多了起来。写作是实在之事，写一篇是一篇，再写一篇就是两篇，只会多不会少。况且我至今仍然执笔而写，虽然一字一字写出，奇哉缓也，手稿还是越发多了。宋人苏洵曾说他尽烧囊时所为文数百篇，我不明白他为何如此。每个人都有自己写作的历程，一时有一时之识见、笔调，是那时精神的轨迹，不可逃遁。即便不佳，也印证当时的性情、笔性。我是敬惜字纸的，不管如何，一篇告成，都是由一个一个的字组成的，岂能不自珍。

　　古往今来言说写作之道夥矣，提倡这个，主张那个，此一时，彼一时，白云苍狗。对于个人来说，还是持老僧守庙不闻不问之法，以自适为宜。明人王思任认为："不同衣饭，各自饱暖。"每个人看世界、时势的立场不一，视野不一，也就有不同的思路、方式，不可强也。张三以为是不二法门，李四则讥为屑屑者，所以还是师心自用为宜。古典文学作品是我一定要时时温习的，这和我临摹古人碑帖的习惯大有关联，细读深想，希望得其神，得其气，取其韵，取其力，箴己所缺，济己所长，以达到身加修，学加进的目的。当然，真下笔，那还是顺着自己的性情来，任率自好，有如夜举灯烛，光耀所及可以自照，便生出一些自足。

　　有人问，写书法和写散文哪一门更能给我纵横自喜，无所挂碍？我想还是书法。真要比较，书法是比散文更严苛的，每一个字都是一次性完成的，不可能过后再去补笔、添加。而一篇散文在草稿打完后，则是修改，改不胜改，甚至发表后还可以再改。二者的创作规则是相距很远的，由于它们都是我用羊毫或者硬笔一字一字地写出来的，也就都不能舍弃，乐意不断体验二者在表达上的差异之美。

感谢韩小蕙女士的推荐，感谢李继勇先生的指导，同时感谢陈淑熙女士和高炎丹先生在打字、校对和整理上付出的劳动。

朱以撒

2020年12月

文学百年 / 名家散文自选集

第一辑

序号	作者	作品	序号	作者	作品
1	冰 心	一日的春光	17	沈从文	湘行散记
2	从维熙	朝花夕拾	18	铁 凝	会走路的梦
3	褚水敖	我负北大	19	闻一多	复古的空气
4	邓友梅	饮茶闲话	20	王巨才	退忧室漫笔
5	郭沫若	竹阴读画	21	徐志摩	翡冷翠山居闲话
6	葛水平	绣履追尘	22	萧 红	春意挂上了树梢
7	甘铁生	人生浪语	23	徐小斌	生如夏花
8	韩小蕙	新新中国	24	郁达夫	一个人在途上
9	蒋子龙	红豆树下	25	叶圣陶	没有秋虫的地方
10	鲁 迅	秋 夜	26	杨匡满	感恩的翅膀
11	老 舍	抬头见喜	27	袁 鹰	生正逢辰
12	林徽因	你是人间的四月天	28	朱自清	背 影
13	柳 萌	寒风吹哑琴音	29	张抗抗	北 方
14	李美皆	爱你备受摧残的容颜	30	周 明	写意凤凰
15	刘锡诚	芳草萋萋	31	赵 玫	陪伴着你在暮色里闲坐
16	茅 盾	白杨礼赞	32	朱 蕊	蛇发女妖

第二辑

序号	作者	作品	序号	作者	作品
1	陈建功	我和父亲之间	17	束沛德	爱心连着童心
2	陈世旭	天南地北	18	王剑冰	古道秋风
3	陈喜儒	履痕碎影	19	吴泰昌	散文六十篇
4	陈善壎	你这人兽神杂处的地方	20	汪浙成	远 影
5	范小青	坐在山脚下看风景	21	肖复兴	昔日重现
6	黄文山	烟霞满衣	22	徐 迅	响水在溪
7	刘成章	安塞腰鼓	23	肖克凡	一个人的野史

序号	作者	作品	序号	作者	作品
8	梁晓声	我与橘皮的往事	24	徐风	风生水岸
9	雷达	黄河远上	25	叶延滨	前世是鸟
10	刘庆邦	野生鱼	26	阎纲	散文是同亲人谈心
11	陆梅	时间纷至沓来	27	赵丽宏	亲爱的母亲河
12	罗文华	将谓偷闲学少年	28	周大新	呼唤爱意
13	刘汉俊	刘汉俊评说历史人物	29	卓然	天下黄河
14	林希	平常人语	30	朱鸿	退出
15	刘兆林	牛化自己	31	查干	红叶归处
16	秦岭	眼观六路			

第三辑

序号	作者	作品	序号	作者	作品
1	杜卫东	陶人：远古之神	7	王泉根	往昔皆为序曲
2	高洪波	拔笔四顾	8	王必胜	我写故我在
3	郭保林	孤独者的绝唱	9	徐刚	八卷·九章
4	韩小蕙	火与剑，还是康乃馨	10	杨晓升	人生的级别
5	简默	活在尘世中	11	张庆和	漂泊的心灵
6	剑钧	写给岁月的情书			

第四辑

序号	作者	作品	序号	作者	作品
1	白阿莹	高山之巅	10	邱华栋	地球是圆的
2	陈奕纯	生命，向美的境地漂流	11	素素	乡愁
3	淡巴菰	下次你路过	12	孙郁	在时间深处
4	何向阳	无尽山河	13	王子君	一个人的纸屋
5	李舫	不安的缪斯	14	许谋清	每次涨潮都换一波海水
6	陆春祥	柏拉图的斧子	15	叶梅	江河之间
7	刘上洋	山河气象入梦来	16	朱以撒	两片落叶
8	陆建德	看得见风景的书房	17	朱小平	一担山河
9	马力	江水之南			